双记行
变录走

杨斌 著

一位历史老师的支教工作实录

郑州大学出版社

图书在版编目（CIP）数据

行走　记录　改变：一位历史老师的支教工作实录／杨斌著. — 郑州：
郑州大学出版社，2022. 4（2024.6重印）

ISBN 978-7-5645-8602-7

Ⅰ. ①行… Ⅱ. ①杨… Ⅲ. ①纪实文学 – 中国 – 当代 Ⅳ. ①I25

中国版本图书馆 CIP 数据核字（2022）第 052439 号

行走　记录　改变　一位历史老师的支教工作实录
XINGZOU JILU GAIBIAN　YIWEI LISHI LAOSHI DE ZHIJIAO GONGZUO SHILU

策划编辑	李海涛　刘金兰	封面设计	苏永生
责任编辑	秦熹微	版式设计	凌　青
责任校对	胡倍阁	责任监制	李瑞卿

出版发行	郑州大学出版社	地　　址	郑州市大学路40号（450052）
出 版 人	孙保营	网　　址	http://www.zzup.cn
经　　销	全国新华书店	发行电话	0371-66966070
印　　刷	廊坊市印艺阁数字科技有限公司		
开　　本	710 mm×1 010 mm　1 / 16		
印　　张	18.5	字　　数	353 千字
版　　次	2022 年 4 月第 1 版	印　　次	2024 年 6 月第 2 次印刷

书　　号	ISBN 978-7-5645-8602-7	定　　价	68.00 元

代 序

　　杨斌老师给我发来他的《行走 记录 改变》一书的手稿，要我写一个序。我不敢给书作序，但作为当年的同事，我无法拒绝，总得写下几句，表达我的感受与祝福。

　　我和杨斌是 2007 年相识的。当时学校正缺历史老师，知名特级教师姜东瑞女士向我推荐了杨斌。我相信姜东瑞老师的专业判断，二话没说，便接收了杨斌老师。杨斌老师来到深圳南山区第二外国语学校（以下简称"南二外"）的时候，正是南二外初中部创办的时候。他一到校就全心全意地投入到历史教学工作中，他的教学，很受学生的欢迎。特别是他组织的历史社团活动，更是别具一格。记得 2009 年 3 月，我参加"中国-欧洲基础教育课程大会"后从阿姆斯特丹飞回来，一到学校，杨斌老师就递给我一本《往事回眸》，这是历史社团活动小组学生的探究性文集。我在荷兰恩斯赫德的一所中学里，正好也看到荷兰学生在历史课上做探究性活动，看到了他们的作品。当我看到我们的学生和荷兰的学生都在做同一种学习活动，都有自己的成果时，我感到十分欣慰。谢谢杨斌，谢谢当年南二外初中部的老师们，你们带出来的第一届初中毕业生成绩优异，一炮走红，奠定了学校初中部良好的发展基础。

　　两年前，杨斌和夫人来到我家小坐。他对我说，他们准备去喀什支教。对于这个决定，我表示理解与支持。我特别提到，深圳不少援疆教师，为新疆的教育做出了很大的贡献，你要向他们学习。进疆两年以来，在中共深圳市教育工委、市教育局以及前指领导的关心指导下，杨斌扎实工作，任劳任怨，担任了喀什市特区高级中学副校长，被评为喀什地区优秀支教教师和深圳市教育援疆先进个人。

　　《行走 记录 改变》一书如实记录了深圳市教育系统支教团队，特别是在特区高级中学生活点的老师们教书育人的生活点滴；记录了深圳教育同仁对喀什教育的关心和支持；记录了深喀两地携手贯彻落实习近平总书记和党中央对新疆工作的指示与政策的动人事迹；更记录了深喀两地人民像石榴籽一样紧紧团结在党中央周围,谱写壮美的民族团结诗歌的深厚友情,描绘了各族人民共同构建中华民族命运共同体的美丽画卷。

《行走 记录 改变》记录了杨斌老师在喀什支教的心路感受,记录了他遇到的动人的援疆支教故事,他采用白描的手法,记录了他支教工作的点点滴滴。从书中我们仿佛看到了一群来自深圳的老师们在喀什教育界忙碌的身影:或集体教研,或同课异构,或培训教师,尽显对教育的热爱,对援疆的责任担当。

两度赴喀,三年时光。三年,在人生中只是短暂的一瞬间,但留给杨斌老师的是无法忘却的宝贵的人生体验。这时,我突然记起,在杨斌老师夫妇出发时,我随手写了一首小诗,便以此作为结尾吧。

雨去雨来又逢春,
杨斌支教喀什行。
满腹经纶育桃李,
献身边疆赤子情。
西出阳关万事顺,
南山荔红等君回。

禹明
2022 年 3 月 23 日
于深圳南山港湾丽都

(禹明:特级教师,原深圳市南山区教育科学研究中心主任兼南山区第二外语学校创校校长。现为深圳市教育学会学术委员会副主任,深圳市督学工作室主持人,系教育部"国培计划"首批培训专家,教育部教师教育课程资源专家委员会(第二届)委员,教育部义务教育课程标准(2011 年版)综合审议专家。)

目 录

1

3

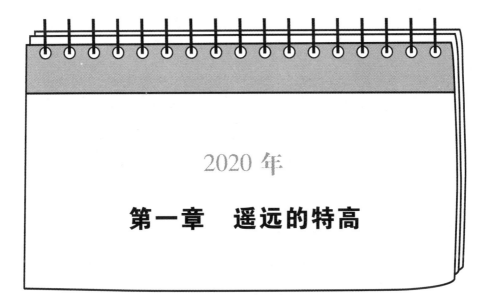

2020 年

第一章　遥远的特高

一、深喀连线　精心准备

3月　深圳

援疆支教,是国家战略。

为深入贯彻党的十九大和十九届二中、三中全会精神,认真落实习近平总书记关于教育援疆工作的重要批示精神,根据教育部《关于进一步加强援疆教师补充工作的通知》《广东省教育厅关于第二批万名教师支教计划初步人选摸底的通知》等工作要求,深圳市教育部门积极行动,统筹安排。经各区、校推荐,确定80名教师赴新疆支教。支教周期:2020年2月—2021年8月。

作为一名深圳教师,怀揣着"教育报国"梦想,我报名申请并被组织选中,作为第十批支教队成员,开始了进疆前的各种准备工作。

我加入高二年级组和高二历史组两个钉钉工作群。

上午与特高茹孜老师钉钉沟通,了解特高历史组基本情况和教学进度。

我在北方教过高中,也担任过科组长、教学处副主任等管理岗位,但是来到深圳后一直任教初中历史,所以到特高任教还是有一定压力的。听张怀礼副校长介绍,那边高中老师严重不足,只能支教老师多辛苦一些。支教本身就意味着奉献和吃苦,所以要克服困难,服从组织安排,顾全工作大局。

向南山区历史教研员吴凯老师索要了一些参考课件,又在网上找了一些视频等资源,趁着还未出行,抓紧时间在家备课。尽可能为学生带去好课,申请支教的初心就是实现自己为中国而教的教育梦。既然去,就做好!

张怀礼副校长和罗剑副校长以及两位高三老师先行出发,我们稍后待命。

郑向东校长嘱托:塞外风寒,多保重。和郑校长能够一起创办新学校,属于缘分,且行且珍惜。

接怀礼校长通知进入了第二批工作微信群。

4月6日　星期一　晴　深圳

继续研究《中国历史100集》视频并做笔记,视频很多细节介绍还是弥补了我不少知识上的欠缺。毕竟当年读的是纸质版教科书,视频中有很多人物采访、专家观点还是对我大有裨益的。

获悉我要出发支教,禹明校长特意制作了明信片,送来特殊的祝福。感谢老领导,当年是他独具慧眼把我以及一批同事选到了二外。当年面试时,禹校表态讲了三个意思,一是新乡是河南一个比较大的地级市,能拿到新乡市赛课一等奖说明是个好老师;二是姜东瑞老师推荐的,姜老师很优秀和负责,她推荐的老师不会差;三是什么时候可以过来上班,越快越好,这边历史课已经停了一个月了。

实话实说,我很吃惊禹校敏捷的思维判断和不同寻常的用人观,居然不用面试!我很佩服也很惭愧,如果当时我是校长,肯定要经过慎重的试讲、做题等环节才敢下结论。在胆识和管理等方面,我要虚心向禹校学习。

后来事实证明,我没有辜负禹校的判断,没有辜负姜老师的鞭策和信任,不仅成功地在强手如林的二外站稳了脚跟,还在精英荟萃的各科组激烈竞争中脱颖而出。在中考成绩、课题研究、论文发表、说课比赛、课程开发等方面都做得有声有色,受到领导表彰。

感谢禹校,也感谢我们所处的时代,成就了南二外,也成就了我们彼此。

接到姜老师和吕老师的话别电话,谆谆交代,嘘寒问暖。先后微信接到二外许多老师的祝福,感动老同事的关心和温暖。

特高群里再次核对姓名、身份证号和工行卡号以及手机号码;接到特高宿舍分配图。我们分在 A 栋食堂上面三楼一个三居室。计划和怀礼校长申请换成两居室,尽可能照顾到别的同事。

二、告别深圳　关山飞越

4 月 8 日　星期三　晴　深航国际酒店 1202 房

昨晚一夜都没睡好,早上四点半就起床了。在机场打登机牌,托运行李都很顺利。南山老师很热心,在机场出发前专门合影。

长达七小时的航程,有些累。看到酒店房间放置的喻意着"平安吉祥"的苹果和柑橘,瞬间感觉到组织的暖心关怀,疲劳感消失了很多。

怀礼打来电话,再次请我出来做副校长。千里支教圆梦,不图什么名堂,就是想做一点事。总觉得老师们一起支教、一起做事是缘分。需要珍惜并把它作为一次锻炼机会,丰富自己的人生阅历。

三、调整时差　休息备课

4月9日　星期四　阴,略有风沙　深航国际酒店1202房

这边早上大概八点天才蒙蒙亮,傍晚九点半了,天还不黑。

空气太干了,晚上睡醒鼻子里全是血块。发挥想象,挂的满屋都是自制加湿器。惊叹自己动手能力还是蛮强的,和小时候艰苦环境的锻炼有关。

姜老师打来微信电话,大姐和吕哥关心爱护、嘘寒问暖。还专门提示写一下日记,配合照片,做个记录,对自己是个回忆。

4月10日　星期五　晴　深航国际酒店1202房

早上五点半就醒了,睡不着,写了篇学习目标方面的小文章,大概六点半左右又迷迷糊糊睡着了。感叹和自豪我们的祖国之大,不出国居然要倒时差!

早餐的天润品牌的酸奶很是了不起,本土的名牌酸奶已经卖到深圳乃至全国了,为本地企业点赞!

相对其他南方老师还是比较适应这边的生活,干干的气候、路两边卫兵一样排列的白杨树、重口味一般不配汤的饭食,妥妥的河南风格啊。

酒店美丽的民族小姐姐笑容可掬、态度和蔼,感觉到汉维民族之间兄弟般的友善,很温暖。我想,随着支教的深入开展,这种各族人民之间的和谐交往"像石榴籽一样紧紧团结"一定能够越来越好。

4月11日　星期六　晴,微沙尘　深航国际酒店1202房

读了《白银资本》,受益匪浅。因为有白银,中国成为16世纪世界第一大经济体。离开白银资本,中国的封建时代走向穷途末路。

元朝立国之初,忽必烈以丝或银为钞本,确立了钞本制及相关法律,类似于今天的准备金制度。明朝继续对货币发行进行探索。嘉靖年间，不仅国库收支以银两核算，而且朝廷明确规定了宝钞、铜钱和白银的折算比例。

当时每个中国人都会随身携带一把钢剪，根据货物价格把银锭绞成大小不等的银块，再用戥子称出小银块的重量。在当时的中国，连孩子们都会估量银锭的重量和成色。人们会随身带一个类似铜铃的东西，里面装着蜡块，用来收集剪下的银屑。当银屑积累到一定量时，把蜡块融化就可以回收银子。

张居正一条鞭法的改革使得白银的地位更加巩固。白银从幕后转向台前，成为封建经济舞台最重要的角色。

14—15世纪，随着人口增加，新兴工业的产生和对外贸易的发展，欧洲日益发展的商品经济和日渐枯竭的金银开采之间的矛盾激化，最终促使一大批冒险家开始了向着东方的远航。首先到达美洲，发现储量惊人的银矿。驱使当地印第安人日夜开采，大量白银被开采出来。

1573年，菲律宾是国际贸易中心。每年马尼拉大帆船将约15吨西班牙银币运抵马尼拉，又满载着中国的丝绸和瓷器返航，因此这些船被称为中国船。这些西班牙银币由于含银量较高，可以直接熔掉做银锭，深受中国商人信任。15世纪以后，白银成为世界货币，成了真正的白银资本。此后不管是西班牙的双柱洋、荷兰的马剑，还是葡萄牙的银饼，在当时的国际贸易中都源源不断地来到中国。中国不富产白银，明朝把白银作为法定货币，来源主要有两个，一是日本，占大概20%；另一个是通过马尼拉贸易从欧洲过来。明朝与马尼拉的贸易保证了当时白银比较稳定的流入到中国。

在1800年以前的两个半世纪里，中国最终从欧洲和日本获得了将近48000吨白银，可能还从马尼拉获得了1万吨白银。另外还从亚洲大陆上的东南亚和中亚地区以及中国自身获得一些白银。中国凭借着自己质优价廉的商品，在与欧洲、美洲各地商品的较量中势如破竹。中国长期保持着贸易出口顺差，使得整个世界的白银流向这里。中国也成为世界白银的终极密窖。

清末发生了很大变化，中国仍在封建社会，而欧洲迅速通过资产阶级革命、工业革命走向近现代社会。1935年，国民政府彻底放弃银本位制，发行法币。中国货币制度重新与世界接轨。

今天我国的法定货币——人民币凭借着坚挺的币值、强大的购买力和在合理区间浮动的外汇比价，成为强势货币，中国正在由一个经济大国通过改革向经济强国大步迈进。

4 月 12 日　星期日　晴，微沙尘　深航国际酒店 1202 房

天气真的很干燥，在房间地板砖上泼的水，转眼间就干了。一天要重复好几遍。为对付干燥的空气，听从随队医生建议，把窗帘打湿。然后所有浴巾、毛巾都打湿，挂的满屋子像棉织品博览会一样。而且要非常勤劳地不断进行泼水保湿。功夫不负有心人，来了几天，这个气候终于能适应。

张老师自学中医，在家配了点生的蜂蜜膏，纯天然材质治疗上火。大画家李丹老师牙疼，送了半瓶给他，结果喝完后止住了疼痛。

4 月 13 日　星期一　阴，微沙尘　深航国际酒店 1202 房

今天继续整理《白银资本》文字稿。争取在进驻学校之前，再多整理出来几集内容。在学校里课堂教学总是第一位的。认真备课，始终都要严肃对待。

现在每天除了备课，室内跳操频率增加不少。今天还用延时摄影录了几段视频。除了历史学科的备课，坚持读《道德经》并写几句话启示，坚持每天进步一点点！

4 月 14 日　星期二　阴，微沙尘　深航国际酒店 1202 房

我早就想圆自己的支教梦，所以主动报名参加这次支教。将来如果身体允许，我还要报名援藏。把自己在教育方面的一点微博力量奉献给祖国的两大边疆。因为"老少山边穷"五大地区是中国发展和振兴的薄弱环节，到祖国最需要的边疆和教育最薄弱的地方是雪中送炭，这样的教育人生才是最值得的。生逢盛世，只有把自己个人的命运融入伟大祖国前进的历史洪流中，个人的价值才会真正得到最大体现，这样的人生体验才算完美。

儿子前段时间和我聊天，谈起他们"95 后"特别认可的国家价值观：你所站立的地方，正是你的中国；你怎么样，中国便怎么样；一味地谩骂、抱怨没有意义。如果你觉得你的祖国不好，你就去建设它；如果你觉得政府做的不好，你就考公务员去改变它。给我什么岗位，我就做好这份工作，无愧于我的祖国。为儿子点赞！

支教队领导进行电话组织谈话。我们进行了简单的行政履历和主要工作汇报，属于履行组织程序。

这几天每到下午六七点钟，街上都会传来轻快的锣鼓声。群里老师认为是当地风俗，但是具体是什么大家不清楚，将来可以深入了解。这就是我的中国，博大精深、民俗丰富、异彩纷呈，呈现出多样化的文化生态，只有民族的才是世界的。为我们这个多民族的、团结的、强盛的国家自豪和点赞！

四、转场丽笙 岗前培训

4 月 15 日 星期三 阴，傍晚沙尘暴 深航国际酒店 1202 房

受怀礼校长委托，负责丽笙酒店八楼的老师集体登记入住手续，提前统一收取了身份证。从后来搬家上车速度来看，丽笙酒店八楼的速度最快。因为避免了在退房后再收身份证的拥挤和慌乱，我先行收齐身份证效果还是很好的。

到丽笙酒店，迅速办好手续，房卡在大堂直接发给大家。安排大家先回房间放置行李，然后各自下楼取身份证，这样错峰挺好的。

4 月 16 日 星期四 晴 深业丽笙酒店 810 房

上午 10 点 30 分，丽笙酒店二楼会议厅，教育局主办支教教师岗前培训。第十批支教队全体教师约 80 人参加。

市教师进修学校校长、教育工委委员古丽巴哈尔·阿卜杜热扎克为大家做培训。

主讲人请深圳老师谈喀什印象，老师们一致认为认真细致的接待很暖心。

下午 4 点，东城第九初中陈贺书记做《学习贯彻全国教育大会精神，培养爱国爱疆担当奉献的社会主义建设者和接班人》报告。

陈书记说特高和深塔进步很快，深圳老师为喀什教育做出了贡献，对大家表示感谢。陈书记重点带领大家学习习近平总书记关于教育的科学内涵和精神实质的系列论述。总书记强调：坚持社会主义办学方向，发展教育必须把人民群众对公平而有质量的教育需求作为奋斗目标。坚持以人民为中心的发展思想，就是要解决教育发展不平衡不充分问题。

读《道德经》七十九章深有感触，特作小诗一首以记启示。

> 夜读《道德经》七十九章有感
> 施恩不图报，得理能饶人。
> 大爱无怨怼，积善才是真。
> 弱者不苟活，教化同士绅。
> 读书何所为？齐家与修身。

（注：颈联六句"教化"似有违老子本意，改为"悟道"为宜。）

4月17日 星期五 阴,微沙尘 深业丽笙酒店803房

上午10点在酒店二楼会议室召开支教队工作会议。深圳市教工委副书记杨平同志在深圳在线与会,发表讲话:

支教工作是政治大事。要让这里的孩子学习、生活、成长在学校,为社会主义事业培养接班人。深圳市是唯一一个计划单列市的身份与其他省级单位并列承担支教任务,体现了我们的使命与担当。

杨平副书记表示教育局将会关心支教干部,做好大后方。

晚餐后,怀礼召集行政班子在丽笙酒店大堂开会,确定大家分工。我负责教学工作,因此建议,明天安排学校送一些教科书过来给大家备课用。

4月18日 星期六 晴 深业丽笙酒店803房

今天天气真的很好,天空很蓝,温度稍低。穿件外套外出散步很舒适。

上午继续备课。

下午4点30分,前往三楼会议室,参加支教队全体骨干成员会议。

支教组实行例会制度,要认真对待。要求管理者要做到三点:①仰望星空有思想;②脚踏实地有行动。看执行力,要给本地留下什么;③智慧工作有方法。遇到问题要冷静,第一时间介入。遇到问题不回避,当领导就是解决问题的。第一时间深入调查研究,要按照程序、按照原则解决问题。

4月19日 星期日 晴 深业丽笙酒店803房

每天都被小伙伴儿感动着。

感动大家告别舒适的南国来到这里后,面对干燥多风沙的困难都能够乐观对待。感动小伙伴儿们在工作需要的时候,都能够挺身而出主动承担。

4月20日 星期一 晴 深业丽笙酒店803房

怀礼校长特地发来照片告知大家,今天特高的餐厅点火成功。

下午继续游泳1000米,锻炼好身体,为胜利完成支教工作做准备。

4月21日 星期二 晴,下午小阵雨 深业丽笙酒店803房

5点就醒了,相当于北京时间凌晨3点,这个时候断不能起床,否则不利于时差继续调整。

看了看微信群,要求大家提交电子照片,估计是准备办支教证。工作在有条不紊地推进,距离正式开始工作不远了。

4月22日　星期三　晴　深业丽笙酒店803房

怀礼校长发到群里的中组部支教计划，深圳市局计划招募十名教师九月份出发，其中包括特高校长。

傍晚开始乌云密布，天气预报雷电加暴雨红色预警，果然不假。据十八小校长周平讲，来两年了，还是第一次见这种暴雨场景。有群里老师戏说"贵人出门多风雨"，我们支教老师带来了春雨，预祝支教工作顺利，预祝这里发展越来越好。

4月23日　星期四　晴　深业丽笙酒店803房

倒时差很痛苦，早上5点就醒了，只能听着音乐昏昏沉沉再睡一觉。后来起得晚了一点，随便走了几千米。下午一口气游泳20个来回正好一千米。保持好身体状态，为支教工作做准备。

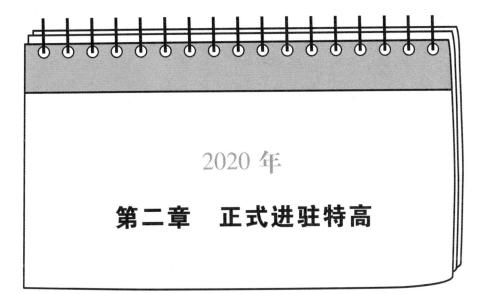

2020 年

第二章　正式进驻特高

一、进驻学校　调研摸底

4 月 24 日　星期五　晴　特高

今天正式到特高报道。

房间虽旧,但是粉刷一新,冰箱、电视、空调等设施包括床上用品、洗衣液等一应俱全,感谢组织的周到安排。

下午步行到附近的超市购物。

晚餐李书记率领几位校领导来到宿舍表示欢迎。老师们都盼着早日上课,到学生中间。

4 月 26 日　星期日　晴　特高

午饭后,怀礼校长过来请大家一起逛古城。

在百年茶馆,围坐的维吾尔族老人们没有刻意的装扮,喝着茶吃着馕,听着音乐,随时起来翩翩起舞,内心的恬淡、豁达、乐观溢于言表。我们喝着茶、聊着天,欣赏着舞蹈,这种随性的歌舞茶馆有点类似广东早茶文化。虽然维吾尔族大爷没有专业舞蹈训练,舞姿不一定十分规范,但是能感受到老人们内心的愉快与幸福,感受到内心对生活的满足。不由感慨大家都享受着幸福,享受着国家发展和改革开放带来的红利。

二、展开计划 教学研究

4月27日 星期一 晴 特高

今天开始进班听课。陈媛媛老师上了一节准复习课,高一历史必修二《15交通和通讯工具的进步》。

优点:李老师有课标意识;灯片精美、准备充分。齐读材料锻炼孩子们开口讲普通话的能力,有利于普通话的训练。课堂上学生困了可以自觉到后面站立一会儿,为这种自主管理点赞。

青年教师上课暴露出一些问题,很正常。希望将来再解决。现在多观察,少说话。注意发现在教学过程中存在的共性问题。

我的总体思路是:加强集体备课力量,减轻老师负担。

4月28日 星期二 晴 特高

今天听了三节课。上午第一节,在一楼多功能厅听取了语文科组黄振军老师给高三(10)班上的校级公开课,图文转换。

命题一:流程图与文字的转换;命题二:徽标与文字的转换。先展示学习目标,然后通过一道高考题切入主题。

黄老师热情洋溢,声音洪亮,普通话标准、流利,教师形象好。有学生互动环节,课堂氛围好。老师教练员角色突出,学生主体和学的环节得到保障。一堂课成功与否要看学习目标是否得到实现。

学生回答问题尽量单个进行,便于表达和倾听。同时有利于学生经过思考回答,有利于老师现场针对性指导。关于电商平台题目,两名学生板演,其他学生讨论。

下午第四节,历史课,崔聪老师上的必修二《战后资本主义世界的新变化》。出示学习目标:凯恩斯主义福利社会。

一是国家垄断资本主义,概念提问。解释概念,繁荣的黄金时期,宏观调控国家干预经济。根本矛盾没有消失。七十年代后美国经济负增长,物价上涨,出现"滞胀"现象。减少干预,混合经济。

二是分配机制的调整（中国重视利用税收进行财富的二次分配），高福利国家的建立。财政不堪重负，人民之间出现道德危机。

三是产业结构调整，第三产业兴起。

四是"新经济的出现"，原因，含义，实质，影响。全球化和信息化。

崔老师教态从容自信，教材知识熟练。与学生有效互动，能结合现实生活引导学生学习。课堂充满时代感。学生板书进行小结，整体观察课堂效果好。

注意充分利用女老师的优势，提升亲和力。

下午第五节，语文课第三课《登高》，张雪荣老师。

首先检查背诵内容。单个学生起立背诵，有检查，有记录。以小组为单位分组给组长背诵，有方法。教学管理认真负责。

新课唐朝杜牧《阿房宫赋》第三段学习。对文言文的字句解释到位，并注重逻辑结构的渗透引领和传统文化的介绍。老师有着深厚的国学功底，与学生互动效果很好，学生学习和回答问题积极性高。

4月29日　星期三　晴　特高

今天听了五节课。第一节课是上午10点邓拥军老师在高二(16)班上的语文课《古今言殊——汉语的昨天和今天》。

首先回忆上节课《美丽而奇妙的语言——认识汉语》，从对比中外语言魅力开始引导学生重新命名题目：《中外言殊》。学生读书后老师适当讲解，师生互动答疑。老师占用时间少，学生读书和思考时间多，做到了以学生为中心。

第二节课10点50分，高二(2)班，宁勉成老师的数学选修课2-3《二项式定理(一)》。首先对上节课布置的作业中的典型题目进行讲解，表扬经过深入思考做对题目的学生。然后进行二项式定理的详细分解。对系数通项分别引导学生展开。

宁老师始终在启发学生下一步应该怎么做，学生思维不断拓展，始终是师生在共同推动解题。在解题过程中促进学生思维成长。

第三节课是高一(12)班，李蕾老师的选拔赛课高中语文选修三《菩萨蛮》。

作为新入职老师，能够有意识引导学生对诗词朗读细节进行指导。而且能够引导学生采用齐读、单独读、男女对抗赛朗读等灵活多变的各种朗读形式。

李老师遇到一个学生提问题："老师，我们没去过江南，没办法感受江南美。"于是李老师巧妙引导学生通过认真学习这首词，并发挥想象来感受江南美景。反映了老师的教育机智。

如果能够再加一句：我们祖国有着广阔的大好河山，大家好好学习，将来争取亲自到江南去感受诗词描绘的江南美景，感受我们祖国更多的美景。这样就很巧妙地把爱国主义教育同语文课堂结合起来。爱国主义不是简单的说教，而是老师们在课堂上把爱国主义和自己学科教学的有机结合。

所有的文学都是教人向善；所有的艺术都是教人爱美；所有的科学都是教人求真。在课堂上，学科教学从来不是孤立的，而是多学科的融合创新。这节课建议更多的应该和美景欣赏相结合，辅助诗词本身的人性、向善教育。由美景引发赞美，由美景和国破家亡的强烈反差制造心理上的矛盾冲突，由美景引发对作者思念和怀乡的同理心，家国天下，从而培养爱家乡爱祖国的情感，培养向善的种子，这样效果会更好。

第四节课是高二(2)班，田汉平老师化学选修五《第三单元 烃的含氧衍生物》。耐心、亲切、温和、鼓励，是田老师上课给我的深刻印象。田老师能够结合平时喝酒来讲解醇的挥发消毒等性能，拉进知识与生活距离，效果好。重点突出，反复交代。非重点一笔带过。不断地提醒学生看书和做笔记，课堂不脱离教材，自己却不看教材。教学驾轻就熟，已经炉火纯青了。

下午第二节课地理课，刘苏涛老师的《第一节 人地关系思想的演变》。

首先讲的是人地关系的历史。神、天命说、人定胜天、天人合一（人地协调）。然后讲了直面环境问题。矿山开采、修建水坝、都市建设、工农业生产。

刘老师能够进行巡视并友善地提醒睡觉学生。能调动学生积极性，课堂较活跃。

4月30日　星期四　晴　特高

今天上午听三节课，上一节课。下午听了一节课，巡视了四楼高三课堂。审核高一高二历史试卷，查出一些小问题发给教研室赛主任，很充实的一天。

上午第三节课间，高二(17)班针对课间的三个问题现象进行了一堂极简班会课。一是卫生间冲水问题，要求养成卫生习惯；二是卫生间有烟味，提醒为了自己健康，不要抽烟；三是劝学生注意男女交往分寸，并正确看待男女同学关系和正确处理彼此之间的好感。孩子们很懂事，甚至有相当部分同学请求"您来做我们的班主任吧"。说明只要内心爱着孩子们，愿意为这个班级的改变作出自己真诚的努力，是会被孩子们接受的。要找时间和班主任老师聊聊，只知道教育学生是树立不起班主任威信，也做不好班主任工作。

通过观课,发现了好几位青年才俊是值得培养的好苗子,同时也发现有极个别老师有意"躺平"。慢慢来,不着急,冰冻三尺非一日之寒。

今天是"国际不打小孩儿日",通俗的挺逗的一个名字后面隐含着很多无奈和苦痛。但愿大家"爱我你就抱抱我",关爱小孩子,和善而坚定。

上午第一节听课,高二(16)班必修二历史《罗斯福新政》,茹孜老师。首先结合上节课内容进行复习导入。按照时间、背景、内容、特点、实质进行课堂展开。学生上课时热情很高,但回答问题时大都是跟风回答。建议最好是单个提问回答,锻炼学生独立思维能力。

资本主义基本矛盾学生是否理解? 能否用生活中的案例来解释。历史学科的思维品质和历史解释核心素养的培养要注意。

上午第二节是穆乃外尔老师在报告厅上的生物必修二第二章第三节《伴性遗传》。

出示问题:伴性遗传基因位于什么染色体上? 性染色体上,和性别有关,这就是伴性遗传。引出概念比较自然,水到渠成。伴性遗传包括伴 X 和伴 Y 染色体遗传,伴 X 又分为显性和隐性。正常女性与色盲男性的婚配图解。父亲色盲基因只能传给女儿,不能传给儿子。隔代交叉遗传。

建议:在总结时速度要慢,因为涉及整节课知识点的浓缩。

上午第四节课是赛帕尔江老师在高一(18)班上的高中思想政治必修二《第五课 中国特色社会主义最本质的特征》。

赛老师循循善诱,引导学生学习。中国共产党是历史和人民的选择;是性质和宗旨决定的;是历史形成的,是法律赋予的执政资格;中国特色社会主义必须坚持中国共产党的领导。坚持党的领导要增强四个意识,自觉维护习近平总书记在全党的核心地位和集中领导。

下午第二节高一(2)班,思政必修二第三单元"发展社会主义民主政治"第八课《民族区域自治制度和宗教工作基本方针》。阿力亚老师执教。

阿力亚老师通过学生自拍视频导入课堂,提醒学生注意视频中采访对象和采访内容。又通过欣赏美图引导学生认识各个民族,并提醒学生注意图片展示的各种信息。

板书展示如下。

处理民族关系的原则:平等、团结、共同繁荣。

三大基本原则展开讲解,指出民族团结会促进国家富强、人民幸福。

社会主义本质决定,共同进步,共同繁荣。

三、融入学校 奉献特高

5月1日 星期五 晴转阴 特高

劳动节放假第一天，大家想出去四处走一走。廖校、吴老师、我、张玲和邱老师一行五人到香妃园考察参观，详细了解香妃文化。每人60元门票，而且还赠送导游解说与香妃迎宾的歌舞表演，我们应该积极支持当地经济发展。香妃文化开发的很好，方向对路。比如园中一棵杨树和榆树居然从根部长在了一起，长成合抱之木，被喻为夫妻恩爱和民族团结的象征。而且有一面墙上写着"学说一句话，表达我爱你"的网红打卡墙画设计，以及香妃墓正门的网红打卡摄影地点。与时俱进，看得出旅游文化做得很下功夫。

从香妃园出来在旁边吃了拉面，大家都感叹，这边面真筋道，好吃。一路步行2公里到了东巴扎。本来是随意转转，结果几个老师到了干果摊位，没怎么转就开始买买买，然后往深圳邮寄。

在接下来的教学工作展开过程中，我们要及时向老教师请教。慎重地展开课程改革和学生、老师以及教室设备等调研。包括师资情况表、学生课程意愿表、教室设备可供使用清单、课程计划书（两表一书一清单）的设计、开展、回收与数据分析。这些都要有条不紊地展开。还要通过工作会议培训骨干成员，首先是对教学处等相关处室执行层面人员进行培训，其次是授课教师培训。原则上每位老师都要报校本课程（要考虑设备、教室的满足度），然后教学处进行筛选敲定。这要与继续教育和绩效考核挂钩。

5月2日 星期六 晴 特高

明天要到塔县，高原考察耗费体力精力，紫外线特强烈，和太太到超市买了防晒霜。除了和老同志在周边走一走、坚持读一篇《道德经》外，一天呆着，基本上没有什么大动作。

四、前指关爱　塔县送教

5月3日　星期天　阴　塔县凯途国际温泉酒店

上午9点，准时出发。张校怕赶不上时间，早餐没让做粥和青菜。行走约50公里，在乌帕尔乡短暂停留，买一些馕饼和水果，一元钱上趟厕所。导游刘秀介绍说本地的羊肉很好吃。这个地方长寿老人多，乐观、无忧无虑、享受生活，多食绿色等都是长寿原因，泽普县很多这样的老人。

一路沿着盖孜河前行。盖孜河是来自昆仑山山脉的冰山雪水，昆仑山山脉是中国龙脉之山。塔县三座雪山：到塔县依次经过公格尔峰、公格尔九别峰（是处女峰没人攀登过）、慕士塔格峰。

下午1点20分，经过布伦口水库，就是传说的白沙湖，边上就是白沙山。大家下车活动一下身体，顺便逛一下柯尔克孜族同胞的旅游纪念品店。薛陶涛副总上车发表简短而又热情洋溢的讲话后继续前行。

过了白沙湖，前面的路还处于半施工半通行状态，先到与阿克陶交界的金丝路文化旅游餐厅吃中餐。米饭是用高压锅做的，不好吃，到车上吃一块馕饼垫一下。这里海拔3300米，喀什路段已修好，然后进入到未修好的蜿蜒曲折的颠簸路段。这段公路两头归喀什，中间归克州阿克陶管辖。

车上眯了一下，到喀拉库勒湖停留半小时。天公不作美，看不到慕士塔格峰在湖中的倒影。忽然有一点云层移动，可以隐约看到公格尔九别峰。旁边就是喀拉库勒湿地，如果到七月份，可以看到青草、牦牛以及各色的花。

上车后又眯了一会儿，到达乌鲁格热瓦特达坂。可以从另一种角度看慕士塔格峰，别有韵味。一路无话到达塔县县城吃饭住下。

太太有点高反头痛，赶紧帮她拿了袋氧气吸一吸，抓紧时间休息。

5月4日　星期一　晴　塔县凯途国际温泉酒店

早餐后从塔县进入塔莎古道开始往坎儿杨村进发。一路高山峻岭，大巴车沿着悬崖峭壁一路行进。景色非常好。河里水清澈通透泛出迷人的青蓝色。

我们在村里专门为游客打造的花园里徜徉。这个村子海拔 3000 米左右，除了青稞和一种小白菜外，几乎种不活任何农作物。但这里有壮美的雪山，有清澈的河流，有陡峭的山路和特殊的高原美景。

在村里有一个叫克丽比诺尔的美丽的塔吉克族（简称"塔族"）姑娘，卖一些高原特产如玛卡、雪菊之类的。田汉平老师富有爱心，在旁边劝告大家尽量买一些。李校也解释说，这是消费扶贫。所以我们大都买了一些，当然也不忘记和这位美丽的塔族姑娘合影留念。后来从熊处长的介绍中得知包括这位姑娘在内好多年轻人都参加了工作队组建的剧团，培训后为游客进行歌舞表演，获取报酬，过上幸福生活。大家收入之间差别不会太大，政府给大家建有定居点的房子，前院住人，后院是牛羊圈。没有过多的生活奢侈品和消费品，所以不需要太多金钱消费。几乎是自给自足，加上旅游开发增加的收入，证明每个年轻男女脸上幸福的微笑发自内心。大家快乐知足，完全没有城市孩子的焦虑。

坎儿杨村塔族同胞为大家表演了塔族婚俗，而且表演地点就在有着 350多年历史的老房子。熊处自我调侃说道，为了充分利用塔族民俗打造旅游品牌，要四处拉资金赞助，自己由刚来的时候一位羞涩的白面书生已经变得脸皮很厚了。他说时古铜色脸庞洋溢着自豪幸福的微笑。我想熊处长的确有资格感到幸福，因为自己的奔波努力为脚下这片美丽的帕米尔土地带来了好生活，他值得自豪和获得我们的尊重。作为同样肩负着支教任务的我，要以熊处长为榜样，力争通过自己的努力，为当地留下一笔教育财富。

5 月 5 日　星期二　晴　塔县凯途国际温泉酒店

睡眠不好，早上八点半在昏沉中被闹钟吵醒，早餐后，10 点出发。

我们首先到塔合曼小学进行交流。塔合曼小学是深圳万科集团援建的全寄宿制学校，海拔 3000 多米，位于塔合曼湿地，占地一万多平方米。胡刚校长住在塔县县城，每天路上来回学校行程 70 公里，很辛苦。

中午 1 点 40 分，在喀拉库勒湖短暂停留 15 分钟。左边可以拍海拔 7625米的公格尔九别峰，右边可以拍海拔 7546 米的慕士塔格峰。随着人类对自然的改造，全球气候变暖，雪线在慢慢上移，雪山在逐渐失去本有的风采。眼前的慕士塔格像一个战士一样，顽强的守护着自己雪山的尊严，依旧雾气缭绕，孤傲地屹立。

五、深入一线　指导工作

5月6日　星期三　阴有零星小雨　特高

今天听了三节课,并参加了高三备课组长会议。

上午第一节是李琛老师在高二(1)班上的语文选修《中国古代诗歌散文欣赏》第四单元自助赏析《阿房宫赋》作业讲评课。

李老师提醒学生课前准备好作业,并有课前演讲环节。而且有老师客串记者现场采访环节,这个安排特别好!利用碎片化时间锻炼学生当众发言的胆量,给学生正能量的启迪。介绍古人称谓习惯,官职、籍贯、字号、居住地名称等。在简明扼要讲解过后,给学生时间自主背诵。

最大的感触:鼓励学生开口读,是一节语文好课。复习检查过后,讲解作业题。

建议:一是布置任务可以酌情强调,当学生已经展开任务开始讨论时,老师最好不再做交代,此时交代学生可能根本没听进去,而且对学生集中精力讨论也是一种干扰。二是强化对于少数民族高中学生朗读字句的指导,强调用手指着字句跟读。

接着听了邱俊蓉老师在高二(6)班上的语文试卷讲评课,邱老师针对学生汉字书写,专门进行短平快的培训,从汉字原理讲解。周测试卷讲评完老师要收回,检查订正和帮大家保留。老师领读的方式可以引导学生共读关键词句。

邱老师提示学生养成红笔订正习惯,重视学生细节的改变,对打瞌睡的学生能够幽默地进行提醒,照顾到学生尊严并达到提醒学生的目的。

邱老师还自费给作业情况好的学生一些小小的温馨奖励。为爱心点赞。

建议:奖励要有仪式感,给学生足够的荣誉感。

下午第三节是包老师在高一(4)班上的必修5数学《一元二次不等式的解法》。

包老师的课寓知识学习于无声无形,不留痕迹,春风化雨,不知不觉引入新课和进行新课学习。他不愧是有着多年教学经验的高手。

下午6点50分,四楼408室。高三备课组长会议。

我的建议:

一是有所为有所不为。学会做减法,包括学生作业要精简,提高针对性。

二是寻求科组团队力量。

三是带着感情温暖学生,关注心理安全。

四是举一反三。做一道讲一道,然后当场做类似三道,再布置三道题。做好备课笔记,根据学生易错点重新组卷。每张试卷都应该有针对性,小步子,多练习,勤反馈。

五是补什么我们就把重点放在什么地方。平均分,就要重点补差。一本率,就要关注成绩中上学生等等。罗校介绍重点关注本科率。

六是汇报数据要精准全面。统计尖子班、双语班、普通班各个班平均分、一本率等指标,结合信息中心拿出培训方案。

七是购买再生纸。想办法解决纸张问题。要求各备课组要精选试题,好钢用到刀刃上,不要浪费。

5月7日 星期四 阴,沙尘,下午大雨 特高

下午1点15分,二楼会议室。怀礼校长主持特高支教队工作会议。主要讲了以下几点。

一是大家基本上都上10节课的工作量,带徒弟,上示范课。学科不同,我们内部不要因为课时而斤斤计较,也不要和外部去炫耀我们的教学和生活。

二是希望自觉按时上下班,有事情要请假。

三是后勤保障供给到位,要求认真履行职责。

下午4点,三楼317高二级部会议室,历史科组会议,与大家见面。

茹孜老师布置了听课笔记、课后反思、作业量等工作。高一每周三节课。高一学业水平测试预计七月初举行。5月21日开展科组活动专业考试。还提到了崔聪老师的公开课。

下午和努尔副校长到图书馆调研藏书情况。说是有8万册,但是每本书复本量达到一百多册。就是说书的种类不多!想办法从后方学校募集一下图书。有了图书才有可能开展后续的阅读课。一个学校图书馆藏书是否丰富,关系到学生未来的视野和格局,这件事情很重要,要想办法做成。

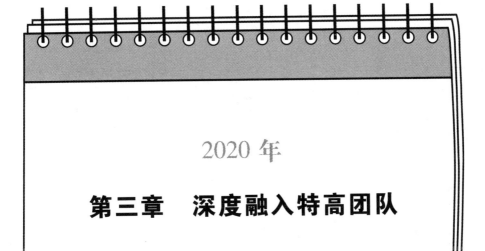

2020 年

第三章　深度融入特高团队

一、成绩分析　问题导向

5 月 8 日　星期五　晴,沙尘　特高

上午 10 点,图文中心二楼会议室,党政联席会议。

努尔副校长宣布高一年级分班方案,会议讨论通过。高一分班基本模式文科班四个班 199 名学生,(含尖子班 48 人),理科班十二个班左右,特长班(文理各一个尖子班)以及普通话提高班(不超过 50 人)。

工作日程:4 月 10 日启动,通知学生如何选班。然后宣讲动员。9 日以前,完善方案,高一大会解读并进行教师选拔。备课组长要熟悉老师意愿。5 月 14 日公示学生名单,进行教材征订。6 月 17 日教务处和新的高二级部进行教师专业测试。6 月 20 日开始教师选拔。

大家讨论对学生文理科引导的问题。尊重学生意见。放假前确定。

5 月 9 日　星期六　晴　特高

本周末不休息,今明两天分别上周三、周四的课。

钉钉收到郑校长通知,他同意捐赠要求传一个简单说明过去。我拟好说明给郑校长拍照和文字各传一份,以示正规和重视。并且拍了一些学生军训服装照片和图书馆照片传给郑校和陈校,争取能够把好事做好。

5 月 10 日　星期日　晴　特高

上午 11 点,集团校 2020 届高三年级 4 月份自治区二模考试成绩分析会。兴天主任分析得很详细,既有成绩分析,又有试卷分析。既有现象对比,又有本质归因,并给出了切合实际的后期改进建议,非常朴实、务实、扎实。

我的发言如下。

第一,战略定位。发挥特高集团军优势。寻求科组支持,寻求集团支持,靠团队力量作战。格局要高,高度决定远度,要和北疆比。

第二,战术调整。不到 60 天时间,有所为有所不为。要有减法思维,包括学生作业要精简,根据学生易错点重新组卷,不搞无效复习!组卷原则:易错题(试卷效度),小步子(A4),多练习,勤反馈。

第三,集团校学科备课组实行轮值组长制度。备课组长重点进行试卷分析及问题解决对策,对策要细要实,细化到一班一策,重点学生比如本科生和临界生要做到一人一策。并实施导师制,1 对 N 关注,与班主任无缝链接。设置走廊超市,各备课组合理排班,轮流坐庄,保证课余时间有老师在走廊值守。学生少走两步路,可以随时找到老师。

第四,不要再出现优等生、后进生等概念,统一"学困生""学优生"等针对学习的称呼。尊重学生人格、不歧视学生。

第五,热点话题热点事件是高考切入点,但不是落脚点。从热点切入,用考点表达,扎扎实实落实高考考点即可,认真研究核心素养背景下的考试方向。所以大家在研究备考策略时,要有敏锐的嗅觉,要注意命题方向。

第六,关爱学生。带着感情温暖学生,关注心理安全,温和而坚定。要注意心理暗示的巨大作用。

第七,不仅高三备课组,教学处教研室主任、高一高二级部主任、各学科备课组长都要列席。高考备考不是到了高三才开始,是从高一新生入学就开始的。全校都在努力做,包括厨师,餐厅有没有高三专用打饭窗口,高三老师有没有减免工作量,等等。

5 月 11 日　星期一　晴　特高

高三年级表彰工作会议下午 7 点在二楼多功能厅举行。我讲了几句。

台湾教育家高震东先生说过这样一句话:"爱自己的孩子是人,爱别人的孩子是神。"如果自己的孩子,在高考还有不到两个月的时间里,我们希望老师们为孩子备考做些什么?我们思考的答案就是对自己的要求。

高三年级都是重兵把守,精兵强将,大家担任把关教师,辛苦了。不空谈加油,刚才努校当场拍板打印机问题,这是校领导服务老师。艾则孜主任提到的学科走廊超市,就是老师服务学生。学生少走几步路,找到老师答疑,就是我们加油的细节。

5 月 12 日　星期二　晴　特高

今天停电,下午第一节课"裸讲"世界经济区域化。这用掉一节课,练习试卷没办法讲评,甚感遗憾。

下午接怀礼通知,找孙师傅谈判劳务合同,顺利达成协议。

5 月 13 日　星期三　晴　特高

早上睡得很好,起床就 8 点 50 分了,饭也没吃赶到考务室,总算没迟到。明天要起得更早一点,考务工作要盯紧点儿。

要对教师进行培训,有复盘意识和复盘痕迹。不要写很多字,但是要针针见血,有利于以后工作。

二、复盘会议　及时培训

5 月 14 日　星期四　晴　特高

针对考试试卷出现的问题培训:一是对待老师基本态度:和善而坚定。我们如何对待老师,老师就会如何对待学生。二是我们为老师服务有两个含义:要引领老师正确的前进方向;不要居高临下,而是为老师提供教育教学各种服务。

本次考试暴露出一些问题,要在复盘报告里按照过程的关键环节详细注明问题、归因、矫正措施及新的标准流程(比如命题从双向细目表到样卷、正式试卷提交、印刷、审题、存档等)、运营清单(试卷档案袋包含内容、袋子上面书写内容、考场布置内容、黑板书写内容等清单、页数等)。过后要专门召开教学复盘会议,全面反思总结经验教训。

5 月 15 日　星期五　晴　特高

已经在购物平台订购了两台收音机,赠给 17 班两个有志于以后当主持人的学生。要签订一个简单的协议,承诺只用于收听中央广播电视总台的语音广播,用于提升自己报考主持人专业的口语标准。

2020 年 5 月 14 日,期中考试后的复盘预备会议

2020 年 5 月 15 日,向学生赠送收音机

5 月 16 日　星期六　晴, 傍晚大风　特高

包、杨、张、邱、邓、刘、宁七人徒步疏勒, 到包老师同事维吾尔族美女老师米亚沙尔娘家做客。小米老师父母都是老师, 父亲艾尔肯热情好客, 一家人家庭幸福, 令人钦羡。大家今天体验了地道的维吾尔族的待客礼数, 不虚此行。

5 月 17 日　星期日　晴　特高

上午到前指还自行车, 中午怀礼专门请我们作陪喀什地区足协主席吃饭。主要为特高足球苗子生事宜和主席沟通。

三、关注模考　聚焦课堂

5 月 18 日　星期一　晴　特高

今天高三四模, 来不及过早赶到考务室。作为主管教务的副校长, 在重大考试的时候必须出现在第一现场, 和老师们在一起, 尽职尽责。

下午和努校聊了一下教学管理的职能分工。教务处负责考场、考务工作, 排监考表是各级部的工作。级部负责成绩分析"一分三率"给教务处, 集团校前 150 名、本校前 100 名每位学生的总分排名与单科排名的对比和弱项分析; 横向(班级之间)和纵向(与上学期期末之间)双向对比班级均分; 与上学期期末考试成绩对比学科均分的进步与退步; 同层次班级排序。

建议参照上一届毕业生最权威的一次或者若干次考试的均分, 以往年高考本科线和排序为参照, 划定新的预期本科线和临界线。以此判断学生的水平。

5 月 19 日　星期二　晴　特高

高二成绩分析会下午 7 点在二楼多功能厅举行。级部范建刚主任主持并做成绩分析。东城高中英语强势, 特高拔尖生多。深圳班高二(2)班普遍低。文科班16班历史偏低，但略高于17班。要利用好班科联席会，建立班科联动机制。需要进一步落实的：一是"打卡式"，二是学习互助小组，就是朋辈课程的实践。

曾经参观过深喀一高，随处都是图书角，契合现代教育理念，给学生创造随时随地读书的氛围。特高作为集团校总校，更要起到引领示范作用。图书馆书籍太少，因此要进一步申请购买图书和改造图书角经费。

四、青蓝工程　师徒结对

5月20日　星期三　晴　特高

下午六点半准备进行"青蓝工程"师徒结对仪式，以下是我在"青蓝工程"师徒结对仪式上的讲话。

一、意义

①学会做人，诚信。跟着师傅，学会踏踏实实做人。

②学会做事，教师最大的尊严在课堂。要追求专业成长，通过师傅指导，通过勤勤恳恳做事，尽快成为教学行家里手。

二、态度与方法论

①师傅领进门，修行在个人。师傅有自己工作，不要指望师傅面面俱到，这个不现实。做徒弟的要盯住每节课的优点，一节课只学1-2个。平时盯住师傅待人接物的优点，学会学精这些优点。

②独立思考，勤于笔记。希望大家做到："三实三不"。务实，定位准确，不好高骛远；扎实，一步一个脚印，不偷懒；朴实，直奔主题，不搞花架子。

③见贤思齐。《像冠军一样教学》，被誉为美国的"教学圣经"。该书作者道格·莱莫夫是毕业于哈佛大学的美国教育家。

三、对师傅的期望

教学相长，干到老，学到老。课要常备常新，当今这个世界唯一不变的就是变化，学生在变，时代在变，老师上课也要变。

祝愿徒弟们学有所成，祝愿师傅们每天健康愉快，祝愿大家明天更好！

2020 年 5 月 20 日,"青蓝工程"师徒结对仪式

2020 年 5 月 22 日,师徒交流研讨

5月21日　星期四　晴　特高

下午第三节,听了崔聪老师在高一(4)班上的《百家争鸣》。具体内容如下。

一、背景

二、董仲舒新儒学

1.核心观点

①罢黜百家,独尊儒术。②君权神授,天人合一。③三纲五常伦理观。④仁政,限田,薄赋、轻徭役。

2.特点

①外儒内法,博采众长。②儒学独尊,文化专制。③儒学神学化(唯心主义色彩)。

3.实质

维护封建统治。

三、汉代儒学成为正统思想

1.措施

思想、政治、教育等。

2.影响

历史科组成员召开评课会议分别评课。崔聪自我评课时说道:备课注意史料整理,注意各班具体情况因材施教。教学设计精心设计,注意教学引导。注意视频插入吸引学生,注意组织教学。争取认真教学反思,以便更好地适应学生,把控课堂。

我的发言如下:

崔老师对天人合一、天人感应的讲解做到了哲学问题通俗化。评课注意从本节课学到了什么,这是优点。如果代表学校参加大赛,哪一点需要改。另外建议尝试无幻灯片公开课。

上课时注意使用历史知识三段论,背景(为什么),内容(是什么),影响(怎么样)。边讲边背,讲完停顿立刻进行落实背记并提问。然后进行下一个环节。每个环节都逻辑化"一、二、三"进行梳理。

5月22日　星期五　晴　特高

下午第九节课,二楼会议室,高一级部成绩分析会。我的发言如下。

一、肯定高一级部工作

一级部布阿依主任和刘琴主任从五个方面进行成绩分析汇报,逻辑清晰,思路明确,措施得当。龚燕燕老师、阿瓦古丽老师和姑扎尔老师分别代表英语、地理学科和班主任团队备课组做了经验分享，大家非常负责任，最大的亮点就是抓得细、盯得紧、管得严。而且课前测试、周测等做法符合洋思经验中的堂堂清、周周清，效果很好。

二、对成绩分析工作的建议

单科均分与上次考试相比，以后不用做，试卷难度等指标不一样，比较没有太大意义。离均差客观一些，是参照本班级和整体学生样本的一个差值。

成绩分析针对的是各班级和各学科，背后是班主任和科任老师，侧重于对老师的教学管理，老师们本身就很累了，这样分析压力更大。因此适度淡化成绩分析，重视试卷分析，因为试卷分析是针对学生的学习现状的，是对事不对人的，是着眼于后面的教学和学习行为矫正的。成绩分析更多的是在年级这个层面，试卷分析更多的是要在备课组层面对每一题的得失分情况、教学和学情原因详细分析，再怎么重视都不为过。

依据小分，对学生整体成绩和个体样本做分析。然后根据这个试卷分析得出的具体学情，再结合高考考点，制订出详细的教学改进计划。

以后建议命题组考虑论证一下，是不是要命制 A、B 两套试卷。依据同一份双向细目表，在难度、区分度、效度等指标方面都相同，搞两套卷。考前两周做一套(作为样卷，甚至可以有若干和正卷的真题重合率)，评讲完试卷再做第二遍。然后正卷考试，考后订正再做一遍。这样，一个目标两套题目反复做了四遍。这就是给学生更多试错、纠错的机会，符合《像冠军一样教学》中学习方法的介绍。这就需要我们纠正一个理念和误区：我们平时做了太多为难学生的事情，仿佛题目难一些考倒学生，老师才算有本事。要清楚我们是为了学生做对，而不是做错；是为了让学生学会，而不是学不会。

三、加强细节管理

刚才老师提到的自习课有琅琅书声，是集体阅读还是个体阅读？阅读效果如何？到底该如何阅读？请大家结合为什么设置《早读学科指南》思考。

五、创新管理　走廊超市

5 月 23 日　星期六　晴　特高

根据对特高教学和管理的观察,我提出三项建议,领导非常重视。

一是高三年级创新设计学科走廊超市,学生可以少走几步路,老师服务靠前一步,高效、务实的落实个性化辅导。

二是推动特高管理落实"复盘"和"清单"理念,追求教育管理的及时性、针对性、完整性。

三是启动学校课程建设的顶层设计前期调研,规划校本课程。

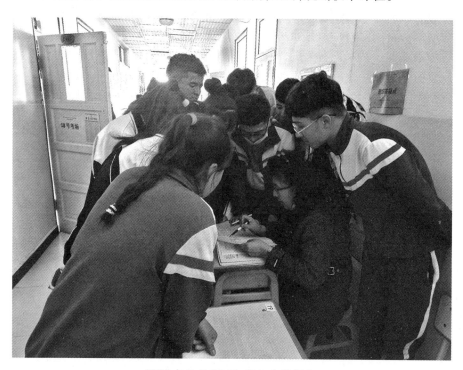

2020 年 5 月 23 日,高三走廊超市

六、奥伊塔格　田野考察

5月24日　星期日　晴　特高

上午九点半,一行16人到奥依塔克冰川进行田野考察。

中午现场订制,宰杀了一只14公斤(净肉质量)的绵羊。怀礼校长亲自留在现场,把关给大家炖肉和烤肉。柯尔克孜族同胞在路边设置有圆形的毡房,里面铺设有地毯和坐垫,充满民族风情。

饭后我们乘摆渡车前往景区。下了摆渡车,步行至观景台。远远地望见雪山巍峨挺立,傲然不群。总有一种圣洁的高贵气质,让我不由得肃然起敬。这种敬畏感,其实就是人类应该保有的对大自然的态度。在大自然面前,人类永远要认识到自己是那么的渺小和微不足道。要学会亲近自然和顺应自然,多做些有利于自然生态恢复的好事、善事,少做最好不做损害自然、污染环境的坏事和傻事。肆无忌惮地破坏自然,等到自然开始发威,报复人类的时候,人类的灾难就要到了。

观景台下面的黑色石头,导游介绍说是"黑冰川",说是雪下到火山灰上面经年累月结冰形成了世界上少有的"黑冰川"。我觉得导游是故弄玄虚在忽悠我们。就是普通的类似于粉煤灰的黑色易碎的石头,不是黑冰川。因为这个位置比我们站立的观景台还低,观景台至少有十几度的温度,如果下面是冰川岂不早就融化了?但是据刘老师讲述,他通过网上查阅资料并亲自触摸过冰川后,发现这里真的是巨大的黑冰川!是火山灰被雪融化覆盖最终形成的。这个其克拉孜冰川,海拔仅2804米,是我国境内海拔最低的现代冰川。要知道我国境内冰川分布一般都在海拔4000米左右,这么低的海拔,却基本上不会融化,真的很神奇。这个其克拉孜冰川地处乌恰与阿克陶交界的界山昆仑山阿克陶一侧,坡降小,大部分地方十分平坦,牧民常年在冰川上行走,踩出了一条条小道,人行冰上,如履坦途。不仅海拔极低,同时也是中国唯一的黑冰川。

感觉山里的柯尔克孜族同胞生活挺惬意的。山坡上就是高山草地,夏季赶羊上去,秋季再赶羊下山。遇到游客,一只羊卖1700元左右,日子过得挺不错的。

5月25日　星期一　晴,沙尘暴　特高

昨天太累了,而且在毡房外找地方方便的时候不幸顺着山坡滑倒。大腿被蹭破了皮,屁股至今还有点疼痛。只好在宿舍休养生息。

沙尘暴总是毫无征兆地就来了,漫天灰蒙蒙的。赶紧关闭窗户,哪儿都不想去了。下午被玲拉着,戴上口罩、眼睛、帽子,涂了防晒霜,全副武装到百果园采摘桑葚。看来她对采桑葚活动很感兴趣。

5月26日　星期二　晴,沙尘暴　特高

课表改版,高二历史改为7节课,逐渐进入高三备考模式,加油。

这边天气真是干燥,卧室买了台加湿器。可能是出水量太小,晚上睡觉还是很干燥,鼻子总是有干血块。下午怀礼通报了一位中组部第九批支教老师查出来肺癌送回深圳后方的消息,大家心情都很沉重。这个病除了身体本身状况外,可能和这边的高原缺氧以及沙尘有关,要多注意保重身体。

七、教师捐助　感人瞬间

5月27日　星期三　晴,微沙尘　特高

相同爱心,不同表达。包老师期中考试奖励进步同学一些现金,给学生购买了试卷夹。吴源老师给学生发了笔记本。田汉平老师给学生奖励红包,鼓励进步。田老师晚自习下课后10点40分到班,10点50分离开,利用十分钟碎片化时间,给学生补课。而且每次主动到扶贫户家捐赠,进行实实在在的资助。詹军老师资助22个孩子,每人每月一百元助学金,共计每月2200元。

扶贫支教,争做善事,我也不甘落后,给有志于播音主持专业的七名学生每人送一台收音机用于收听标准的普通话播音。给特高高一高二教学组购买了40个U盘,用于拷贝录制音频等教学使用。

5月28日　星期四　晴　特高

下午第六节1号楼一楼,高一(1)班申奇老师上课,必修三第6课《文艺复兴和宗教改革》。

申奇作为一年不到的新手。上课虽说紧张,但是不外露。气定神闲,教态自然。教学设计整体逻辑较为清晰。板书也较好地体现了自己的设计。时间把握也不错。整体课堂效果不错。而且根据试讲情况及时调整为文艺复兴单独一个课时,实事求是,这种敢于突破课时既定规划,根据学情及时微调要给予肯定。

主要问题有不能写简案,必须写详案。要进行破题,精心设计导入,比如基督教在中世纪和孔子儒学在中国封建社会对比;文艺复兴背景要结合意大利的地缘位置并采用恰当的材料进行历史解释和史料实证的核心素养培养;人物与代表作可以结合典型作品并结合"文艺复兴"这个并不恰当的词汇引导学生进行深入分析,从而理解文艺复兴的内涵;影响和意义要结合资产阶级地位、诉求和利益进行分析。

5月29日　星期五　晴　特高

琐事繁多,难得静下心来思考梳理一下工作。教学方面有以下问题需要注意。

一是早读要出声,要朗读不是阅读更不是默读。建议语文、英语科组要组织分组朗读等各种形式的读书。甚至可以读课外的经典书目,和晚修前的新闻联播呼应,一读一听,提升学生的普通话朗读水平。落实默写不是早读的目的,只是为了高考成绩,是手段不是初心。可以放在课堂或晚修。

二是早读和上课要提醒睡觉说话的同学,要认真组织教学。

三是提前候课要认真坚持,内化于心,外显于行。不是做样子,是有很丰富的内涵在里面。提示学生是否准备好上课并进入上课状态以及设备到位。

四是着手设计调研教师特长以及学生兴趣问卷(问卷星),调研学校各项基础设施是否齐备,为新学期校本课程开展做准备。

五是着手制定教师用校本课程设计表格,着手和信息中心沟通,制作电脑版钉钉学生报名系统,并能反馈给老师。着手培训老师的钉钉系统使用,原则上每位老师均要开发一门校本课程,纳入绩效考核,考评指标包括教学设计、学生考勤、课程评价、成果展示。目前校本课程的开展条件还不成熟,先观察一段时间。

六是有计划有步骤的依规开展后方捐书活动,丰富图书资源。

七是利用图书馆资源,开展阅读课。

5月30日　星期六　晴　特高

支教队双周例会在前指会议室召开,各支教组简要汇报每周工作。特高邱老师代表后方学校捐赠洒水车,田老师给学生发爱心红包;启动青蓝工程师徒结对帮扶活动;高三备考心理辅导;会议还讨论了其他事项。

5月31日　星期日　晴　特高

今天后方工作室骨干老师李娜参加深圳南山、北京海淀、杭州三地论坛。

李书记通报了近期学生中间出现的一些矛盾,背后分析其实是情绪和压力问题。准备搞一些诸如拔河比赛等大型团队活动来缓解压力。我认为要从根本上进行纾解,还是需要教育理念的更新,避免简单粗暴,倡导师生人格平等,对学生进行和善而坚定的正面管教。希望各位老师能够跳出教学的范畴,从更高层次上用自己的丰富的经验和先进的教育教学理念引领学生。

2020 年

第四章　南喀连线　前后奔忙

一、正式任命　责任重大

6月1日　星期一　晴　特高

上午升旗仪式在各班举行,仪式后高二(17)班孩子们齐声祝老师儿童节快乐,我当然明白这是请求我兑现昨天的糖果。虽说高二了,但大家是还是有一颗调皮的童心。发糖后趁机教育孩子们:"一是不要随意扔糖纸,放在口袋里课后扔到垃圾桶。二是用完洗手间一定记着冲水。"教育无闲时,时时皆教育。老师要有高度的责任心,要抓住每个教育契机,不停地交代,久久为功,水到渠成。

下午四点半,喀什市教育局二楼会议室,组织部李部长宣布深圳支教队领导任命。我被任命为喀什市特区高级中学副校长,个人表态发言关键词:服从,感谢,团结,努力。不仅仅是过去的为南山而教,更要实现自己为中国而教的教育理想。

2020年6月1日,和我的17班孩子在一起

二、捐赠 U 盘　课程准备

6 月 2 日　星期二　晴　特高

下午 3 点 10 分,努尔副校长在校门口等我,我们一起到百脑汇买了 U 盘,赞助学校两个年级 40 个 3.0 U 盘,用于晚自习前半小时的"新闻联播"播放,一是提升学生普通话听说能力;二是了解外面世界,聆听党中央声音,开拓学生视野。今天高二范建刚主任已经开始试用,我简单巡视了一下,效果不错。

6 月 3 日　星期三　晴　特高

上午两节课,学生在初中用的是民族语言学习历史,基础不牢固。讲题时我发现很多人材料题不会写,做笔记难度也很大,要反复逐字读出来才能记下来。

要有耐心。教育的过程要静待花开,不仅是渡人,更是渡己。

6 月 4 日　星期四　晴　特高

教育部基础教育课程教材发展中心组织研制并发布《教育部基础教育课程教材发展中心中小学生阅读指导目录(2020 年版)》,捐赠图书依照这个目录进行筛选是比较权威的依据。

做事要有热心,同时还要理性思考,要有方法论。

三、上公开课　引领示范

6月5日　星期五　晴　特高

下午4点10分,我在二楼多功能厅上了一节接待课。深塔中学、市教研室领导和专家一起观摩并研讨,罗剑副校长主持评课。

教研室副主任王胜老师:这节课目标明确。心理学观点,目标就是期待,有期待才有动力,有动力才有参与。板块清晰,不是简单的时间推移,展现了文化背景的厚重。课堂手段丰富。远古历史遥远,相对学生相对陌生。但是图片丰富,用特征图片唤醒学生。建构历史画卷很好的情境。

深塔中学副校长邹校:西方文化的分餐和合餐是不一样的。第一是证明课堂有趣,历史也是如此。第二是厚重,文化感厚重。第三是润,润物无声。

教研室黄志红老师:对于少数民族孩子,这样的课更好,和深圳上课效果是不一样的,更能起到积极的教育和引导作用。循循善诱,引导学生发言,学生体验各种坐姿。唯一遗憾的是听课老师少了一点,应该历史老师都来听一下。

罗校总结:这节课简单、愉快。在培训时给老师们讲了教学的三重境界。注重课程资源的开发利用,搜集整理提炼。史料很多不一定非要记下来,高中课堂容量的确很大,这节课很好地做到了史料结合。

6月6日　星期六　晴,微沙尘　特高

为了进一步促进"青蓝工程"师徒了解和加深友谊,深圳支教组的师父和特高的徒弟们在特高领导的组织下,AA方式到民族风情园进行团建活动。有乒乓球团队接龙;有走软梯接力;有团队踩着和举着一个履带状的叫作齐心协力的活动等,大家玩得很开心,达到了团建目的。

四、沙尘来袭 空气堪忧

6月7日 星期日 晴,沙尘暴 特高

发了一个朋友圈,感叹好不容易遇到的一个可以休息的周末却因为沙尘暴不能出门。深圳的天是瓦蓝瓦蓝的,这边却是黄风怪值班。而且专家说这种细微尘吸入肺部是不可逆的,多注意保重吧。

6月8日 星期一 晴,沙尘 特高

早上在广场上举行升旗仪式,同时为高三30天倒计时加油鼓劲。

晚上和吴萌老师、林琳老师沟通了如何做好后方图书捐助的事。最后决定给银艳琳部长汇报一下,看能否利用名师团队的力量进行捐助。强调快递运输已经沟通好了。捐现书,不论新旧,品相不破损即可。

6月9日 星期二 晴,微沙尘 特高

茹孜老师过来商量高考一轮资料,我的意见是目前的资料观点说法和教材相去甚远,在目前"一纲一本"的情况下,对于高考备考这是不利的。建议定资料要考虑与教材的契合度。

五、捐书项目 紧锣密鼓

6月10日 星期三 晴 特高

"书到用时方恨少,事非经过不知难。"古人诚不欺我。张罗着给特高捐书,遇到了很多困难。发现很多人很多事不是想象中的那么美好圆满。这件善事在不断摸索中前进,既需要我主动克服困难坚决往前推进,又需要不断思考迭代,这就是智慧和策略。

后来又邀请到南海中学的金承杰主任,逐渐又想到南山名师团队杭州培训一组的老师们,于是李彦、于涌敏、肖毅等朋友逐渐被邀请加入。

6 月 11 日　星期四　晴,微沙尘　特高

今天联系了一些名师,包括一些校长。比如朴校长思路非常缜密,首先旗帜鲜明地支持我的善举,其次提出了很多细节问题。体现了学者的修养、风骨和礼貌,感谢朴校长,颇有古代士人谦谦君子的风度。

春平校长表扬我做了大善事,还建议列一个图书阅读需求清单,发到名师群里大家认领,尽量做到不重复。这个是金点子。

如郊校长、程磊校长、振坤校长等很多领导都表示大力支持。

6 月 12 日　星期五　晴,傍晚沙尘暴　特高

上午第四节 12 点 30 分,操场,邢利红老师体育课。

这节课主要讲的是足球斜传直插和直传斜插技术。老邢的课从热身到示范讲解,再到师生互动、学生活动,有条不紊,课堂逻辑清晰。不仅是一节公开课,而且是一堂优质示范课。建议科组尽快安排专门时间组织评课活动,总结经验并推广。

经过这两天紧张的筹划和联系,倡议书总共有 39 位名师联名。感恩各位名师爱心传递,共同参与善举。感恩后方李娜等项目组老师紧锣密鼓地紧张运营,短短时间做了电子表格、易拉宝,进行了工作简要分工,并与深圳湾学校思炀主任沟通场地和时间、筹划纪念印章等。感恩自己通过项目运作以及与各位名师沟通,学会做事的等待、耐心和细心,最主要的是学会了遇到困难和打击,仍然能够坚韧不拔的咬牙推动项目前行。"不逼自己一下,真的不知道自己有多优秀",这句话送给自己,送给项目团队所有老师!

感恩所有遇见! 比如深圳湾学校郑校长的清单思维、项目思维、迭代思维和复盘思维在这次活动中派上了用场。做一件事情真的是需要耐心、韧性和细心,不断的迭代。

六、反思总结　三重境界

6月13日　星期六　晴　特高

因为倡议书等前期资料都已经就绪,准备重磅推出公众号特刊。所以昨晚和韩平就文本细节推敲到凌晨1点11分,反复修改了好几遍。睡眠质量很差。

写下一点思考:课堂的三重境界——自我,如我,无我。

初入职,教材不够熟悉。所以要认真阅读教材教参课标等书籍,备课备教材多一些。以规定时间教授完整的课堂知识为目标,教学痕迹明显,预设多,关注生成并随时调整课堂的意识和能力不够。明显教为主,关注学生学很少,实现了自己的预期知识传授即为成功课堂。是为"自我"。

入职几年后,开始感觉自己教与学生学存在着两层皮,彼此之间有隔阂。开始关注教与学的关系。注重备课时研究教材的同时吃透学情。课堂上有意识引导学生活动,为学生做榜样。课堂师生互动恰当,学生在互动中学习。是为"如我"。

入职多年,教材翻来覆去滚瓜烂熟,备课时重点关注研究学情。从学情需求出发设计课堂环节。讲课变成上课;教室变成课室;讲堂变成学堂;教学变成学习;教师变成导师。课堂上无论空间还是时间,学生都成为真正的主体。教育回归到原始本真,如同最早的大学诞生:先有人提出疑问,然后互相解答辩论,不得其解,求教于路过哲人。哲人留下来解答疑问,于是学校诞生了。学生质疑,老师解答,这是学校诞生之初的真实情况。并不是老师逢人便给人讲课。即先有学的需求,才有教的必要。

个别老师可以达到"无我",部分老师达到了"如我",刚入职的多数老师仍处于"本我"阶段。

6月14日　星期日　晴　特高

昨天南外李燚鑫老师微信转我2000元钱,要给特高孩子买学习用具,并且不让曝光自己名字,做好事不留名,是真正的善举,感恩。

整个项目从策划、启动到收官,把每个过程痕迹都记录下来。这是集体智慧和汗水的结晶。结果别人可以抄袭,但是做事的过程才真正锻炼人。

如果说支教锻炼人的话,是通过实实在在做事实现的,偷懒、不愿担责、受不得委屈、不愿踏实做事,是做不成事,也不会达到锻炼成长目的的。

七、担任评委 认真履职

6 月 15 日 星期一 晴 特高

上午,市历史学科职业素养暨自治区素养选拔评审活动在特高举行。努尔出面找我,我答应了做评委。观看了一节录像课和说题比赛录像,发现教育管理细节方面还有很大提升空间,如果有时间,进行详细沟通。

下午第一节,特高崔聪老师以秦朝法家思想存在的利弊导入新课。然后观看视频,汉初是马上得天下,但是不能马上治天下。无为而治虽然有利于休养生息,但是当汉初国力开始强盛时,面对匈奴的威胁和国内形势的变化,治理思想开始发生变化。这个背景要好好研究,培养学生历史解释能力。

第二节课是十一中王彦老师《第 16 课 抗日战争》,优点是目标明确清晰。但是缺乏对课题的解题分析,建议从日寇入侵的区域和对我国国民心理造成的冲击等维度引导学生分析危害性,理解为什么卢沟桥事变是日本全面侵华、中国全面抵抗的开始。而且可以结合义勇军进行曲的创作背景进行切入,对学生进行很好的情感价值观教育。对日军暴行,学生还停留在国仇家恨阶段。未能从违背人性、被世界人民所唾弃的价值观上认识日军的残暴。

最终选出崔聪代表市里参加自治区比赛。

6 月 16 日 星期二 晴 特高

衷心拥护党中央治疆方略,坚决反对任何企图分裂祖国和破坏民族团结的图谋。我的历史课堂要进行国家意识、统一意识等正确的价值观浸润,并且结合生活实例进行引导,不会显得突兀和枯燥,是水到渠成,潜移默化。

因为考不上大学，只要有正确的三观，肯努力奋斗，也会过得很幸福。但是如果三观错误，大局意识模糊，即便是考上大学，也很可能会轻易地被人利用。立德树人的根本任务决定课堂必须对学生进行正确的价值观引领。

八、访贫问苦　民族团结

6月17日　星期三　晴，傍晚沙尘暴　特高

　　中午12点出发，和努尔、都委员、张玲一起赶到阿乡吾舒尔·伊敏大叔家慰问。在阿乡考察了大巴扎，在巴扎上简单吃了午饭。努尔是体育老师出身，100多公斤的大汉，吃肉吃饭都很香。我吃了一小碗拉面就饱了。然后买上鸡蛋、食用油、大米、烤包子等，来到了吾舒尔老人家。老人82岁，和77岁老伴相依为命。一个收养的女儿去年去世，好在老两口身体都很健康。我们简短聊了一会儿。老人很热情地邀请我们吃西瓜，我们因为赶时间婉拒。我是农村走出来的，对农民有天然的了解，他们淳朴、善良、任劳任怨，奉献了一辈子，他们是天下最好的人，我会继续关注他们老两口的生活。

九、后方采访　领导肯定

6月18日　星期四　晴，晚十一点左右微沙尘　特高

　　下午4点，后方的研训部召开南山名师宣传推广视频工作会议。计划首批推出十四位名师，我因为在这里支教，做了一些实事，所以很荣幸列为首批。

　　下午很忙。后方视频会议后马上到图文中心三楼参加世界咖啡班主任分享活动。中间又跑下来参加一楼多功能厅崔聪老师录像课评课。

今天值班,两栋楼五层,六十个班级,巡视一圈,真的要四十分钟。

6月19日 星期五 晴,晚十一点左右微沙尘 特高

晚饭后和太太顺着大门口一直往东的小路进去,走到上次和包老师划船的地方。小铁皮船还在,我又跳上去,认真研究了一下划船技巧。我喜欢在紧张工作之余来到未经任何雕饰的大自然,放松身心,拥抱自然。后来想到李煜的《题春江钓叟图》,于是借用过来配一幅划船图片发了朋友圈以示纪念。

6月20日 星期六 晴 特高

我去找包老师、吴颖老师聊天,难得大家有个周末休息时间。胡乱吹牛也是一种放松,同时也是陪着二位老兄。毕竟单身在外,还是有孤独感的。谈到后方捐书,吴颖老师表示自己有一千余本书想捐助出来,很佩服吴老师,从这一点我就愿意称他为先生。

深圳湾学校西门口捐书活动已经开始接收。李娜、文勇、肖肖和她男朋友、何佳君、杨迪、袁满今天志愿服务。我赶紧给李娜200元红包,大家叫了奶茶听勇哥聊房市等待,心情愉悦。董志香名教师工作室、杨东升名教师工作室、黄瑛名教师工作室、于涌敏名教师工作室都在今天亲自捐书到深圳湾学校。陈铁成校长也在我们特有的"一一群"里展示了图书捐书贴纸,陈校长在学府还举办了隆重而简朴的捐书仪式,很有捐书文化和教育意义。

6月21日 星期日 晴 特高

两天没有出去玩,工作太累了。

网上买的高考用笔袋到了,把发票打印出来,拍照传给李燚鑫老师。

今天父亲节,晚饭后被太太连哄带拽去拾麦穗。在操场遇到包老师,邀请他一起徒步。到了托尕依村麦田,正好有一个农民兄弟在整理自己刚收获的麦子。于是上前交流,因为语言不通,彼此很勉强地读懂了对方。我的意思是现在麦子市价多少钱一公斤?他回答2.7元。然后我说能否买一些回去?他比划表示同意。我们拿塑料袋去装,他赶忙提醒我们远处的一堆收拾得更干净,这一堆麦子还没有收拾好。要为他的淳朴、厚道点赞。真的感慨越是靠近偏远农村,越很少受所谓"文明"的污染,更加质朴。我们装了一袋,约10公斤,把准备好的五十元钱给他。他表示太多了,我们很诚恳地说这是对您辛苦劳动的尊重,不计较多少。彼此都很开心,因为我绝不是施

舍给别人自己居高临下的傲视,而是做了善事自己心里特别的舒服。我自己就是农民子弟,从小在农村长大,这些收割麦子的劳动我都参加过。对农民尊重是骨子里的,不仅仅是因为出身农村,更因为农民生产了人们赖以生存的粮食,创造了财富,理应受到全社会的尊重。

6月22日 星期一 晴 特高

周一图文中心二楼党政联席例会,李书记主持。通报期末放假时间为高考结束后。7月1日期末考试结束,7月3日高一高二放假,老师要等到7、8、9号高考后。

大家商讨了这期间校本培训内容。我谈了《像冠军一样教学》专题阅读培训和新课标培训要更加细化和深入,要列出培训纲要。

中午刚躺下,接到快递小哥电话,又一批书到了。林琳老师捐赠,拍照发回。

6月23日 星期二 晴转阴,大风沙 特高

李娜很能干,专门组建了"爱心图书跨越万里群",用以协调各方爱心人士捐书事宜。加上以前建立的捐书项目群和银部长建立的支教赠书群,大家的爱心令人感动。后方很多校长和名师亲自或委托老师送书到深圳湾学校现场,感谢这些领导和名师的爱心支持。

突然想起一句话:哪里有什么福报,不过是有人在背后温和待你,不过是众多朋友在默默支持你。多一些感恩,少一些怨怼,更多的是平静和安宁。

晚饭后和邓老师、宁老师一起在喀大散步。聊到我最近总是气短,说话上不来气。邓老师说极有可能是高原反应,因为海拔只有1300米,所以这种高反是缓慢的,头两个月不明显,后来逐渐显现出来。假如回到深圳,很有可能血常规化验红细胞和血红蛋白含量会增高很多。如果能回深圳低海拔地区休整一个多月,身体会好一些。邓老师还说,国家定的艰苦边远四类地区分类是有根据的。这边春季风沙大,沙尘微粒吸入肺部对身体是不可逆的损害。加上1300米属于微高原,属于艰苦边远四类地区。

启成发来1500元红包,代表二外海德文综组的一点心意。陈梦熊先生也要捐助1000元,我建议他在后方买书寄过来。感恩遇见。

经过这个捐书项目运作,颇为感慨。计划赶不上变化。一个项目团队和负责人必须要临阵快速决策,这就需要我们平时训练面对不确定性的能力。

6 月 24 日　星期三　晴,大风沙　特高

感恩各位名师,感恩各位学校领导、老师、学生和家长,感恩顺丰公益,感恩遇见! 果然是那句话:一切都是最好的安排。

此次捐书善举活动。一是实行项目式管理,当然项目团队比较松散,以后要系统学习项目式管理并进行运用。二是迭代思维和管理思维开始摸索运用,比如及时对项目方案修改调整,不断迭代;另外起用年轻人和进行分工赋能。三是为了完成项目,遇到困难迎难而上而不是遇难而退甚至甩手放弃,遇到困难理性判断,不轻言放弃直至成功。这一点对于以后的管理工作很重要。

晚上我们支教组行政凑份子在沁湘阁饭店给田汉平、钟新平、李文龙、刘金华、曾勇五位中组部支教老师话别。刘金华、曾勇两位老师还要继续参加中组部下一批支教,向他们学习这种无私奉献精神。

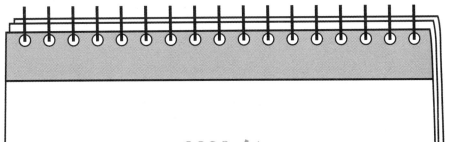

2020 年

第五章　学习处理各种问题

一、夏镇慰问 实地考察

6月25日 星期四 晴 特高

上午和李书记等领导一起到阿乡、夏镇慰问。

怀礼校长来电,晚上请张虎队长吃饭。捐书公益运输此事怀礼和张虎都很热心帮了忙,我要进行感谢。包老师热情很高,下学期准备再次捐书,届时联合宝安伍颖老师、南山北师大、南中、育才、中科实验、华侨城,看看能否发动宝安中学、红岭中学等高中,一起做个捐赠图书项目。

6月26日 星期五 晴,微沙尘 特高

今天把工作室购买的书取回了办公室,和努尔、都委员一起对照整理出来。支援出这么多书,很有成就感。努尔感慨自己三十年没读过什么书,都是咋过来的,难过地想哭。我劝他先从通俗的书比如《日本国立小学的365天》之类开始阅读,逐渐加深。而且要养成读书习惯,每天坚持读几页,不间断。

晚上和刘金华、钟新平老师散步。真的感慨钟新平老师是低调的好老师,是我们学习的楷模,默默地资助学生,从不声张。而且他除了资助学生,还自费为年级购买打印机、打印纸耗材,真的是做好事不留名。钟老师回答很朴实:学生喜欢自己,他也喜欢学生。对学生好,改变学生的世界观,就是为边疆长治久安、国家稳定做贡献。自己孩子工作也不错,平时花不到什么钱,所以为特高、为孩子做点事,心里愉快。向钟老师学习,要学习他低调少言,学习他善良无私,学习他淡泊名利,学习他爱学生爱学校。

二、行政培训 理念更新

6月27日 星期六 晴，微沙尘 特高

前天晚上教务进行了评教，努尔和林主任都没和我说，也没和怀礼等领导汇报。我和努尔做了沟通，工作多沟通，就会减少误会。

我告知努尔，通知教务室召开培训会议。我着重讲了几点：

一、多干活，干中学

不要嫌活多，每次项目都是成长的机会。有心人就会在项目中迅速成长。

二、养成正确的思维方式指导工作

1. 行政思维

领导的行政经验是一笔宝贵财富，多请示和汇报可以使自己少犯错误、少走弯路。不要受惯性思维影响，没有一成不变的东西，世界上唯一不变的就是变化本身！所有牵涉老师和学生的方案一定要经过主管校长同意方可实施。这也是对自己负责。有问题我们来担责，让大家少挨批评。

2. 清单思维

一周双表工作安排，重要工作安排表和一周日程表。

3. 迭代思维

校长出思想，副校长出思路，中层干部写各种策划案。比如一周双表的设计和迭代，这个过程就是大家成长的过程。我可以给大家现成的，但是抄作业永远不如自己独立思考成长作用大。

4. 创新思维

理解透彻上级意图去创造性执行，只能更高要求不能降低标准。

5. 结果导向

重结果不强调过程，有的领导用人但不培养人，有问题立马换人毫不客气。现在为大家好，既用大家又培养大家，给大家试错机会。但要主动寻求进步。

最后提醒：学年度工作计划要按照纲要和周计划形式严格来设计，好书

共读分享会要列出活动详案。

观课有感"一课三备":基于吃透教材后的第一次教学设计;第一次备课组研讨,然后第二次教学设计,课堂教学,课后反思;第二次同伴研讨,然后第三次教学设计,设计作业及教学评价试题。

三、关爱教师　主动陪伴

6 月 28 日　星期日　晴,微沙尘　特高

邓老师下午到办公室找到我,打听他是否教高三的事情。

我的意思老教师主动要求教高三,这是要鼓励和学习的。很感动老教师的敬业和爱生,要向邓老师学习。

下午七点半开考务会,王兴天主任主讲,我和张校参加。

打了点菜上去四楼陪吴源老师、包振华老师共进晚餐。老教师在这么边远又风沙满天的地方支教,我们做管理的必须关心他们的生活,多陪伴他们。

按照计划明天要推送工作室建设报道,今天把新闻报道稿给了记者阿康。

6 月 29 日　星期一　晴　特高

上午约了努尔,叫上热主任,一起到李书记推荐的金榜书店选书。最后达成六点五折的优惠,选购了13217 元的图书,折后8591.1 元。

之所以和老板如此艰苦的谈判,是因为拿的不是公家的钱,也不是自己腰包的钱,而是后方朋友们的公益善款,争取购买更多的书。

中午热主任请我们在小吃街吃了顿便饭,烤鸽子味道的确不错。我想起来以前和几位老师一起来过这里,当时大家劝我吃烤鸽子,我不敢吃,吃完饭还把帽子落下了。看来上次在这里吃饭驳了大家的面子真的是吃亏了。吃饭的时候问询了老板,果然找到了上次丢下的帽子,感谢老板的细心真诚。

回到学校,考前培训会刚好开始。中午一直都没合眼,头痛。正好银部长团队微信告知书籍已到。这边安排门卫送上来,清点完毕,整理了一下需要填写捐赠证明的学校名录。李书记很重视,要求党政办李富磊在三楼找一间房间先暂存图书,专门安排一个人进行登记造册用印。

6月30日　星期二　晴　特高

李书记赞同我为了大局,和吴源老师一起不上高三,这样大家均衡一些。我强调要着眼于未来,应重视高一高二师资力量配备的均衡。

因为高三师资配备,大家争论了几轮,出发点都是为了特高,为了工作,为了能给孩子们做更多的事情,感动。

四、旗帜鲜明　靠近组织

7月1日　星期三　晴　特高

今天建党节。前指组织各支教组到喀什古城博物馆进行重温入党誓词活动。

参观古城博物馆很有收获,让我们了解了古城这个国家级 AAAAA 级景区的前世今生。2010 年开始,国家投入了 60 多亿资金进行改造。改造前"污水靠蒸发,垃圾靠风刮,水管墙上挂,解手房上爬",形象地说出了古城居民苦不堪言的居住状态。改造后的 2015 年,喀什古城景区成功创建国家AAAAA 级旅游景区,成为全国最大的开放式自然人文旅游景区。千年古城实现了华丽转身,再次成为丝绸之路上的璀璨明珠。

参观前党员同志一起重温了入党誓词。我们非党人士有幸见证了这一光荣时刻。进馆参观之前,看到门口有两个小孩子在做擦皮鞋生意,哥哥读八年级,妹妹读三年级。我很怜惜孩子,决定坐下来擦皮鞋!擦一次 10 元,田汉平老师说给 15 元吧,我直接给了 50 元。田老师很赞赏。男孩一看说给多了,我们说是的,多给的回去买些文具,课余擦皮鞋可以,但是不能辍学。

赠人玫瑰,手有余香。

五、心底无私　私款公用

7月2日　星期四　晴　特高

二期捐书框架基本定型,成立项目部。新来的校长总负责,张玲主任负责和后方李娜进行对接。李娜组建后方项目团队,这次主要面对全市高中。有了第一期的经验和教训,加上这次不再集中到深圳湾学校,李娜的操作和指挥协调会好很多。加上前方也有张玲主任参与协调,一定会做好。

晚上和太太自费请教务、教研部门十几位老师们吃饭。地点在古城艾提尕尔清真寺旁边的明邀乐海尔巴格餐饮美都,民族风情浓郁的酒店,大家辛苦一个学期,犒劳一下自己。

7月3日　星期五　晴　特高

晚上怀礼校长请德育口的本地干部以及深圳团队吃饭,在一家好像回族饭馆改造的地方。小藤老师也友情参加。挺好的。

7月4日　星期六　晴　特高

上午和努校谈了高一数学备课组评优的事情,这次数学平均分58分,远超深喀一高。给数学备课组评优确实实至名归,努校也赞同。应包老师要求和努尔三个人一起驱车到香妃园路边买了几个老汉瓜带回深圳。包老师抱怨昨天自己在市场买的老汉瓜一点儿都不甜,努校亲自挑选的应该不会太差。努校笑着回答压力很大,必须挑好的,不能让包老师回去吃了不甜埋怨自己。

7月5日　星期日　晴　阳光里雅居半瓶轩

早上不到5点起床,收拾吃早饭。努校很早到宿舍门口,行李放车上。6点50分,到达喀什机场。

喀什学龄儿童太多了,每家每户平均至少在两三个。要想把党中央治疆方略落实下去，让民族孩子接受良好的义务教育，还需要再建很多学校。现在各省市的支教还要持续不断地进行，坚持数十年，一定会达到习近平总书记和党中央"长治久安"的愿景。

7月11日　星期六　晴　阳光里雅居半瓶轩

喀什支教的确很不容易。想起来很多苦中作乐的镜头，如特高远离城市闹市区，老师们无处可去，只能到周边田野散步，还显示出怡然自得的样子。没有怨怼、没有诉苦，有的是作为教育工作者，主动地来到祖国边陲，来到位于帕米尔高原脚下、大沙漠边缘的祖国西大门。冒着漫天黄沙，为民族孩子们送来先进的教育，帮助孩子们了解外面的世界。真心不易，为我们自己喝彩。因为，我们尽到了作为教育工作者应尽的义务。

六、课程改革　培训教师

7月12日　星期日　晴　阳光里雅居半瓶轩

作为主管教学副校长，我一直在思考特高的课程体系顶层设计。

关于校本课程开发，要提前布局和设计。充分利用大西北独有的课程资源优势：冰山、隔壁、大漠、草原和胡杨林等独特的自然风光；民族、塔族、柯尔克孜族等民族聚居的多民族风情；AAAAA级景点喀什老城，这里规模最大的艾提尕尔清真寺等人文景观；"三山夹两盆"的特殊地理风貌；独特的音乐舞蹈；牛羊肉、核桃、大枣、哈密瓜、蟠桃、樱桃等美食瓜果；春秋季节多发的沙尘暴极端天气等；都是很好的可以开发利用的课程资源。

另外基于国家课程的特高学习指南的开发也可以列为工作日程，重点是教学目标。预期未来的课堂，给每位学生人手一本《学习指南》，指导学生学会学习。

发现一个有趣的现象，就是喀什很多地名都和水有关。原因：一是很早以前这里应该是河流密布，水源丰富。后来人口增加，水资源慢慢匮乏。二是因为水资源匮乏，人们渴望水，所以新开发的地名多和水有关，反映了人们美好的寓意。比如努尔家乡英吾斯坦，民族语意为新的水渠。

七、人在深圳　心在特高

7月19日　星期日　晴　阳光里雅居半瓶轩

在家休假,大概捋了一下,争取做支教三件大事,如果时机合适,可以用课题的形式进行推进:

一、以特高为例,探索支教的管理体制建设

先行探索,后期在一定积累的基础上申报广东省级课题,作为深圳支教的学术科研成果,进行成果固化。

(一)探索支教的组织管理体制

特高更名为"深圳红岭教育集团特高",纳入红岭教育集团统一管理。

(二)探索支教的学科文化建设

建立"深圳名师支教联盟",做好名师支教制度建设。充分引入、利用深圳名师资源,与喀什教育相结合。带动特高的学科文化建设、课堂文化建设、德育文化建设。

(三)探索支教的运行管理体制

探索建立在深圳前指统一领导下的前方教师下沉学校支教与后方名师集训式支教的双轨运行机制。丰富支教实践,创新建设富有深圳特色的支教文化。

二、特高课程体系建设

(一)国家课程:依法开足开齐

(二)学校特色(石榴籽)课程

特色课程实行书院制管理(教学仍然是年级制管理,符合高效务实的教学管理规律),发挥朋辈互教优势。采用书院导师(班主任待遇,负责收集课程表格,日常管理,考核登记,向教务处汇报)、课程导师和学生负责人"1+1+1"的管理模式。

1.向善书院

基本理念:所有的文学都是教人向善的。

阅读类课程:"好书共读"整本书阅读、"诺奖巨匠"世界经典、"致敬先贤"国学精品课、"民国记忆"大师名篇赏析……

社会实践课程：走进超市、敬老院，深度了解世界非遗民族医药，组织喀什旅游推介会……

普通话普及传媒课程：传媒特长班、普通话兴趣班等。

双爱（爱党爱国）思政课程：如新闻联播观看做微新闻评论、配音模拟、微剧本展演等。

2.求真书院

基本理念：所有的科学都是求真的。

科创课程，沙漠资源的开发利用课程，胡杨等物种保护课程，冰川资源的开发保护，沙尘暴的形成规律研究与灾害防治，干燥地区开展工农业生产的优势与劣势（比如海水稻的引种种植），南疆瓜果的生产、储存、深加工与运输。

3.尚美书院

基本理念：所有的艺术都是求美的。

大美特高课程（窨井盖、墙壁等载体作画），天籁之音音乐课程（中外经典音乐欣赏），"放歌帕米尔"课程（民族优秀音乐搜集赏析与保护），"舞动天山"课程（民族舞蹈速成、提高）。

4.健体书院

基本理念：提升对"体育回归教育"先进理念的正确认知。充分发掘利用民族孩子的体质优势，贴近国家奥运战略，开展各类体育健康课程。比如田径课程、足球青训基地课程、篮球课程、排球课程、赛艇课程（平时购买划船机室内训练，比赛可联系租用湖面）、跆拳道课程等，进一步发掘后方资源。

三、特高学术委员会建设

建立和完善学术委员会规章制度。包括明确目的、编制构成、遴选规则、权利和义务。

八、调养身体 学习充电

7月22日 星期三 晴 阳光里雅居半瓶轩

今天中午2点,如约和大勇老师到深圳湾学校和孩子们一起拍摄毕业照,孩子们蛮热情地招呼"斌哥"。和李雪亮老师坐邻座,他和我沟通当时捐书活动专门捐了一箱,很感谢兄弟支持。当时雪亮在学校钉钉群做《万历十五年》读书分享,我是大力支持点赞的,雪亮捐书是自己对年轻老师工作支持的福报。多一个朋友多一条路,多一个敌人多一堵墙。要多修路,少砌墙,与人为善就是与己为善。

把手机记事本里梳理的工作室文化建设记下来。

制度文化,定期召开工作例会,读书会,云端会议,组长预备会,全体成员老师大会。项目制管理。公众号报道采取项目经理下的轮值编辑制度。

人本文化,配发生肖版工作U盘和星座版工作U盘,保存工作痕迹。为八位勤奋工作的小伙伴儿配备了电子书阅读器。为李娜、宋璐、张玲三位参与慕课培训活动的老师配备了麦克风、手写绘画板。

清单文化,每次会议、项目都要求设置项目清单,并制作清单指引。

复盘文化,项目结束后,必须及时复盘,回放过程,总结利弊得失。

正面管教文化,正面引导学员,正面鼓励,中肯指出过失,少批评。

朋辈文化,各项目组内部伙伴互相添加好友,增强互动,互相学习。

榜样文化,要求成员老师做到,只要条件允许,我都要先打样。跟我做,一起做,你来做。

中国教育科学研究院博士曹培杰认为未来教师的五个角色定位:做读懂学生学情的分析师,因材施教就是读懂学生后采取的措施。做课程的设计师,叶圣陶主张教材知识教学活动的"印子"。塑造品格的工程师,从人格和价值方面引领。陶冶情感的咨询师,人工智能无法代替精神和情感的引领。连接世界的策划师,整合内外资源。

九、连平讲座 阅读分享

7月26日 星期日 晴 连平县南方酒店212房

深圳中学南山创新学校张玉波老师非常热心，联系老师一起到连平支教。我主动要求替玉波老师开车，因为我开车不晕车，坐车有点晕车。我一口气开到连平南方酒店，一点也不困。要感谢三位名师一路的聊天陪伴。

7月27日 星期一 晴 连平县南方酒店212房

翻阅手机，浏览到一篇时政文章，注意到两本书，找时间淘一下：弗格森写的《基辛格》；约瑟夫·古尔登写的《朝鲜战争：未曾透露的真相》。

网上看到一位同样是中师毕业的老师谈起中师毕业基本素养：除了三字（钢笔字、粉笔字、毛笔字）二话（普通话、黑板画）要过关，学校还要求"四个一百"：要会讲一百个故事，会背一百首古诗，会唱一百首儿童歌曲，会玩一百个游戏（不是手游哦）。这是从事义务教育的老师应该具备的基本专业技能。现在的师范教育课程，注重并努力夯实理论基础，注重并努力提升科研能力，注重并努力建设课程领导力，这些都很对。但是没有过硬的专业技能，终究是跛脚的。如同修车，你是要工程师给你修，还是熟练工人为你修？答案很清楚。临床医学培养医生就合理得多，医疗行业的"规培"就值得借鉴。

这个道理很简单、很朴实，到医院看病，当然希望一个医术高明、实践丰富的医生而不是理论头头是道却没有临床经验的教授给自己看病。

上午9点，"过一种幸福完整的教育生活"河源连平——深圳南山教师双城共读行动在连平南方酒店一楼会议厅举行。南山名师代表瞿明华、张玉波、刘红艳、我和谢求安校长等连平一初中老师参加。

五位教师嘉宾在台上以读书沙龙的形式分别就主持人提出的不同话题进行主题讨论。在为老师们作《做和善而坚定的教育人》关于正面管教的阅读分享后，应主办方邀请，我简单对整个分享会活动做了点评：看得出来，这次活动谢校长进行了很好的顶层设计。整个活动全程体现对"人"的重视，做到了"以人为本"。第一，老师们在课件里涉及问题学生时，刻意对照片进行了艺术处理，很好保护了未成年人的肖像权和隐私权，体现了老师心中有爱、有人。第二，校长眼中有老师，整个活动从分享到沙龙，看不到领导，都是老师在唱主角，给了老师很大的表现空间。第三，彼此尊重，互相有人。大家彼此都能很好地对待对方的观点。发生争论也是就事论事，做到了人格上互相尊重，心中有人。

7月28日 星期二 晴 连平县南方酒店212房

今天热情的谢校长邀请我们再住一天，转一转连平的名胜古迹。上午去参观很有年头的燕岩古寺，据说是六祖慧能大师修行的地方。寺庙就像全国其他地方一样，簇新簇新的，金碧辉煌。佛像庄严肃穆、天王狰狞威武，每一处都体现了佛法的高大上。

参观佛寺的时候有件趣事很值得记录，由于同行朋友都是读书人，又由于有楹联专家刘总同行，在品评楹联时不由得受刘总影响，认真地去对比和推敲上下联。结果发现了一些不妥之处：除了平仄以外，居然还有漏字现象。对联原文："世外人，法无定法，然后知非法法也；天下事，了犹未了，何妨以不了了之。"对联由清代名士何元普撰写，将禅机智慧和朴素辩证法很好地结合起来。联中的"法无定法"和"不了了之"已成为人们的口头禅。结果燕岩古寺写成了"世外人无定法，然后知非法法也；天下事了犹未了，何妨不了了之"。刘总发出慨叹：这寺院咋抄的作业？我个人也觉得真的很不严肃。

回县城途中路过谢校长所在村子，一片不大不小的莲塘。大家下车近距离赏荷，当然还有各种拍照，我自然也很开心地成为美女们的道具之一。大家有说有笑，一路开心地回到饭馆，谢校在那里等着陪同进餐。

午饭后回酒店小憩。真的是小憩，眯了约十几分钟就睡不着了。下午到苍岩溶洞参观，一个很类似广西、贵州等熔岩地貌的溶洞。看的溶洞多了，对于我来说倒没什么过于吸引眼球之处。而且一路都在想，去地方多了，总觉得旅游越来越同质化。比如开封有小吃一条街，北京、杭州、成都等地也都有类似。你有的别的地方也都有，包括瀑布、温泉、岩洞、青山绿水，以至于每次回忆起来经常会错乱式遗忘，想不起来某个景点某张照片到底是在哪个时间去过的哪个城市，这算不算旅游综合征。说到底可能还是我们的旅游品牌缺乏文化底蕴，给人印象不够深刻。

溶洞出来，谢校亲自带领大家去吃货们都很感兴趣的连平鹰嘴桃种植基地上坪镇。老板按照谢校的安排已经装好了箱。但是大家意犹未尽，并不是冲着带几箱就走的目的去的，一定要老板领大家去桃林看一看、摘一摘、品一品。桃林距离谢老板家很近(都在国道旁,巧的是都是同一支脉的谢姓人家,据说都是魏晋江南名门谢氏后人)。老板交代我们车子直接停在国道边上,搞得我们开始还是很胆战心惊了一番。后来看看实在无处停车,加上老板轻松保证路边停车没关系。我们只好这样照办,车子就停在大货车呼啸而过的国道旁。

桃林到了后,瞿和刘两位美女大开眼界。一是没想到桃树这么低;二是不知道原来桃树先四月开花,花落再长叶子,然后七月果子成熟;三是没想到桃子这么小居然也很甜。我作为农村娃,打小就经常去姨妈家桃园玩,有时和表哥玩闹也"不幸"被姨夫抓了壮丁在桃树下挥汗如雨施肥除草。有了在桃园的"工作经历",对这些桃树的常识很熟悉。不过也对长相奇怪的鹰嘴桃好奇和赞不绝口,它和中原大白桃是大不一样的。如同一个是白面书生,另一个是大猩猩一样的区别。

老板耐心削皮,我们直接享用最新鲜的桃子。大家边吃边聊,意犹未尽。

8月5日　星期三　雨　阳光里雅居半瓶轩

为什么学习教育学?

大家都去学金融,奔着好前程。但还应该为理想和爱好而学习,所以选择了心心念念的汽车服务工程,因为喜欢汽车,而且爱车辆改装行业。但是后来发现身边有太多的问题,感觉教育才是大事。义无反顾地选择教育。

问题如下:

一是生活背景。深圳是一所年轻的城市,充满朝气、富有青春活力,但是由于经济高速发展,教育设施、学位资源等没能跟上经济发展速度。导致家长和学生面对升学的压力普遍焦虑。

二是家国情怀。放眼中国西部欠发达地区以及世界范围内如非洲等欠发达地区,很多适龄儿童在入学方面存在着各种问题,有些问题甚至至今无解。

三是人文精神。当今世界各国,贫富差距拉大,经济与社会发展也存在巨大的差距。同样是适龄儿童,但是所处境遇差距很大,未来的成长与发展差距也很大,究其原因,有各方面的因素,尤其是教育方面。

凡此种种,诸多问题需要对教育进行深入学习。英国教育理念先进,某大学教育学又处于全球领先水平。所以选择某大学教育专业,了解不一样的教育生态、学习先进的教育理论和做法,为深圳、中国甚至全球的教育做出改变。

8月9日 星期日 晴 阳光里雅居半瓶轩

昨晚喝了不少茶,结果不出意料,翻来覆去睡不着,凌晨两点了,两眼还炯炯有神,爬起来草拟了一份儿子读研期间考察欧洲各国教育情况的计划。

首先,考察学习内容,考察等同于培训,经历也是资本。

一个国家著名高中、初中、小学甚至幼儿园2-3所。与国内教育体系思考比较,教育体系建设特色亮点。

每所学校的课程体系设计情况,教育理念、实施情况中的亮点。

和每所学校的领导、孩子们以及项目负责人合影纪念,签名互赠小纪念品(仪式感很重要,同时也是一种证明)。准备一本签名用笔记本,这是一种积累,也许未来海培项目就会派上用场。

其次是实施方案。每所学校或城市做一个简明美篇——教育行纪。文字内容可以简明扼要,纲要式记录即可,结合图片音乐,这是教育情怀的留存展示。爱教育、爱孩子、充满激情与想象是做好教育的伟大起点。

马上又要出发了,要彻底检查一下身体零件。该检查就检查,消除隐患。

十、未雨绸缪 在线教学

8月16日 星期日 晴 阳光里雅居半瓶轩

晚上8点钟,召开特高新高三在线教学工作会议,对注意事项进行布置。

今日学习了概率权,注意到在经济学上,有一个很重要的结论:沉没成本不是成本。人工智能更符合经济学主张,不会让以前的事情影响当下的决策。它用概率来思考问题,切断了过去的经验,每一步决策都是独立的。强大的、有富人思维的人,他们和人工智能很像。

学习了认知飞轮,"认知"四个基本颗粒:感知、认知、决策、行动。

喻颖正,未来春藤创始人,著作:《刀锋营销》《人生算法》。文章:《聪明人是怎样用"OKR法"实现目标的?》《永远去做你余生中最重要的那件事》。

8月18日 星期二 台风,大雨 阳光里雅居半瓶轩

今天发了条朋友圈,纪念一下特高新高三在线学习的开始。在线巡堂后和努尔校长交换了意见,决定当晚尽快召开线上教学复盘会议。

复盘会议各备课组长讲完后,我先是慰问了老师们,然后表扬年级部范建刚主任领导有力,高度负责。各位老师准备充分,简短精练,针对性强,有助于积累经验。

并建议下一步:

①每节课后自我测评,有没有实效?下节课如何改进?

②摸清学情:学生手里教材、资料、基础,及时调整教学目标和设计。

③形成这种惯例,及时复盘,不说客套话,开短会。

④提前侯课,老师等学生。

⑤做好考勤和学生微档案,为正式开课后跟踪学生、因材施教做准备。

十一、继续学习 阅读充电

8月19日 星期三 台风,大雨 阳光里雅居半瓶轩

想起来开学后的阅读分享会,关于读书的意义记录如下:

第一,毕业之日,70%的知识都已经过时!因为社会在高速进步。学的是昨天的知识,教的是今天的学生,面对的是未来的生活。所以终身学习的理念大家一定要内化于心,并变为自觉行动,因此阅读就变得异常重要。

刚刚率领广东队夺得 CBA 联赛总冠军的杜锋,是我们家乡人。正是因为有了北京体育大学的读书经历,才会在广东宏远青年队找到位置。在国家队退役五年后的 2017 年被聘为国家队主教练,主要得益于他的学习力。

第二,做现场小调查:①电子阅读和学习用的 App,比如下载"学习强国""得到""哔哩哔哩"、更适合英语老师的"TED 演讲"。②听过罗振宇的逻辑思维、宁向东的管理课、喻颖正人生算法课的有多少位?推荐关注中国情境教育创始人李吉林老师、中国情感教育创始人朱小蔓老师。

关于阅读要求:

第一,改善条件,强制入轨。要阅读、要学习,既然这样要求大家,所以才不遗余力的发动后方为特高捐赠书籍,不仅仅是面对我们的学生,因为影响和改变学生只是这三千人,而改变各位老师可以影响更多学生。

第二,深度阅读。每年阅读一本书,每天坚持读几页。成为生命的一部分。

特高阅读分享会建议分享架构:自己最喜欢的一张生活照,读书后自己最想说的一句话,最有感触的一段话摘抄,最有感触的案例和自己的想法,最想和大家分享的心得和建议。

建议项目团队组织分工架构:成立阅读群,项目经理(流程、排练和倒计时时间表),教师双主持人(串词和排练),开头灯片和音乐负责人,分享老师的介绍照片灯片统一设计和提前抽签排序、内容稿件、PPT 预审和统筹,公众号文字撰写,拍照和录像。建议二期做阅读沙龙环节,坐而论道。可以拟订部分主题:比如:对自己影响最大的一本书? 读书的最大困惑和需要学校提供的最大支持? 等等。老师们可以就主题也可以主题之外进行泛泛的讨论。嘉宾采用预先确定+现场邀请相结合的形式。预留 1—2 个席位给现场老师。

以上基本构成“读书节”或“国学文化节”的架构,留一份丰厚的管理财富。

十二、看望禹校　感恩遇见

8 月 23 日　星期日　晴　阳光里雅居半瓶轩

上午 9 点,如约和二外同事到禹校寓所去看望老人家。禹校前段时间在广州动了个小手术,手术非常成功,衷心祝福禹校早日恢复健康。

8 月 26 日　星期三　晴,高温　阳光里雅居半瓶轩

上午忽然想起来今天是深圳经济特区成立 40 周年,打算出去看看深圳的变化。沿着桂庙路西行,快速路改造工程看得出来已经远不如以前火爆,因为工程已经接近完工,正在收尾。走到跨月亮湾大型立交工地,远远看见宏伟的钢结构的桥梁透明防雨顶棚正在施工。不过各个立交辅线还没开始修建，估计工程全部竣工可能要等到明年支教结束了。我仔细观看并判断各个辅线的走向，应该是全立交全互通，挺好的。向深圳的建设者们致敬！

一天的朋友圈各种视频几乎都在刷屏庆祝深圳经济特区成立40周年。

晚上八点半人才公园庆祝深圳建立经济特区40岁生日无人机表演。儿子很多天都在家里刻苦攻读雅思课程，正好也出来放松一下。对于出去玩，太太向来不感兴趣，我又总是想一家三口在一起，所以好说歹说把她哄出来，最后搞得大家都不开心。所以释然了，尊重彼此价值观。我们爷俩儿搭乘一站地铁，再步行。一路有说有笑，从6点30分出发一直等到8点，有人无机！而且还淋了一场雨，还好是阵雨，没等到下桥躲雨就停了。

8点30分开始到8点35分，先后展示了南头古城、腾讯公司、大疆无人机等南山形象，致敬深圳经济特区成立40周年。我们本来在草坪上坐着，后来觉得还是有点偏。才想起来原来人才桥上才是观景最佳位置，于是移步桥上。看到桥上灯柱上面刻着深圳引进的各国专家人才代表头像，感慨我们仅仅属于人工而不是人才，充其量是个普通人才而已，远未到头像刻到人才灯柱上的高级地步。也感慨，深圳之所以成功是有道理的，在人才引进上不遗余力，从脚下的人才公园的命名就可以看出对人才的重视。

表演完毕，等到走到地铁口，才知道人数之多，才知道儿子最初理性判断是对的，他预料到地铁会这样。徒步回家途径滨海之窗，买了两瓶水，坐在小区门口的木凳上聊天。想起当年杨迪这一届毕业生，我带的三班好多学生就住在滨海之窗。彼时我们一家三口还挤在前海学校宿舍。转眼几年过去，我们也拥有自己在深圳的稳定生活。感慨这就是幸福，奋斗的幸福。

9月1日　星期二　晴，高温，阵雨　阳光里雅居半瓶轩

贺昉校长加了我微信，通报他和怀礼4号出发，要求我在7号大部队出发时承担组织工作。爽快地答应，这是校长首次布置工作，要动脑筋认真完成。初步考虑等准确名单给我后和大家组建新群，按照生活点确定小组和负责人。要特别注意中组部第十批的老师，可以由曾勇老师负责点名，因为他是第二次支教，比较熟悉情况。

明天儿子出发到学校，中午做了鸡翅，寓意"展翅高飞"。晚上三口到海岸城江南厨子吃饭，算是践行。儿子这个暑假很坚强，克服高温酷暑、自学的单调无趣以及楼上邻居装修噪声，自学雅思课程，为儿子的认真、坚毅点赞！

9月4日　星期五　晴，高温　阳光里雅居半瓶轩

儿子从上海发来一个大好消息：雅思通过！一下子睡意全无。兴奋地跳起来和张玲分享，有种喜极而泣的感觉。因为儿子太不容易了，一个学期窝在家里上网课，生活做饭等自理。而且放暑假除了和小伙伴儿到成都小聚以外，就是窝在小屋子里攻读雅思课程，完全是自学成才！省了3万多元的课程辅导费用。更重要的是，大四一年卸去了雅思考试这个大的心理包袱，没有这个压力了。可以一心一意对付毕业论文和实习了。太太太高兴了。为儿子点赞！而且高兴之余，儿子也说，这只是万里长征第一步，要戒骄戒躁，继续进行英语的深度学习。但是这个学习就变得轻松了，是着力于到英国后的交流，有点奔着做自己感兴趣的事情去了，开心开心开心！

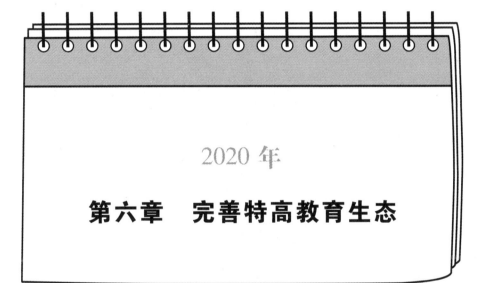

2020 年

第六章　完善特高教育生态

一、再赴边陲 续写理想

9月7日 星期一 晴 东航MU9665航班上

昨晚我们两人都没有睡好，反复起夜。早上5点不到，赶紧起床，收拾阳台衣服，关好门窗，带走垃圾下楼。司机师傅在大门口说打两次电话没人接，我赶紧解释。路上很顺利，进机场有点缓慢。直接寄存行李换登机牌，现在都是自助机器值班。碰到吴老大，他感慨一定要让学生好好学习，否则连寄存行李这种简单的人工服务都变成机器了，上哪里找工作哦。

拖着两个小箱子过安检，手提电脑耽误一点时间，大家顺利到达登机口。

九点多抵达西安咸阳机场，下飞机取行李，重新候机，等到下午两点多再乘坐另一架东航客机出发。间隔这个时间很尴尬，出去逛街时间太短，呆在候机楼又有点漫长。给金、邱、玲带了杯梨水，又在小吃店喝了碗油茶。西安经停一次，吃点西安小吃进肚子。胡乱逛一逛，过安检过去。路过西安特产店，买了两盒点心，算是给努尔小两口儿的手信。本来张玲想买柿子，我觉得那里不缺这种东西，也不好带。买点心容易带而且不容易坏。

这个东航飞机就非常普通，过道两边各三个座位那种。有小电视屏幕但是没耳机，只能痛苦的看字幕。没有上午深航的双过道八个座位好，每个位置都有小屏幕而且配一次性的耳机，一部电影没看完就到目的地了。

下午要坐五个小时，而且没有娱乐，昏昏欲睡又睡不踏实，看窗外又是西照太阳逆光。所以利用这碎片化时间抓紧打开手机写一下日记。

大概在下午六点半以后，打开舷窗，透过一丝丝淡淡的云，外面地面景色太壮观了。一眼望不到边的茫茫沙漠戈壁，平整无垠。甚至可以看见缓和起伏的沙丘。在将近7点时，看到下面有河流，还有两个大湖泊。猜测是生产建设兵团的团场，因为有明显的非常工整的许多绿色方块土地。我原以为是风能发电站，仔细看毫无玻璃应有的反光，所以否定这个判断。又看到绿色方块周边有规整的蓝色屋顶建筑，应该是人们居住区，期间有纵横交错的道路。有湖、有河、有路、有房、有田，又是在茫茫戈壁中间，这必定是团场了。这么艰苦的地方,居然在沙漠腹地开垦出片片绿洲,向兵团英雄们致敬！很了不起！

下午 7 点 12 分,空姐通知关上铉窗,准备机场落地。

9 月 8 日　星期二　晴　特高教师公寓301室

按规定今天是休整,但是还是到办公室转了一下,和贺校、努校敲定周六集团教师见面会事宜。带给努校手信送到办公室,又看了一下课表和任课老师配备情况。要求教务室把教材尽快送教师办公室,或者通知大家领取。

邱老师想从高三调到高一,和贺校交换了意见,觉得不动为好。后来邱老师又找了贺校,强调已和李琛老师沟通,下半年自己后方接待多一些,加上身体原因,不要影响了高三大局。

晚饭后大家到华润万家散步,回来时贺校征询我的意见。我说如果能够解决不影响大局,就让她调换一下吧。

9 月 9 日　星期三　晴,微沙尘　特高教师公寓301室

今天正式敲定新高一教师的调整。我担任 1-10 班的简明地方史双周教学,每周五节课。邱老师到深圳班高一(1)班任教语文,塞亚尔老师担任深圳班高一(2)班和另一个普通班的语文课。李琛老师要求把高二的努尔比亚老师调到高三,努老师因身体原因拒绝,后来经过做工作努老师同意了。金银华老师教高一(1)班数学,这样加上曾蓉蓉、周翔、张玲,高一有六位深圳老师任教。

英语老师奇缺,正在协调。林主任不得已要带两个班教学。

前指为了庆祝教师节,给支教的每位老师发了一些水果。大家一天三顿饭都在餐厅,发的水果肯定吃不完,尤其是我们家,肯定是和当地老师们分享的。这里经济还不发达,"消费扶贫"帮助当地果农兄弟一把,这是大爱。

9 月 10 日　星期四　晴,微沙尘　特高办公室

昨天晚饭后本打算和包哥打乒乓球,却被包哥、吴源老师拉去徒步。我是短衣短裤,走到鱼塘附近,感觉还是有一丝丝凉意,也没在意。结果冲凉躺到床上感觉有点冷,想打寒战,加了一个薄被子,把自己裹得严严实实的。晚上起夜冻得浑身起鸡皮疙瘩,看来喀什早晚温差大是真的,自己不小心着凉了。以后早晚还是要适当添加衣服。

今天教师节,朋友圈照例是互相祝福。

早餐后太太让喝了一包小柴胡预防感冒加重,但还是四肢无力。到办公室和努校十点准时上楼巡视一下各年级,今天是新高一入学教育。回来后到宿舍休息一下,千万要调整好身体,明天以饱满的状态为孩子们上课。

二、贺校上任　密集调研

9月11日　星期五　晴　特高办公室

昨天小柴胡+山药粉,连喝几次,晚上睡觉没有再打冷战。今天起床后感觉好很多,这次着凉就这样抵抗过去了。

今天是新高一第一天上课,高二、高三第一周上课。陪同贺校巡视,早读不容乐观。存在部分学生睡课、聊天等问题,归结原因,可能和老师们对早读重要性认识不足等有关。

关于早读的建议,以问题为导向,英语、语文学科制订《早读学习指南》并对学生进行培训。指南包括三方面:一是明确早读目标(读什么);二是过程与方法(怎么读);三是学生可操作的简单考核(读好了没)。朗读和听写等形式结合,既动口又动手。这样做的学情依据是高中学生的自主学习力的培养。以后无论是谁看班,不需要操心学生读什么怎么读。逐步过渡到"自主早读",即学生自主早读,建设学校独特的早读课程文化。

9月12日　星期六　晴　特高办公室

喀什市特高教育集团工作会议上午11点在二楼报告厅举行。会议由努尔副校长主持,会议首先由努尔副校长介绍贺昉校长简历,赛来江主任做高考成绩分析。深喀一高语文备课组、深喀二高物理备课组分享备考经验。最后贺昉校长总结讲话并做了《第一轮复习中的考试策略研究与实践》学术报告。要求重视数学和理综得分率低这个现象并重点研究。市教研室李娜主任做总结。

三、再度下乡　帮扶跟进

9月13日　星期日　晴　特高办公室

今天再次巡视早读，发现情况略有好转。比如高二(4)班英语老师亲自指导朗读；高二(9)班有布置、有朗读、有一分钟静默休息。要督促两个学科组尽快以周计划的形式出台早读指南，学生知道做什么，知道怎么做，也知道做好了没有，这样早读问题就解决了。

下午和努校去阿乡访问贫困户。车辆行驶到大亚郎水库时，聊天说起来因为太无聊和包老师等老师出来徒步曾到过这里。努校说要不要喊一下包老师一起去？我忽然想起来包哥曾说过如有机会去乡下访贫一定叫上他。马上给他电话，听得出来他在睡觉，说话有点懒懒的。但是一听到下乡，马上很兴奋地连声说"我去"！像个孩子一样的激动，一旁努校乐的不行。可见我们平时呆在特高有多沉闷。

折回到学校接上包哥，先到阿乡，还在上次的地方买了面粉、鸡蛋、馕饼、香蕉等慰问品，一路驱车到老人家。老人很开心，聊了一会儿，我领着包哥在院子里转转，还上到顶棚上面参观合影。为村里气派的小学建筑点赞。

离开老人家，努校很有心，领着我们专门去了一趟古枣树林。从来没见过这样的本地小枣，圆圆的玛瑙一样超萌超可爱。虽然没有灰枣肉多好吃，但是这是本地原生态的古老树种，树龄可以高达百年。而灰枣树结果后至多十年就不行了。当地把古枣林整理的像个小花园，努校介绍说这已经开辟为一个旅游景点了，这才是深度游，了解这边乡村文化，真好。

然后到柏什克然木乡九村小学看望慰问热主任，这是纯私人慰问，和官方无关。因为我很欣赏热主任，他和努校关系也很好。买了些西瓜甜瓜，到学校后很开心地和热主任聊天，真的是做了一回"吃瓜群众"。热主任给我介绍了学校的硬件设施建设以及学校管理。

走之前趁着上洗手间的功夫，简单参观了一下校园。标语很醒目，五个认同深入人心。看了心里暖暖的。

9 月 14 日　星期一　晴　特高办公室

今天升旗,特高的升旗非常有仪式感。对民族学生的国家认同教育很有帮助,很有必要。随后党政联席会在图文中心二楼会议室召开,会议主要讨论了教代会方案。

下午第九节课备课组长会议,贺昉校长参加。

9 月 15 日　星期二　晴　特高办公室

上午陪贺校到高三年级转了一圈,贺校问起实验室配备和具体执行情况,我不是特别清楚。从另一个侧面也说明自己没有经验和意识,需要向贺校学习。

上次贺校对早自习不满意,我马上跟进整改,并形成书面材料说明。贺校很满意这种迅速整改的做法并在昨天的备课组长会议上表扬了我。这也提醒自己要认真领会校长意图,做得不好马上整改,这样就会进一步改善工作。

前几天碰见原高二(17)班的苏比努尔·阿巴拜克尔和阿丽米热·阿卜杜艾尼,他们很开心地汇报了自己历史及格!我表示祝贺并让他们各挑了一本《墨菲定律》和《花的智慧》。我题了词,祝他们努力学习,追求进步。

9 月 16 日　星期三　晴　特高办公室

贺校每天上午都会转一转,掌握第一手学情。今天上午我到一号楼二楼,看到贺校、努校已经在巡视了,向他们学习。

随后就体艺生是否拆开插入各班级专门开会研究,综合研判后决定拆开。

九月底集团校四校联考语文进度不同,我和都委员找贺校汇报,贺校表示试题要全面,不能只考文言文,要求和李琛老师沟通,第一次联考只考文言文会很难看。正要结束,常江书记过来,于是加入大家一起又展开关于教研活动有效性的座谈。贺校提出红岭中学的"一周一课一研",培养合格的教书匠,是特高首要任务。可以是一题一研,针对一节课或一套试卷进行专项研讨。

9 月 17 日　星期四　晴　特高办公室

早饭后正好和贺校一起上班。贺校很重视"一周一课一研"活动,我表示要和努校、都委员一起研究如何在高三落实并带动高一高二参与。

和努校转了一下,今天整体早读情况良好。一是学生带着任务朗读,并且有各种形式的考核。说明语文、英语备课组认真落实学校的建议和规定,行动迅速、到位。要提出表扬!二是有三个地方需要进一步改进:①个别看班老师玩手机;②个别班级老师布置的早读任务过于简单;③早读形式单调。三是希望语文、英语备课组注意发现早读出现的各种问题,任务(目标)容量进一步合理化,形式更加活泼、多样化、有创意。对于《每周早读朗读指南》要继续迭代,争创特高自主早读特色文化。

中午12点,中共喀什市委李常委代表市委到特高宣布贺昉校长任命决定。

9月18日　星期五　晴　特高办公室

关于小蜜蜂,网上信息和实践操作有褒有贬,提醒孕妇老师慎用,对胎儿发育不好。因为继续教育接受过用嗓培训,所以老师们要注意合理用嗓、保护自己嗓子,比如润喉、多喝热水、坚持不喝冷水等。首先,作为一名合格的教师,在教室这个有限空间里讲话保证所有学生听得清楚是基本功,无需小蜜蜂。其次,如果因为学生原因不得已配备小蜜蜂是归因出错,应该用心组织教学而不是配备小蜜蜂。最后,用小蜜蜂很容易干扰同楼道其他班级并且容易造成学生听觉疲劳。这方面学校只提建议,如果使用,注意两点:一是购买好一点的小蜜蜂;二是注意控制音量。学校不反对但不支持,更不会出资为老师购买。

下午6点,高三备考工作会议在二楼多功能厅召开。热依娜扎尔主持。范建刚主任介绍高三情况,阐明高三工作目标任务,并汇报重大节点。范主任还宣布年级各班目标。包联相当于扁平管理。高三理科设三个深圳班。文科设一个深圳班,提升班10个。

贺校以《高三高考复习的教学管理实践》为题分享红岭中学的管理经验。

我感慨:备考是科学,需要探索;备考是艺术,需要雕琢;备考是工作,需要管理;备考是事业,需要责任。

在这个竞争压力巨大的时代,大家需要确立自己的非对称优势。

9月19日　星期六　晴　特高办公室

今天早上临时起意,组团达瓦昆沙漠一日游。

由于是临时组团,邓总也来不及和大家讲行程。先到岳普湖县铁热木镇英吾斯塘村,在路边看到大片的枣树林。在征询古再丽努尔意见后,欢呼着下车到枣林拍照品尝已经成熟的灰枣。过铁热木镇不远,就到了英吾斯塘村。

看望了古再丽努尔的家人并参观了民族小院。我们还饶有兴趣地爬上了房顶，看见晒得满满的新鲜的核桃。第一次到古再丽努尔家里，大家包了红包给老太太表示尊敬。

铁热木小镇不大，跨越 310 省道。古再丽努尔哥哥开的饭馆就在路边，上到楼上，几个人动手把桌子拼到一起。点了炸蘑菇、烤羊肉串、拉条子、抓饭等几个非常有特色的饭菜，喝的是普通的茶水。把老太太也接过来，老老小小热热闹闹地吃了午饭。

饭后一路驱车前往达瓦昆。沿着 310 省道行驶约 4 公里就看到路右侧的达瓦昆湖广告牌，右拐再行驶约 5 公里正式进入景区。远远看到大门，我迅速想起 2016 年曾经到过这里，还在这里吃了馕坑烤肉。

景区现在不要门票，只收取每辆车 20 元的马车费用，进去约两公里到达达瓦昆湖沙漠飓风车位置。大家当然是要坐上车子疯一把。到沙漠里后，一群人像个孩子一样欢呼跳跃甚至滚来滚去，各种开心，把身体搞的几乎每个部位都是一团沙子后尽兴而归。

今天网络学习的是沈祖芸的相关课程。沈祖芸，现任上海新优质学校研究所副所长、北京名校长领航工程课程总监。曾任上海教育杂志社副总编。2019 年，沈祖芸在"得到"App 上推出《小学生家长必修课》《沈祖芸·全球教育年报》课程产品。美国有 STEM 学习，芬兰有基于现象的学习，新加坡的少教多学，等等。这些课程就是为了培养从为追求标准答案的被动学习走向为形成解决方案而展开的主动学习。我们教育工作者要研究教育规律，研究国内外教育同行的做法，与时俱进，为新时代社会主义国家培养四有新人。

四、周末休息　天门考察

9 月 20 日　星期日　晴　特高办公室

今天去位于伽师县的希克尔天门大峡谷田野考察。上午 10 点出发，过机场后路过一个右侧山脉比较奇怪的被刘总叫作魔鬼城的地方。再过一段时间，左侧窗外是寸草不生的光秃秃的山脉。

在阿图什服务区暂时休息,继续前行。左边的山脉消失。沿着土和高速东向行驶,经过克州和伽师境内,左侧山脉时隐时现。

12点20分左右,左边出现彩色斑斓的山脉,有红、绿、褐色等颜色,矿产资源丰富。

大峡谷名不虚传。首先是入口处非常窄,下面是小溪,水有没膝深。我们把旁边的木头梯子搬过来横在水面,大家踩着梯子赤脚过去。然后走不远就是一个小小的一人高的悬崖。这时候把梯子竖起来,每个人爬着梯子上去,这才正式进入峡谷。峡谷时窄时宽,忽高忽低,人们艰难前行,乐在其中。再走一段距离,遇到一个一人多高,但是周边比较光滑下面同样是水的悬崖,上去很艰难。大约行进五公里,到达一个非常开阔的地带。据刘总介绍,还有约20公里峡谷地带。但是已经下午四点多了,大家遗憾地决定返程。

五、一周一研 校长带动

9 月 21 日 星期一 晴 特高办公室

今早升旗,随后召开的党政联席会上,贺防校长再提"一周一课一研",要常规化,要监控课堂落实。高三考试难度要降低,要实事求是地命题。

上午和都委员敲定了"一周一课一研"活动安排和语文备课组计划。下午第一节课后正好贺校过来,简要进行汇报。

下午备课组长会议顺利进行。赛主任安排工作,我针对"一周一课一研"活动进行动员布置。最后贺校强调:教务部门侧重管理、规范、要求;教研部门侧重于激发、引领、促进教师成长;老师们要激发上进心,谋求主动发展。

9 月 22 日 星期二 晴 特高办公室

支教有感

虽无扶风定远才,却有东汉都护志。

但为国家育桃李,何分深圳与喀什?

应贺校要求,我和努校上午到深喀一高调研图书馆建设工作。回来给贺校汇报:①深喀一高图书馆占用场地面积比我们大;②一楼有阅览区紧临课室,学生阅读方便。不足:阅览区图书较少。

下午和努尔到图书馆,帮着整理图书,等待上架。

9 月 23 日　星期三　晴　特高办公室

上午如约和邱、玲、包、努第三次去阿乡吾舒尔老人家慰问,半路买了十个馕。在路边灰枣林逗留品尝了一下,决定回程到老人家枣林看看。老人不在家,到巴扎买小毛驴去了。和老太太聊了一会儿,参观了小院。邱老师把爱心捐款给了老太太后我们驱车离开。

9 月 24 日　星期四　晴　特高办公室

早读有所改善,但是内涵还未达到要求。都委员专门成立了早读钉钉群,我在群里请各备课组长再次强调:①早读要出台《特高每周早读指南》,必须涵盖三方面,早读任务明确和适量、早读形式多样、早读考核具体。备课组长要负责。②《特高每周早读指南》要张贴到各班级醒目位置,各班任课老师负责落实。大家尽快开会按照要求落实。下周一学校要进班检查。

9 月 25 日　星期五　阴,中度雾霾　特高办公室

林主任过来问教务处例会有何指示。我指出几点:①《特高每周早读指南》落实;②读书分享会和主题教研活动纳入到"大家讲坛"。

要学会对林主任等中层行政干部进行培养,鼓励还要加上行政思维的引导。

经过几次迭代,十一期间的教育调研活动最终成型:到塔县两天一晚。

9 月 26 日　星期六　阴,重度雾霾　特高办公室

今、明两天不休息,上单周周三、周四的课。

最后基本敲定国庆教育调研主体选择塔县两天一晚行程,但是略显紧张。主动工作、抢着干活是对的,但是尺度真的很难把握,要在实践中留心。

9 月 27 日　星期日　阴,重度雾霾　特高办公室

最近重点工作抓早读和"一周一课一研",为此都委员成立了早读钉钉群。今天巡视,感觉早读明显有了质的飞跃。我及时在钉钉群里进行表扬:龚燕燕老师巡查早读反馈,观察很仔细,总结很到位,是一位负责任的好老

师。特高特色早读文化会成为我们学校的亮点和品牌！这是大家辛勤劳动换来的。

和努校一起研究了晚自习看班情况，由现在的每位老师每周看两次，改为每个月每位老师看一次，但是要求要巡视整个楼层走廊，保证学生安静晚修。各级部竞赛，哪个级部考核做得好，就允许哪个级部采用这种新模式。

针对新闻联播视频学生观看数量减少的情况，和努校、孟主任协商了一下，决定将视频播放改为早晚餐时全校广播。由孟主任培训 2～3 名学生骨干进行操作，早上 8:20-8:50 播放前一天的中央电视台《新闻联播》录音，晚餐 19:40-20:10 播放当天的中央人民广播电台的《全国新闻和报纸摘要》录音。这样充分利用了学生早晚餐和活动时间，在校园里每个角落、走廊都可以听到标准的普通话播音，一是有利于广大师生普通话听力和发音的提升，二是有利于国家时事方针的传达和学习。

9 月 28 日　星期一　阴，重度雾霾　特高办公室

今天升旗仪式进行国旗下的演讲，题目是《最是书香能致远》。引用周恩来总理少年时期的故事以及中美贸易冲突等案例来阐明读书的重要性。

9 月 29 日　星期二　阴，重度雾霾　特高办公室

贺校通知我发一个通知，深圳班举行一个简短的深圳校服接收仪式，要支教组行政团队都参加。这是很好的行政思维。要有思想和领导力，学会给下属布置工作。仪式简短隆重，孩子们很懂事，感恩深圳支教队，我觉得更要教育孩子们感恩这个伟大时代，感恩祖国。

和努校商定过节后第一个周一，即 10 月 12 号早上，检查播放新闻联播和每个班级早读指南张贴落实情况。要求孟主任和林主任进行前期督促检查。

接到怀礼转莫局的通知，明天到卫健委对新岗医生进行培训，内容为健康向上、传播正能量即可。晚上赶紧在办公室加班备课，本打算按照怀礼意思还讲《分餐与合餐》，后来感觉还是针对性地讲一下我国的边疆历史沿革。

晚上和张玲聊起塔县之行，她第一次负责这样的活动，要考虑大家吃住，又要遵守前指的财务规定，有压力。我安慰她有不懂的地方及时向大家请教。领导安排了，就认真去学习着做即可。

六、培训医生　传播大爱

9月30日　星期三　阴，重度雾霾　特高办公室

上午让赛主任送我们到喀什市疾控中心，原来三位主讲老师都是这一批支教教师，第一位是育才小学曹海涛副校长，我是第二位，第三位是东八廖伟民校长。我让大家选课题，大家都选了《中国边疆历史沿革》。系统梳理了从先秦到魏晋时期本地区的历史脉络，圆满完成上级交给的任务。

莫局和周主任中午留大家在帕伊纳普路宏福花园的阿尔茶抓饭店吃抓饭，这家餐厅抓饭味道很好。民族餐厅有一个特色，都有老酸奶，味道不错。

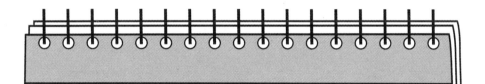

2020 年

第七章　国庆与中秋双节快乐

一、迎接视察 总结梳理

10 月 1 日 星期四 阴,重度雾霾 特高办公室

国庆佳节,恰逢中秋,双节快乐!

迎接深圳市党政代表团,要做出系列展板。国庆期间怕制作速度慢,因此要连夜做出稿件,尽快喷绘制作。昨天晚上加班到凌晨四点多。

赶紧起草了支教组小伙伴儿活动轨迹,揉入到展板里去查漏补缺。

首先,以生为本,切实为特高民族学生成长着想。

一是贺校非常重视高三的教学常规建设。高三年级推行"学科走廊超市",老师坐在走廊特定位置值班。学生不用到办公室在走廊就可以请教问题,提高了学生问题效率。

二是改革特高广播内容。在每天的早、晚餐时间,利用学校广播,分别录播中央电视台和中央人民广播电台的全国新闻联播。一方面提高学生政治素养,了解全国新闻时事,紧跟党中央的政治部署,提高家国认同和国家意识,提升自己作为中华人民共和国公民的素养。另一方面提高学生普通话听说读写能力。

三是改革特高考试语音播放系统,把南山二外标准的考试铃音引进来,包括舒缓的轻音乐、外教标准的英语播音和中文教师标准的普通话播音。实现在考试中创设情境,培养学生普通话听说读写能力。

四是针对特高图书奇缺的现状,贺昉校长率领班子成员积极倡议后方省、市、区三级名师工作室主持人为特高发动了一场大规模的捐书活动。目前这些书都已经来到了特高。在上级主管部门审读后,统一上架给学生开放。而且马上着手开展二期面向各高中学校的募集图书活动。

其次,探索教育规律,改革学校运营机制。

2020 年 10 月 1 日，一家三口在海拔 3600 米喀拉库勒湖的合影

一是贺校亲自领导改革特高早读方案。目的:高效低负运行。英语和语文两个学科备课组出台每周早读指南,并张贴到班级显眼位置。指南包括三方面:有内容,就是读什么;有形式,就是怎么读;有考核,就是读的怎么样。通过培养学生领袖、课代表,真正实现自主早读。把看班老师解放出来,减轻老师负担。同时学生的早读课会变得更加活泼、生动和高效。

二是在贺校的过问以及倾囊相授下,将深圳名校红岭中学高中部的"一周一课一研"等教研活动的先进做法引入到特高,并与特高实践相结合。形成特高"一周一课一研"教研活动新模式。

再次,重视学术引领,打造"带不走"的优秀教师团队。

一是主动承担名师进课堂公开课,《从分餐到合餐》受到深塔中学、喀什市教研室领导与同事的肯定和好评。

二是培训是最好的福利。在贺校统一部署下,贺校带头,我和罗校多次为特高老师进行师德师风、教育教学方面的培训,提升当地教师的综合素养。

三是青蓝工程,师徒结对。

最后,坚定政治站位,宣传和带头实践党的治疆方略。

一是主动"访惠聚",结穷亲,访贫问苦。我、张老师、努尔副校长访问贫困户九旬老人乌舒尔。送去慰问金、鸡蛋、面粉、大米等生活必需品和香蕉、苹果,表达深圳人民对喀什人民的关心、汉族同胞对民族同胞的关爱。更重要的是,通过手拉手贴心聊天,宣传党的民族政策,传递正能量。

二是张校和支教组老师积极联系后方爱心企业,为民族学生募集校服、口罩等物品物资,展现内地先锋城市对边疆喀什的关爱帮扶。

上午十点多吃了点早餐。到办公室后看到级部教学团队群高二发的假期作业表格。作业清单把一天的作业分9节课量化的做法很好。其他的根据学科特点进行布置作业,尤其是做试卷,更容易对学生的作业情况进行及时反馈。三个问题:一是政治、生物作业要学生背诵,怎么确保完成? 二是历史作业半套试卷能否做得完? 老师能否批改? 三是化学"有机化合物的命名"作业语焉不详,学生该如何操作? 建议大家思考"以考代作"的模式,第二天上传答案,学生批改并红笔订正,开学后老师检查订正情况并抽查做对的作业是否涉嫌抄袭。

孙师傅也辛苦了。我带一瓶"赖家庆"酱酒给老人家,双节快乐。

早上并没有睡懒觉,一方面我们睡眠不是太好,另一方面想起来后方慰问团接待问题,宋校等朋友过来,我要再买好酒招待。

晚上努尔陪我到机场接儿子,从上海飞过来喀什。原定晚上10点05分落地,结果晚上9点50分就到了。接到儿子拥抱的一瞬间还是很激动的,到市内吃饭、烤肉、炖骨头、拉面,开心。

10月2日　星期五　阴,重度雾霾　努校办公室

雾霾严重,约11点从特高出发,直到下午1点15分,下土灰蒙蒙状况丝毫没有改变。本来白云蓝天雪山的美丽景色全部看不到了,像在沙漠边缘一样。和师傅聊天得知,有可能慕士塔格景区也是这样,再次领教了下土的厉害。

沙湖短暂停留,湖旁边开始修建的栈道已经初具规模,湖边合影并给玲拍一张骑牦牛照片,风太大,手冻得受不了。赶紧钻到车里吃点东西继续前行。经过丝路餐厅,不再停留,因为饭食一般,直奔卡湖。

喀拉库勒湖停留约40分钟,大家各种拍照。硬件设施比以前来的时候改善很多,修了临时厕所,由木板、三合板和钢制脚手架制成,下面挖一个长方形的坑。木板踩上去嘎吱的响,通过缝隙看得到下面从人体组织抛弃的排泄物,实在害怕万一掉下去性命没关系但着实尴尬的不得了。

过喀拉库勒湖,快到克州的阿克陶和喀什的塔县交界的卡拉苏口岸时,新路还没彻底修好,只好折返再沿老路盘山而上。

慕士塔格峰景区仍在修建中。车外面风大温度低,大家过了边检后迅速回到车上。玲有点高反,找个背风的地方,我帮她捶背,吐了一会儿好多了,简易厕所光顾一下,迅速上车走人。

到了塔县后玲状况仍不好,我安顿好她,安排大家登记入住。又赶紧和周总联系,通过朋友送来一个氧气袋。但是吸氧应该是在刚开始不舒服的时候马上进行。现在吸氧效果不太理想,我们两人一夜睡得都很不踏实。

10月3日　星期六　晴　特高办公室

上午从宾馆出来,由于要回喀什参与接待深圳市党政代表团,我、贺校、金老师、红兵老师一辆车,打算和大家看一下金草滩随后返回喀什。出发前交代拉着张玲那趟车的师傅先到医院补充氧气。

到金草滩景区门口,要换乘电瓶车进景区,加上排队人多,我们还要到坎尔洋村和盘龙古道,担心时间太晚。给贺校汇报后,果断放弃金草滩,直接奔赴坎尔洋,路上欣赏旖旎风光。在拐过坎尔洋急弯后,看到别的车下了路开到湖边,我们也开了下去。湖边贺校还玩起了撇水花,我也捡了块扁扁的石头,结果水花不咋地手指给划破了。贺校和金老师赶紧找了创可贴给我。

我们联系了坎尔洋村驻村书记和文化公司于总,到了那里他们热情接待并陪同我们参观了《花儿为什么这样红》创作空间以及观摩了准备赴深圳演出的节目彩排。随后开车上了山,我们戏称"盘蛇公路",简单吃点酸奶面

包作午餐,各种拍照下山赶赴盘龙古道。

盘龙古道距离坎尔洋并不远,在峡谷穿行约四十分钟,右边车窗隐约看到了古道的魅影。虽然天气晴好,但是遇到乡里的工作人员,他们告知只能上去30多个弯道,距离650个弯道的全程,还差很远。我们虽不满足但仍好奇各种拍照,随即老老实实下山。

路上依然是在峡谷穿行,在感兴趣的地方就下来玩水逗留,回到县城加油后一路下山。虽然不算太饿,但是考虑到民族的司机买买提正值青壮年,可能会饿,所以到盖孜以后,在路旁边的克族拉面馆就餐。

二、领导肯定　备受鼓舞

10 月 4 日　星期日　晴　特高办公室

晚上10点40分,深圳支教干部人才座谈会在喀什宾馆召开。深圳市委郑轲副书记、前指杨春生总指挥等领导与会,支教队以及干部人才参加会议。

郑书记先简单了解了大家并让大家逐一自我介绍。杨总汇报支教工作基本情况,郑轲副书记听得很认真并不时插话询问细节。之后请大家畅所欲言。

最后郑书记发表讲话,对大家表示慰问,要求杨总搜集大家建议和意见,并回复大家。能办的办,不能的做好解释。书记重点强调,一是要认真学习总书记系列讲话精神。不能停留在读一读报纸就结束,要认真深入学习。二是要集中力量办大事,要树立深圳的丰碑,不能撒胡椒面。三是要创新干部人才帮扶办法,深圳好的经验可以灵活学习利用。如产业园建设、文化旅游产业方面尊重和利用市场化原则,做好牵线搭桥作用。四是要珍惜岗位,锻炼自己驾驭复杂局面的能力。所有的工作推进都要学会做群众工作,要深入到一线农村中。要有危机意识和忧患意识,主动研判并解决问题于萌芽之中。要在特殊的环境中,更严格的管理干部,提升思想境界和意识。要光明正大,决不能犯自由主义,不允许会上不说会后乱说。要丰富大家业余生活,大后方会为大家做好保障。

10 月 5 日 星期一 晴 特高办公室

上午 10 点 20 分,深圳市委郑轲副书记到特高看望慰问大家,主要是贺防校长全程讲解,书记行程紧张,握手合影后离开。

我和二哥、包哥、张玲、杨迪一行五人匆忙到麦盖提县 N39 沙漠,贺校、廖校三口、张校以及李书记他们和学生合影留念。让张玲问了金老师,明确得到金老师在家陪贺校不去游玩的信息后出发的,没有过多顾虑,单纯而开心。

一路高速到麦盖提县县城,途中接努校电话,交代汽车左后轮要充气。路边拉面馆吃碗拉面,五元一碗,烤包子两元一个。找汽修店充满气,两家民族同胞店主都很客气,我们用"热合买提"和"和谐"表达谢意和再见。

到 N39,换乘沙漠越野车,往里走了约三公里,遇到余校、廖校一行。赤脚打了沙滩排球,杨迪很感兴趣,而且打得不错,还很懂的照顾别人,让大家都触摸到排球。我和张玲玩了几趟滑沙,又和余校一行走了一段沙漠,好像有刺扎了脚,中途退回来。我们一车提前出发赴泽普县。

路上大家浏览酒店,果断选择了好一点的金湖杨大酒店。在路边一个乡镇拉面馆,大盘拉面味道和份量不错,十元一盘。天黑后到泽普县县城入住酒店,晚餐后在酒店打了一会儿乒乓球。

2020 年 10 月 5 日,深圳市委领导到特高慰问支教组老师

三、胡杨精神 永续相传

10 月 6 日 星期二 晴 特高办公室

昨天夜宿金湖杨大酒店。被子太厚,尽管空调开的很低,还是不断热醒,睡得不踏实。我收拾好到三楼餐厅时,二位仁兄已用完早餐。我们三口不到九点就起床,看来还是起的晚了些。

一路奔向四十公里外的金湖杨国家森林公园,路上欣赏田园风光。尽管胡杨林大部分还未变黄,但并不影响游玩心情。叶尔羌河从昆仑山乔戈里峰奔腾而下,绵延九百公里,滋润了脚下的土地。

先是五个人先骑一辆四人自行车,两人一排,前后共两排,另一人只好坐在前排儿童座位上。这个座位很狭小,坐着没问题,就是大长腿没地方搁置,不是很舒服。但这个座位有一个好处:不必和其他四人一样费力踩踏。四人共同踩踏脚蹬前行,只有左前方有方向盘掌管方向。车辆簇新,大家很有驾驶愿望。一路上欢歌笑语,时常互相换座位彼此体验不同乐趣。

然后换乘电瓶车参观游览,在景区徜徉。看了当年知青上山下乡的激情岁月,与千年胡杨邂逅。恐龙馆体验童趣,本地植物馆浏览,奇石馆参观。游玩中继续和余校、廖校"偶遇",这样的安排其实很好,彼此不必互相等待。

大家不想再到叶城了,于是原路折返。遇到枣树林,停车观赏。灰枣即将开始吊干,有一部分已经开始变软,摘了几个脆脆的灰枣,奔赴泽普县上高速。路过英吉沙县,但对小刀兴趣不大,直接回喀什。

经过导航一番周折,先到国际汽车站取了包哥的酱酒。再到丽笙酒店附近的苏里曼小烤肉吃晚饭,就是烤肉,串儿要稍小一些,味道还行。杨迪开车,我和伍颖老师陪着包哥喝了一小杯酒。

10 月 7 日 星期三 晴 特高办公室

送儿子到机场。儿子现在很懂事,机场和我们一一拥抱话别。包老师笑着打趣说妈妈是不是哭了?我受不了这种送别场面,自己控制不住眼泪别过脸。所以将来儿子英国留学回来坚决支持留在深圳,不再体会这种离别的难过。

回来在路边吃碗面,努尔和热依拉到学校取车。我们回宿舍睡一大觉。

10月8日　星期四　晴　特高办公室

上午收到吴老大的喜糖,国庆节专门回去主持儿子婚礼,可喜可贺。

下班后我和玲到前指锻炼身体。她跑步机上挥汗如雨,我在泳池里驰骋。约好的五点半努尔给我电话去摘石榴,然后约好前指门口等他和热依拉。到阿乡,漫山遍野的石榴园,边吃边品。天色已晚,谢绝了主人的盛情邀请,没有再到家中做客。在路边大家吃了拉面和缸子肉。主人和努尔早就是朋友,所以一定要挡住我,不让我买单。但是看着他一脸风尘仆仆,刚才采摘石榴,身上也沾满了尘土。我强拦住不让他买单,让努尔把帐结了。

10月9日　星期五　晴　特高办公室

点赞杨迪!雅思自学三个自律:时间自律,每天严格遵守作息时间;行为自律,自觉控制使用手机上网尤其是游戏时间;方法自律,每天能够用恰当的方法有效评估自己学习效果。

开学第一天,第一节在高二(19)班,热西丹·艾买提老师讲诗词《永遇乐 京口北固亭怀古》。评课时提醒热老师学习科学用嗓,用胸口腹三腔共鸣发音。

先是口头检查两篇作文的国庆作业,这种形式无法确定质量。然后集体背诵古词柳永的《望海潮·东南形胜》《雨霖铃·寒蝉凄切》和苏轼的《念奴娇·赤壁怀古》《定风波》。是否都会背如何确定?是否提前设计?考核过于随意?下次学生是否会重视新的作业?

语文老师教10、19两个班,维吾尔族老师和课时多两个特点决定了可以记住学生姓名。可以拉近师生的距离,所以不建议喊号码。

两位同学上台黑板默写,情况不出所料,很不乐观。

男同学范读不错,但是老师不能指出来问题。所以强烈建议维吾尔族老师上课范读时采用播音范读(必备动作!)。同时自己也跟着提升。

组织男女同学朗读比赛,应该规范化、形成指南。很明显,不是经过训练的成熟模式,而是临时的、没有形成模式的比赛。但是优点是让学生张口了。

这篇词是新课还是复习课?都委员肯定这是新课。根据我个人的学习经验,民族学生学习文言文很吃力,需要老师翻译成现代文以后再开始正确朗读。

教育老师们要有关键节点意识。每个学习段的第一天、第一节课往往都是非常关键的。国庆回来第一天第一节课,必须提前备好课、上好课。

第二节在高二(11)班,数学课《几何概型》,图拉古丽老师。

老师讲得有点多,给学生思考和互动的时间少。概型比较简单,学生容易理解。这种情况下请学生上台讲是否可以?效果是否更好?让学生从简单的题目练手讲解,培养自己的数学思维。

与贺校私下交流,数学老师需提升离开课件的课程设计能力,以及对学生解题思路、方法的培养。比如几何概型,就涉及一维、二维、三维空间的思维演进和培养,贺校很赞赏我的想法。并且指出:面对基础薄弱的学情,涉及简便运算约分方法的渗透。高二数学备课组长努热曼古丽老师很上进,一起陪听并且与贺校共同进行了简短的评课。

第三节时间,贺校在我们办公室进行了简短的会议,就国家通用语言文字的语境营造,谈到了孟庆杰主任主持的早晚广播。先后约见了孟主任和蓉蓉、媛媛,指出广播站作为社团活动要先活动起来。目前是落实新闻播报,逐渐过渡到真正的学生自己做节目,培养普通话水平和综合能力。

下班后我和努尔、张玲、生物组艾老师赶紧拿石榴去邮政邮寄。邮寄点距离前指不远,等纸箱的同时在旁边吃顿饭,拉面、抓饭,外加烤肉串。经过一番装箱折腾,分装为约单重五公斤的十三个纸箱。运费高达800多元,远超石榴本身500元的价格。感叹这真是千里寄鹅毛——礼轻情意重啊。

四、设计指南　规范早读

10月10日　星期六　晴,雾霾　特高办公室

今明两天继续补课,上单周周四周五的课。

下午6点40分,教务处早读指南复盘会议。赛亚尔、龚燕燕老师分别提出要协调打扫卫生时间和个别学生积极性不高等问题。我主要强调以下几点:

①大家就两个年级双科早读指南,有什么问题,提一下。

②随机问了学生,对学生培训要到位。想要实现自主早读,前期要在培训学生方面做足功课,要跟紧。

③任课老师和班主任要搞好关系,争取班主任密切配合。

④工作要上心,指南贴的地方和横竖版要清晰醒目,不要横着看。

⑤再次提醒思考为什么早读? 然后才会知道读什么? 怎么读? 读的怎么样?

⑥所有老师必须使用标准音频进行范读。可以将范读引入到早读。

⑦大家要把每周早读指南按照一稿、二稿认真保存,保留迭代痕迹,这是我们思想和理念升华的过程,很宝贵。期末教务处要保存。形成早读课程,大家都是课程设计者,要有积累和总结的意识,有了这样的前期准备,将来我们申报课程设计类的课题,水到渠成。

⑧对于出现的问题学校会积极协调处理,同时从职业发展角度看,大家要学会自己解决问题,提升自己驾驭课堂和处理复杂学生工作的水平。

⑨要尽快召开各备课组会议,落实早读指南和学生课代表培训。

和贺校最后敲定倡议书和捐书指引稿件,并与红岭高中部团委李金泽书记以及深康校区总务主任陈彬建立联系。

10 月 11 日　星期日　晴,雾霾　特高办公室

今天上单周周五的课,上午紧张备课。贺校交代的落实给前指杨总的集团校方案起草先放一放。

和努校陪同贺校观摩上午第二节高三(15)班阿耶帕热老师的数学课,复习指数函数的图像和性质 $y=ax(a>0,$ 且 $a\neq1)$。当 $0<a<1$ 时,图像在一、四象限,当 x 逐渐增大图像下降。当 $a>1$ 时,图像在一、四象限,x 增大时图像向上。温习了久违的数学函数知识。

阿耶怕热老师强调数形结合思想。但是贺校认为这节课复习的知识点和练习题关联度不高,复习有些乱。决定周一下午召开数学组教研会议,贺校亲自培训。努尔给赛来江布置了任务,要重视和开好这个教研会议。

张玲做事很认真,和红岭李金泽书记对接后,马上整理图书馆,准备拍照场地。我的意见是今天最好把公众号草稿拟出来,我审核后给贺校。

10 月 12 日　星期一　晴,雾霾　特高办公室

今天在图文中心二楼开了党政联席会议,校级领导参与,我的发言如下。

①请假已经钉钉审批,必须纸质版请假条门卫放行,必须家长接。

②图书馆录入,民语老师分配的时候予以重点考虑。

③U 盘收回。归哪个部门管理,入口国有资产。

④13 号实验考试,理化生通用技术考试一天考完。

⑤早读打扫卫生有好转,建议班主任尤其是高一新任班主任要亲自盯着强制入轨,形成规律和制度就会顺畅。实现规定时间做规定的事,不影响早读。

⑥通报早读检查情况,不容乐观。逐一找相关老师座谈,做通老师工作。

⑦教学管理考试环节建议实行样卷管理,即 AB 卷制度,这是贺校经过大量观课座谈,对特高一线教学做出准确诊断得出的科学判断。希望各部门要协力推进。集团校自己决定是否采用,不强制,但是命题组必须这样命制,同一个细目表。在月测和周测中执行,重复率可以达到 4 成。目的就是为了"学会"。

⑧打印纸速印纸等能否解决? 马上申请。

10 月 21 日深圳市罗湖高级中学将结对访问特高。党政办和教研室进行策划接待,预计上两节课,做两个讲座,中午在特高支教组就餐。

下午数学组教研活动,贺校主持。指出高三数学教学问题:一是进度慢,即便是考虑学情因素也是太慢;二是教辅资料太难,效率低下。贺校还亲自上了一节习题示范课,有例题有变式,老师们受益匪浅。我鼓励大家抓住贺校数学专家型校长这个优质的免费资源,认真学习提升自己。

李书记、努校和我代表贺校去机场迎接盐港中学谢红越校长一行。谢校长 2017 年曾邀请我和董辉老师一起到盐外做过培训,所以自然要去迎接的。东八马书记也率领团队接谢校一行,我们在机场合影后和李书记、努尔开车离开,在机场附近吃了碗拉面回来。

这边拉面都是过凉水的,吃到最后饭凉凉的,不舒服还有点撑,回家换了衣服到健身房和怀礼、翔子、峻杰、利红一起锻炼。跑步的时候,贺校也过来体验并合影。以后要多健身,不管是打乒乓球还是跑步,总之要消耗能量,促进肠胃蠕动。同时还要减少晚饭摄入,胖瘦都无关紧要,身体健康就好。

10 月 13 日　星期二　晴,雾霾　特高办公室

周一早读巡查发现有些班级未张贴早读指南,巡查后复盘结论如下。

①个别老师对指南认识不到位,长此以往,恶性循环,越教越累!

②个别班级对学生培训不到位,学生不知道,只能被动地跟着课代表走。张贴指南最终目的是为了学生顺利学习和自主学习,如果不让学生彻底理解,所有的辛苦都白费。

③要取得班主任支持。级部主任要靠前指挥和督导,配合科任老师工作。

④最后强调贺校的指示:要主动工作,才会有创造性!选择了这个职业,就要尊重自己的职业,要对学生负责!不要若干年后被学生骂不负责任!

下午6点50分,在二楼多功能厅召开集团校命题复盘暨培训会议。

我关于实施样卷(AB卷)的背景讲了两点:

①学情。贺校是数学专家,这是在充分的观课和调研后,对数学教学现状进行科学诊断的基础上得出的改革举措。

②评价测试性质。我个人观点,所有测评都属于诊断性和过程性的,不是终结性评价。只有高考是终结性的,一锤定音的。

我们老师一定要注意:我们的目的是让学生"学会",而不是"学不会",考倒学生、考哭学生不是目的。所以实施样卷是很有必要的。

10月14日　星期三　晴,微雾霾　特高办公室

昨天教育局过来检查,发现有些班级学生在睡觉,批评了特高的教学管理。努校在起草课堂教学规范,因为要开会,所以我主动承担起草工作,重点强调任课老师要组织教学。今天李书记建议每个班级后门坐一位老师值班,既看课堂提醒睡觉学生,又看走廊纪律和督促讲普通话。贺校不同意,认为组织教学是任课老师的分内职责,不能寄希望于其他人。我同意贺校观点,也同意班主任驻点班级后面,但是这是学习魏书生老师的做法。对学生起到警示作用,仅仅是在班级后面工作,不同意代替和干涉任课老师组织教学。

上午起草《特高教学规范(讨论稿)》和《特高教学规范细则(讨论稿)》,忙了一上午。贺校给高三(1)班上了两节课,我们一起座谈感慨,这边的教育生态、思维习惯、管理理念等与深圳差距太大。我和贺校聊起前指领导曾交代大家支教工作的"有所作为,有所不为,尽力而为",加上我已经在这里一个学期的经历,尤其是当初捐书活动时身边的各种意见,和贺校聊了一下。贺校和我观点一致,就是认为只要做事就会有做错事的风险。要想没有风险,那只有静止不动。这是不能接受的,不能因为怕犯错就不作为!

听到这里颇为感慨,这才是"敢闯敢干"的深圳精神,深圳老师来喀什不仅要教书育人、培训教师队伍,更重要的是要输出深圳干劲儿和深圳精神的。用邓小平同志的话说,就是要帮助喀什"解放思想,实事求是"地做事。我们是来自深圳的教师,要综合研判、周全考虑当地教育生态,积极主动地去做事。

下午下班后陪金老师、邱老师、张玲去了趟石榴园。

10 月 15 日　星期四　晴，微雾霾　特高办公室

上午抽时间去邮寄第二批石榴。石榴不贵，品质不同，有 6 块的、也有 9 块的，价格还算公道。加上邮费与深圳本地购买相比，可能不划算，但真的是自己到石榴园摘的一份情意。

10 月 16 日　星期五　晴，微雾霾　特高办公室

宁老师本来答应和包老师换房间，临时又不想换了，也不好强求。临时和怀礼说了，怀礼很爽快地答应和包老师换房。包哥说嫂子睡眠不好，1.4 米的床太窄，我们三个连夜把另一个房间的床抬去，双床合并。

昨晚把 12306 搞定，遇事要耐得住脾气，方法总比困难多。

早上吴源老师发来信息：车票全部搞定。给贺校汇报了四个人周末的行程。

先后接到赛亚尔、龚燕燕两位老师的早读设计方案，给他们的建议如下。

一是音频范读可以考虑全文范读、分段范读（音频读一段，学生跟读一段，这样学生会适度紧张，效果可能会更好，建议尝试，课代表掌握音频开停）。

二是早读主要还是以读为主，包括检测等环节都不能占用过多时间，或者检测等放在课堂时间。老师任务主要是设计各种能够引起学生主动朗读和朗读兴趣的形式，比如男女分组朗读等。

我在钉钉早读群总结表彰大家。赛老师和燕燕对早读做了大量工作，而且做得很好，早读明显有了很大的改观：①更加规范、高效；②早读有计划有秩序展开；③为下一步课堂文化建设积累了经验，培养和锻炼了队伍，奠定了文化基础。为大家点赞！贺校对大家工作予以充分肯定。建议各位组长：①要从自己的早读开始改革，身先示范；②要主动配合赛老师、龚老师工作，遇到问题多协商、不推诿、不拖沓；③要对青年教师负责，有意识地发现和通过做事培养他们，比如巡视、起草文稿等工作。年轻教师通过做事得到锻炼和提升。最后敲黑板画重点：教务处每周早读指南一定要存档、要存档、要存档！

贺校谈到这边管理上的问题，比如办公室合并，应该是校长办公会议提出原则，由级部拿出方案，不应该是我们几个校长亲自去过问具体怎么安排。

贺校提出办公室改革三原则：

①本年级以备课组为单位合并在一个办公室。

②小备课组按照文理分别合并就座。

③人均面积不得超过测算核定面积。

怀礼拉肚子,贺校很关心,问我医务室位置,我领贺校过去,医务室只有一名医生。贺校介绍卫健委有规定:深圳学校 600 个学生需配备 1 个医生。

和儿子聊天,得知英国格拉斯哥大学、诺丁汉大学、谢菲尔德大学三所 QS 排名世界前 100 名的名校都给儿子发来了 offer,祝贺儿子!

儿子感慨地说老爸比爷爷对教育的理解更高。我马上教育他:爷爷最大的优点和给我受益终生的观点就是起了个好名字杨世洋!爷爷亲自解释名字的寓意就是"世界留洋"!他老人家一生最大的遗憾就是想读书,当时的社会背景却不给读。所以倾尽一生精力和财富供我们兄妹三人读书,跳出农村。我们都要感恩爷爷,因为他做出了历史性改变的一步,我们家任何人都不能否认爷爷的贡献。我如果没有告别农村,就不可能有如此眼界和实力,你就不可能出去,所以我们家族伟大转折的历史是爷爷带头书写的。

10 月 16 日　星期五　晴,微雾霾　特高办公室补记

昨天晚上临时决定利用难得的可以休息的周末组团到轮台看胡杨。吴源老师让廖主任开车送我们到车站,坐上 K9788 绿皮车,沿着天山与土和高速并行,一路向东直奔巴州轮台。说是绿皮车,但是条件都改善了。比如空调和暖气取代了绿皮车的标志——天花板电风扇,童年时在车里抬头望着拼命摇头的电风扇仍然大汗淋漓的感觉不再有了,毕竟社会在飞速进步。

左边是高大的天山山脉余脉,色彩斑斓,应该是矿藏丰富。右边是一望无际的戈壁滩。一路经过一些小站。K 字头实际上属于慢车,在途中不断地待避快车,走走停停,这个感觉倒是很熟悉,一下子摇晃到了青少年,因为那个时候坐慢车机会多,坐 T 字头特快的很少。印象最深的一次是在郑州乘坐 T5 到广西,真的是风驰电掣,河南只停郑州一站,直接下一站就是武昌、长沙。第一次乘坐这么快的火车,感觉车子由于速度高摇晃得厉害。后来有了高铁,才知道什么叫作日行千里夜行八百。

10 月 17 日　星期六　晴　特高办公室补记

凌晨 2 点 38 分左右抵达轮台车站。网约出租车如约接车,其实按照逻辑,根本不需要接车,大把的出租车在等客人。不过半夜到达一个陌生的小地方,提前约车心里有数不慌。

吴源老师化学出身理性思维强于感性,他拒绝提前预订酒店。而是在火车上预订了酒店钟点房。他认为入住的时候已经三点多了,早上早早起床,这样收费 250 元不如钟点房划算,有道理。富华酒店前台的陕西小妹挺

好的,告知我们网上订房还没有扣费,可以退订后改为钟点房。马上就办,开心入住。

尽管睡眠不好,但是凌晨三四点钟是最困的时候,迷迷糊糊地睡了一觉,这比在外面强撑着好太多了。

八点多起床,酒店旁边吃了久违的胡辣汤,和河南老家有些许区别,没有粉条,味道还可以。面饼卷菜,有土豆、辣椒等口味很适合我。一路开车直奔沙漠,一口气到达沙漠公路 0 公里界碑,下车拍照留念。继续往前走了约十公里,在两边沙漠里徒步跋涉了一会儿,各种拍照。回程路过胡杨坟,全部是枯死的胡杨,一股苍凉、悲壮的气氛扑面而来。吴源老师五十多了,这种感觉尤其强烈,认为人生何尝不是如此啊,经历成长和辉煌之后走向落寞孤寂。

离开胡杨坟,经过塔里木大桥,下车徒步过桥欣赏两边漫无际涯、肆意野性生长的胡杨林。不过这种方式不太安全,公路两边并没有人行道,大货车、油罐车呼啸而过,还是不太可取。

过桥后找一个饭馆,拉面、抓饭是常规快餐,迅速吃饭后前行进入主题:金胡杨公园。两边是兵团的棉花种植农场,一车车的拖拉机拉着成卷的机器收获的棉花送到路旁的棉花加工厂。机器收获,枯枝败叶一起混在棉花里,品相发灰,远不如我们河南老家我小时候手工摘取的棉花洁白如雪。本地地广人稀,这种矮种棉花长到膝盖位置,靠机器收获更便利更快捷。民用估计只能做成网套,无法做成老家那种套进丝绸被面的被子,应该不影响保暖实用。

金胡杨公园太大了,感叹下一次过来要修改攻略。进入公园换乘摆渡大巴还要再走约半个小时,两边都是胡杨林。到达火车站后,买一杯石榴汁,坐等火车开车,然后又是一大圈将近一个小时。下了火车,我们逆行火车道各种拍照,小火车开得很慢,两边就是茂密的胡杨,很有诗意。但是时间关系,最多只能是走马观花,栈道等景点需要慢慢品味。所以公园要单独一天时间,沿着塔里木河两岸的胡杨林走一走、品一品,加上沙漠和胡杨坟、轮台遗址、博物馆,还要再一天时间。

这次出了胡杨林公园,大约 6 点,吴老师临时建议不要再住一天了,因为只剩下遗址,不值得,况且周一早上七点多回喀什,马上上班,还是有点累。所以临时决定马上奔赴火车站,在车上大家迅速改签搞定车票。效率真高。

遇事不能急躁,要耐心,修炼自己的品格,这是一场漫长的修行。因为在公园里,看到排队无序拥挤上车很生气,要求景区管理人员组织排队,管理员出言不逊,气的我和他吵起来。这样虽然出于好意,帮助景区维护秩序、确保安全,但是公众面前发脾气和管理员吵架,对自己身体不好。另外要冷静处理紧急事务,比如改签火车票的时候,没看清日期,居然改到今天,只好再次退票,重新购买第二天的票。损失20元的退票费不说,关键是反映了自己不细心的毛病,这个要注意。

司机还是很给力的,八点多一点赶到了火车站,乘坐K9787回喀什。但是小丁要了600元车费,有点不厚道。考虑旅游旺季,态度又很好,不计较了。

上车后真受不了有些游客的脚臭等各种臭味,怀念昨晚吴老师软卧待遇。所以一致决定,马上"升舱",我和吴老师两人迅速到7号车厢办理软卧事宜。运气出奇的好,我们不仅换了软卧,而且换成了四个人一个包厢的软卧。估计是列车员把预备自己休息的包厢让了出来,感谢。

四个人一个包厢,坐下后兴奋无比。买了扑克牌,三个人玩斗地主游戏,不玩钱,纸上记录各自成绩,张玲一旁观战。玩得不亦乐乎,然后上床休息,还是软卧舒服,尽管晃晃悠悠的时睡时醒,但还是比在硬卧要强。

10月18日　星期日　晴　特高办公室

早上七点多抵达喀什,还是满天星空,至多算是凌晨。走出车站,的士不好打,只好沿途往特高方向步行。还好走了一公里左右打上了车,距离特高十几公里,豪言壮语走回特高肯定是空话。

回学校冲凉休息,眯一觉起来随便吃了一些东西,不久下去吃午饭。躺下午休又睡不着,干脆起来步行到华润,大概从3点一直等到3点20分,才坐上16路公交车。不到4点到达前指丽笙酒店,一口气游完1200米。

周末返校学生多,果断打车回校。和宁总联系不上,结果刚回到学校他在丽笙酒店打来电话。还要努尔过来接我去艾提尕尔清真寺旁边的海尔巴格民族餐厅,陪同李书记、常江书记与罗高领导老师共进晚餐。席间认识了罗高语文组长卢世忠老师,是郑校长在北师大的同班同学。真是缘分。

10月19日　星期一　晴　特高办公室

张玲早上升旗仪式国旗下的宣讲《青春需早为,但惜少年时》,流畅优美,从容淡定,仪表整洁大方,很好。

党政联席会从上周一开始精简至校级领导层面。

今天主要议题:讨论"推广普通话"实施制度;教学规范细则;办公室要调整;无烟学校;班牌、办公室牌、楼道牌。

要和贺校建议:后方图书很快会到,图书管理系统是否上马,何时上马?目的就是确保把书用足、用好。是否以特高和支教队公众号名义发一下,也在群里知会一下支队组全体老师,鼓励大家争取后援。

我们两口子到操场随意散步,抬头居然看到了稀疏的星空,这对于尘霾漫天的喀什来说不容易。前几天从轮台回来也曾看过这样的星空,本来看星空是大自然最普通不过的事情,现在因为各种污染、包括深圳大都市夜晚如白昼的灯光污染,导致我们看不到满天星星,所以文明是进步还是退步。看来王东岳先生的"递弱代偿原理"不无道理:愈原始愈简单的物类存在度愈高,愈后衍愈复杂的物类其存在度愈低,并且存在度呈一个递减趋势。

随着存在度的递减,后衍物种为了保证自身能够稳定衍存,就会相应地增加和发展自己续存的能力及结构属性,这种现象就是"代偿"。这个理论模型把物质的演变运动放在了可以定量考查的基础上,并化解了既往进化论的深层困惑:即在宇宙演运的进化过程中,为什么愈高级的物种,虽然它们的生存技巧越来越高强(亦即"衍存属性"越来越繁华),却不能改变它们的存在效力越来越衰微的总体趋势。

贺校过来办公室,我谈到办公室改革的推进,努校马上通知三个级部主任过来开会。贺校强调:①中央有防止微腐败的要求,办公室面积不得超标。②以有利于教研活动开展为原则进行调整,各年级语、数、英大备课组合到一间办公室。③文综理综进行合并,人均不得超过5平方米。希望各级部马上进行充分的调研,然后拿出合并方案,报给校长办公会研究实施。各位干事现在办公室不在教研组办公,这个事情要综合评判后再做调整。

在早读群里看到龚老师做得很好,反馈很及时,分析很到位。建议明天上午英语教研时间,对全体老师进行培训并提出明确要求,哪位老师不按照要求去执行,要通报批评!开会时请通知我,贺校、我和努校要参会!各级部领导也进入了本群。希望各位群策群力,特高早读指南要抓好,形成我们的品牌。各级部领导要保证打扫卫生不得侵占早读时间,要制定进度表进行落实。各组长落实每位任课老师的"周五意识",周五上交下周早读指南。

10 月 20 日 星期二 晴 特高办公室

喀什市教研室每周大教研时间:

周一下午,数学。周二上午,语文。周三上午,英语。周四上午,理综。周四下午,文综。周五上午,音体美。

二期捐书活动已经展开。凡事不容易,邓拥军、李琛和宁勉成三位老师统计的后方学校名称有出入,应该分别是深圳市龙华中学、深圳市龙岗区布吉高级中学、深圳市罗湖高级中学。但是因为老师们过了截止时间,后台无法再更改。人数多所以不能一一落实,这也是个问题,需要相互转达。

"有效性提问"主题教研活动下午6点40分在二楼多功能厅举行。罗校的讲座从有效性提问的问卷调查开始,罗校运用维果斯基最近发展区理论等七大理论给大家展开培训,共用了 69 分钟。贺校总结讲话。

我的观点是所谓有效性提问,要以尊重学生学习心理规律和教育学原理为前提,即由浅入深的原则。有一定的设问梯度。有一定的思维深度。与教学目标有一定的关联度即可。

10 月 21 日　星期三　晴　乌航 UQ2545 喀什到郑州飞机上

看到一篇网文,大概观点是校长要善待老师。该文指出:60% 以上的老师离开学校,主要是因为没办法和校长相处。如果不把校长的问题解决了,老师的问题就解决不了。调动老师的积极性,主要靠校长。

上午到大门口迎接罗高(深圳市罗湖高级中学)领导。迎入大门到二楼会议室简单见面寒暄,然后下去一楼大厅在捐赠物资前双方合影留念。

紧接着移步到二楼多功能厅开始上课。张玲主任主持大方自然,郑校长北师大同班同学卢老师首先开始上课,卢老师由歌曲《水调歌头》导入新课,吸引学生关注。再由学生喜爱的"斜杠男神"昵称来引导学生认识苏轼。不巧的是,中途停电,但是卢老师毕竟是身经百战,从容淡定地上完了课。

随后胡兴智老师上了一节数学课。没有灯片,扶着白板板书的姿势真美!

中途我和努校给贺校请假到一楼参加了英语科组会议,会议即将结束时我对早读的改进向大家表示感谢,并强调:①任课老师加强对学生的全员培训,熟悉早读任务和流程。②级部督促班主任要强化对打扫卫生的检查,凡是早读打扫卫生拖沓的班级,班主任第二天要提前到场,全程指挥打扫卫生!③下周到某个班级全程观摩一节早读课。看看到底改进的如何,还有没有问题以及问题出在哪里。强调这样做的初衷就是给学生高效的早读,给老师减负。

和李志承说明要出差,不能承担市历史骨干教师比赛评审组组长职责。

中午没电,大食堂启动了发电设备做饭,给我们支教组餐厅送来了抓饭和拉面,草草吃完睡了一会儿。闹钟 2 点 23 分响起。赶紧按照约定时间两点半背包到了大门口。热心细心的努尔在机场路边买了一个纸箱,分装了石榴。

去机场路上东高付主任电话谈工作室的事情,告知他下周再和我联系。

飞机准点在下午 4 点 24 分起飞。天气晴朗,能见度高。下午 6 点 26 分,飞机炫窗外看到一条粗犷的红色的山脉,几乎没有什么植物覆盖。裸露的山体苍茫而雄浑。个别山峰覆盖着皑皑白雪,在西照阳光下呈现出如刀刻一样的阴阳分明的版画效果。根据时间、距离和位置查一下,估计应该是在甘肃某地方上空的祁连山脉某段。

下午 6 点 49 分,飞机广播通知准备下降。天色略显昏暗,可以看见白雪覆盖的山峰,不过看不出山脉状。飞机开始下降,广播要求调直靠背,收起小桌板,机舱开始亮灯。夕阳下天空更加昏暗,以至于要认真观察才能看到雪山峰顶。

下午 7 点 33 分,落地兰州中川机场 1 号航站楼。

中转时问了地面服务员,晚上 8 点 10 分登机。手机快没电了赶紧找地方充电,顺便吃点东西。想吃一下正宗兰州拉面,插上插头,得知在换汤,要20 分钟后才能吃上面。只好换了豆浆、凉皮和肉夹馍,边充电边享受美食。凉皮是真"凉"!应该是从冰箱里拿出来现做现卖。我这个胃口,就想吃碗热汤面。还好有杯热豆浆,暖暖胃。不知不觉中,拿起手机一看,已经 20 分了,赶紧买单一溜小跑到达 107 登机口,幸好还在检票,不用排队了,基本上是最后一名,有惊无险。

这趟航班很多河南乘客,一张口就听得出来。外出谋生的河南老乡说话两个特点,一是普遍嗓门大,一名大嫂和朋友通话,意思是婆婆快不行了,自己亲娘和娘家姐数落她,不回去不怕别人笑话!?言外之意婆婆病情不揪心,倒是社会舆论自己担心,所以才不情不愿地回老家。我在一旁听了哑然失笑。另一个特点是浓重的河南腔并自带幽默,两位帅哥在飞机推出时就开始评论。甲:乖乖,飞机还真有倒挡!乙:可不是嘛!你说飞机是自动挡还是手动?甲:肯定是手动挡,这现在就是搁一档隔这慢慢磨蹭嘞,舍不得加油!乙:那不是嘞!主要是没有往上拉,一拉就飞起来了。把我乐的!我解释说,飞机没有倒挡,是车子把它推出机位的。但是保不齐两位小老乡就是故意在逗乐子?究竟是我在笑话他们还是反被他们当做乐子?老乡自有老乡的幽默,不能小看哦。

这趟乌航不免费托运,也没有头等舱。空姐打扮倒是蛮精致,个子高挑,态度还行,服务水平一般。比如给我倒水,一杯水端起来给我撒到裤子上了,这边还没来得及处理,另一个空姐又蹭到我胳膊,又险些把水撒出来。我当然不会不依不饶,摆摆手无所谓,空姐随后送来了纸巾,我表示感谢。忽然想起浙大党委副书记郑强先生讲过的一个笑话,他认为中国航空业亏损的主要原因之一就是空姐太漂亮和饮料免费,桃汁、苹果汁、椰汁、可乐一应俱全。以至于中年大叔一个劲儿地点,一杯接一杯地喝饮料,喝多了水就要用厕所,成本昂贵。国外全部是空嫂,比大妈年龄都大,看一眼就只想闭眼睡觉,不再喝什么水。而且航班只提供一种水,所以成本就低。这个笑话不无道理,某个方面说明我们的消费心理还不够成熟。乘坐飞机是为了出行,为什么要那么多漂亮的空姐?就像汽车内饰有 48 种氛围灯,对于行车到达目的地有什么用呢?随着我们消费品质的提升,这种消费观应该会改过来,趋向于理性。

晚上10点07分,广播飞机开始下降,空姐开始检查提示收桌板和调直靠背。睡不着,实在是无聊。拿出手机胡乱写点东西,不成样子。

五、回乡省亲　祭奠先慈

10月22日　星期四　晴　郑州西溪花园

昨天晚上10点40分落地新郑机场。

小乐机场接我,一路聊了很多话题。回到家冲凉出来,和红聊了一会儿,已经是零点过去,躺下去睡意全无。失眠困扰我太长时间,目前无解。翻来覆去,干脆拿手机记录一点东西,否则对不起失眠。来特高一个多学期,做一些事情,随手记一下。

第一,制度化规范教育教学行为:教务清单管理制度;行政复盘会议制度;"一周一课一研"制度;早读学科指南制度;日常测试样卷制度;每周习惯养成制度。

第二,人性化改善硬件环境:书香校园工程;广播推广普通话工程;后方募捐深圳校服工程;后方募捐卫生清洁工程;成立集团学校策划方案;名师工作室传帮带工程。

10月23日　星期五　晴　24日乌航UQ2546航班补记

昨天晚上住在海宾望郡花园。睡眠很不好,早早醒来,偏偏源源五点多起床上学后闹钟没关,过几分钟就闹一次。后来我起床想让航航看看是否知道密码,这时听到海宾醒来。但他也不用知道,干脆把手机放在生活阳台。隔着几道门,我再回到卧室不受干扰了。然而迷迷糊糊还是没睡好,时间已经七点多,干脆起床和航航开车去七里营石材店取出十字架回老家。

今天是农历初七。娘亲去世三周年忌日。

到家后没多久丁庄三姑就到了,别看三姑胎带背部佝偻,头脑聪明且口齿伶俐。最近几年父亲、祖母和娘亲相继过世,每逢忌日,三姑总是早早到达。同三姑聊天,获悉其他两个姑姑情况。大姑腿脚不好,表弟小千得了肠粘连,原来精气神十足的胖子现在骨瘦如柴。只能在家休息,所以大姑家没人过来。二姑偏瘫后仍然很任性,拄着拐杖在街里行走。结果失足摔断了腿,"久病床前无孝子",更何况是丈夫,姑父照料一般。现在二姑病情不好,所以也没来人。感慨人生无常,原来的大姑二姑,说话嗓门大,笑声爽朗,身体多好,今天居然不能自理。时间仓促来不及探望她们,只好祈祷各自保重,更不会计较她们不来参加娘亲三周年祭拜。等三叔什么时候去探望,帮我带一份心意过去。

　　找到铁掀,我和航航去坟地。碰见文山爷在新建的楼房前平整院子,聊了一会儿。三十多年前,初三毕业曾主动跟着家族凑成的瓦匠班打了一个月工,文山爷应该当时也在。印象最深的就是戴手套往二楼架子板"上砖",由于当时是想磨炼自己,而且这种想法有点过头,仿佛故意找罪受才算磨炼。硬是直接把浸泡过水的湿砖往上扔,一次两块,结果手很快被磨几个大血泡。那段经历让我积累了对底层农民生活艰辛的一点认识,丰富了我的人生历程。而且是我非常主动求父亲带我进瓦匠班的,现在我都好奇和佩服那时的自己。和《平凡的世界》里孙少平一样,主动做揽工,让自己接受生活的磨炼!包括在瓦匠班里的经历以及农村成长的其他经历都深深影响了我的价值观,深植下对农村、对乡亲、对脚下养育我的土地的深厚感情。所以看到习近平总书记在陕西梁家河插队的故事,特别感到亲切。因为自己骨子里深深地爱着养我育我的黄土地和土地上的农民。今生今世,难以改变,而且历久弥坚。这也是自己为什么偶尔喜欢哼唱几句豫剧或者小时候极其讨厌的河南坠子的原因吧,杨迪和张玲非常反感豫剧,他们哪里知道豫剧和土地有着逻辑关系和情感依托呢。

　　农村的生活经历也教育了我许多道理。比如小胜哥和我同学,他不喜欢读书但是早早地跟着小队叔学会了赶牲口。当时我觉得小胜哥很威风和不得了!嚯,那骡子比他高许多,居然被他驱使得俯首帖耳。这不仅让我佩服,就连一向看不起小胜哥的数学老师杨法校,都对他竖大拇指,因为杨法校老师只会赶牛车。牛车走得慢吞吞的,我是看不起的,而且我自己赶牛车从街里走过都会感觉羞愧的不行。小胜哥赶骡车,让我认识到:上帝创造每个人,一定会让他(她)有自己所擅长的一面。只要充分挖掘和发挥自己的特长,在社会上就有自己的一席之地。

　　瓦匠班手磨血泡的事给了我教训和启发:要尊重身边的人和善于从身边的人身上学习,生活处处留心皆学问。还有就是不听老人言,吃亏在眼前。当时有人善意提醒过自己,千万不要把手套弄湿!否则会磨血泡的!结果我年轻气盛不服气,再加上当时自己抱着"就是来吃苦和锤炼"的决心,仿佛磨破手掌是自己必须经过的意志品质磨炼升华的一个例证。结果自己是否得到意志的升华还不知道,先硬生生地吃了本可以避免的苦却是真的。

瓦匠班是一件事,在菜地锄地也是一件现在看来非常幼稚可笑的事。有一次娘让我去菜地里把地耪("旁",把地表的坚硬的土松一松以便播种)一耪,我拿起大锄就狠命地深深地锄到地里。一旁的成李爷看了,好心提示,这样不行的而且还费力气。地里草太多而且长的还高,应该先用锄头轻轻地挨着地面把草锄掉,然后把锄掉的草清运出去。这样一来,地面清理干净了,再用大力气锄深一些进行松土,松完以后土质干净松软就可以播种了。我当时也是初生牛犊,认为自己有的是力气,干脆第一遍就锄深一点,锄两遍土地会更松软、更好些。然后,真的就没有然后了。因为自己不听劝第一遍就锄的很深,结果长长的草全部或一部分被埋入地下影响播种。后来拿着钉耙一遍遍的搂(这里读轻声)来搂去,草始终搂不干净。一旁成李爷无奈地笑,我后悔不迭。原来方法不得当时,越努力越不幸运啊!由此得出三个结论:一是不听老人言,吃亏在眼前,此言诚不欺我。二是做事情前要认真思考,磨刀不误砍柴工,想清楚再干不迟。三是方法很重要,同样资质的学生,学习时成绩悬殊很大,可能和各自方法有很大关系,南辕北辙就是方法论。想起语文早读改革,我不是语文专家,但是语文无非两点。一个是本体论:字词句篇。一个是方法论:听书读写。这两方面领会贯通,语文学好问题应该不大。

十字架做得还是很细致的,还有底座。底座特别重,我和航航只好抬一段路放麦地里休息一会儿。麦地的麦子刚出新芽,嫩绿嫩绿的,不怕踩踏。麦子播种前要先把土地收拾的蓬松方能顺利播种,种下去还没浇过水,所以土质非常松软。松软的土地对我们抬底座有好有坏,好的是万一失手石头底座摔下去不会断,而且不会压坏手。坏的是我们前进费力,脚印很深。歇息几次后终于抬到爹娘坟前。

接着拿铁掀,在文领家工地讨了点水泥,找个小桶用水和了一下。十字架也搬到坟前。根据下世的先人、坟路以及"兄东弟西"的葬礼规矩,判断爹娘的坟墓准确位置。确定判断无误,认错自己爹娘的坟茔传出去是要被乡亲们取笑和骂不孝的,因为认不出证明逢年过节鲜有来坟地祭拜,的确不孝。大致定了走向,挖了坑。底座放进去,反复垫土调整水平。

十字架放进去并用水泥灌缝,调整是否垂直。边灌缝边和爹娘说心里话,给爹娘诉说,几乎天天梦见爹娘;诉说自己待爹娘的欠缺,还不如洋洋懂事能够在爷爷得病时抱一抱爷爷;诉说爹娘为养育我们三姊妹所受的苦;诉说洋洋现在很努力,已通过雅思测试,并收到排名世界百强的英国格拉斯哥大学的录取通知,明年本科毕业远赴英伦留学,实现爷爷所期盼并寄予名字"杨世洋"美好寓意的梦想。和爹娘说着话,不由得泪如雨下。

这时候三叔、小红、小辉和姨妈相继到来。三叔不信基督教,拿的纸元宝给娘点着并交代二嫂拿钱花。想起三个姐妹兄弟都遵从娘亲遗愿基督教礼仪,不烧纸、不上供、不磕头。但又觉得无人给爹娘送钱花,幸好还有叔叔婶婶、来战等不信基督的给爹娘烧纸,再次泪流满面。

午饭后和三叔、小红一起返回郑州。

在郑州,晚上和小红一起出去在门口吃了碗烩面,买了些必备药品。

10 月 24 日 星期六 晴 当天乌航 UQ2546 航班上

睡觉依然不好。明明订了早上 5 点的闹钟,却早早醒来翻来覆去睡不着。所以红喊了一声,我马上就答应。回到喀什重新调养,睡眠问题要认真解决。

在登机口吃完油条豆浆,最后一个上飞机。座位 20B,一对河南老乡带着八个月大的孩子,年轻的爸爸和我商量能否和我换一下座位,他们挨着好照顾孩子。这样的请求我当然同意,而且我也正想坐在过道边,乐意换座。

郑州起飞到兰州约两个小时,打了个盹儿就到了。考虑到兰州到喀什还要约五个小时,乌航又不提供免费餐食,所以下机在超市买了面包榨菜和豆浆。9 点 40 分登机,在飞机上吃掉。这段航程漫长无趣,也睡不着。干脆拿着手机补一下这几天的日记,因为回到喀什晚上还要给宋校践行,肯定没时间补日记。旁边的小男孩儿(准确地说是八个月的小男婴),精力特别旺盛,啊啊的和父母在对话蹦跳,很讨人喜爱。逗了一会儿孩子,和周边河南老乡闲聊。好几位老乡都是常年在岳普湖等地承包土地种棉花等作物,也聊到孩子户籍、当地入户以及购房能否入户等问题。感叹我们河南人真的是能吃苦耐劳、勤俭节约。

努尔联系饭店,晚宴被通知全部取消。只好和宋校合影后匆忙送别。但愿他们丽笙酒店住一夜,明天能顺利成行。

六、空间优化 集体备课

10 月 25 日 星期日 晴 二楼办

办公室整合以后,我和努校依次去看一遍,看看有什么问题。在一楼理化办公室,老师们反映网络问题,努校现场办公予以解决。同时给老师们表态,要给每个新办公室配备一个白板,充分利用起来,用清单思维管理我们的日常教学和工作行为。

高二语文办公室还没改过来,高三基本上没动。

罗校今天正式搬家到我们办公室。我不用电脑,让孟庆杰主任帮忙拆走。桌面上一下子清洁了好多。

宋校今天得以顺利正点起飞,行程匆匆。

张怀礼副校长汇报下周工作计划,拟开展工作如下:

①进一步规范教务处清单管理制度和复盘会议制度。

②跟进调研"一周一课一研"制度的落实情况,写出改进建议。

③跟进早读学科指南,进一步规范化管理。

④月考样卷(AB卷)。

⑤做好捐赠图书"书香校园工程"的接收和公众号宣传事宜。

⑥早晚广播推广普通话,拟正式命名"中国人,讲普通话"工程。

⑦启动名师工作室成员招募相关事宜。

10月26日　星期一　晴　二楼办

张玲起草的罗高支教稿件贺校转给我修改后由金老师发了支教队公众号。

升旗仪式,林主任做《科学备考,诚信考试》国旗下宣讲。

仪式结束后,在图文中心二楼会议室,开每周党政联席会。利用契机,要把卫生间硬件彻底改造完毕,珍惜来之不易的师生劳动成果。

贺校接着要求老师们加强对学生的教育引导。办公室搬迁基本收尾,高三尖子生要重视,学校要重视级部如何进行高三的管理。要娜扎尔老师有一些具体的举措,有一些抓手。要成立高三工作组,从教育、教学、教研全面抓起。目前高三课堂是低效的,与老师平时的教学准备的重视程度有关。

差生要扬长教育,优生要补短板,总目标是要实现总分最大化。

新调整的办公室要全部配备白板、白板笔以及板擦;校领导观课常态化;"一周一课一研"活动要深入开展要效果;学科走廊超市巡视拍照强化效果;早读指南高三要瞄准考纲需要记忆的部分率先垂范;办公室门牌、楼道提示要尽快重新排序张贴。

老师上课声音大、语速快容易引发学生疲劳,声音要柔和、抑扬顿挫。

贺校要求走廊里的黑板首先做起校园文化。

金老师等高一(1)班深圳班老师很积极,争着上课,要点赞。

贺校、张怀礼副校长提出晚自习"一科一周一考"要形成制度,阅卷形式多样,而且必须要存档。成立高三备考领导小组,高三必须执行学校指令。

努校说高三月考试卷印好了,现在有局域网和云端阅卷两种形式。是否按时考试再等等上级通知。期中考试命题结束,审题人再次审题。

下午6点40分,在图文中心二楼会议室,高三备课组长会议召开。努尔副校长主持,相关部门领导和高三级部各备课组长参加。

贺校讲话。要出台方法研究怎么出尖子生。常规的课堂教学、班级管理文化建设、级部管理三管齐下。这就是抓手。大家要在会议上反映困难,列出具体的举措,大家达成共识,团结备考。

维吾尔族语文老师反映各自为战,缺乏备课组集体协同。其他备课组老师也发言谈了问题和措施。范主任、李琛主任申请要加大阶段性表彰力度,发挥榜样力量,尽快落实通报栏展板安装。对临界生短板科目组建培优班。

我回应三点:学科走廊超市要巡视拍照强化效果,要让老师付出辛苦的同时更看到收效。早晚广播要给高三学生宣传到位,清楚为什么学校这样做。

早读指南深圳班和平行班存在差异,这是客观事实。支持高三分层早读,由原来的教务处改为级部分层统一打印,给教务处备案。至于分几个层次也由备课组决定,以后高一高二也要逐渐分层早读。实行早读学科指南主要是克服早读的随意性,所以必须坚持。至于是张贴还是写到黑板上,大家思考为什么张贴,给学生一个复习重复的机会,写到黑板上第二天看不到了。建议张贴后每天课代表把当天朗读部分抄写到黑板上重点提醒。

贺校说,优生补短,差生扬长。哪些是优生,哪些是差生,如何确定短板和长项,级部的抓手就在此,要有方案出台并执行。所以要抓紧时间成立高三备考工作小组领导进行这些具体问题。

努校补充道,临界生问题备课组抓紧时间落实;要有备而来,无论是开会还是上课;高三班班通使用情况有待提高。

10月27日　星期二　晴　二楼办

今天早读总体良好,主要问题还在于铃声响后不能迅速进入状态。表现:①走廊打扫卫生拖沓;②课代表未能及时播放音频范读,而是收作业或做其他事情。建议:①铃音响起,打扫卫生停止,班级扣分是拖沓的代价,我已经和张校通报这个事情;②各备课组再次强调音频范读,并一对一传达给每位老师,做好课代表培训,铃音响起立刻进入状态。早读(以后还要扩展到课堂)想做好,要求老师们:①利用课堂时间专门作出程序培训;②师生树立《早读指南》意识;③确保音频拷贝到位。

王兴天主任发布了《特高学生学习养成习惯要求》，我进行了修改。强调规范是靠道德和自我素养提升；纪律是外在强制的约束力。所以规范更侧重于学生素养的提升和自我习惯的养成，所以用规范更人性化。

10月28日　星期三　晴　二楼办

昨天晚上打了一个小时乒乓球。然后赶紧到办公室加班把中科实验送教公众号再次修改。今早金老师、贺校长均转发公众号到朋友圈，我也秒转。看到每期公众号，还是小有成就感的，毕竟是张玲起草、我修改。以后要发挥团队力量和智慧，多推公众号文章。

上午10点，在一楼报告厅，是英语学科美女新教师凯丽玛的见面课，龚燕燕老师主持并拍照。凯丽玛老师无论普通话还是英语口语都很不错，毕竟是刚毕业的北航大学生，而且维吾尔族老师学习英语要比学习普通话在发音方面更有优势。

由介绍世界著名景点导入新课，然后播放美妙的配音乐的风景视频《世界那么大，我想去看看》。使民族学生足不出户，了解外面美好世界，有助于远大理想的树立和正确价值观的培养。符合立德树人的要求。播放完毕鼓励学生分享感想，鼓励学生长大以后去看世界的愿望。引发去哪里？什么时候？为什么去？就这三个问题让学生发散思维讨论。组织小组讨论不走形式，很好。

和课堂提问一样，小组讨论是在备课时精心设计的，什么问题值得讨论？通过讨论培养学生的什么能力？把讨论放在课堂节点的什么时间合适？讨论要在课堂的重点和难点，着眼培养学生的理性思维、辩证思维等深度思维品质。

讨论后学生上台板书。这些都是学生参与课堂的表现。要鼓励。

新教师刚入职，年轻漂亮，与学生年龄差距小，容易获得学生认可。所以要多花心思，研究和吃透学情，在充分掌握学情基础上做教学设计。比如制订恰当的学习目标，设计活泼有效的课堂活动，制订务实的课堂测评。新教师的课堂气氛必须要活跃起来，不能太闷。

老师现身说法，自己在北京读书，回一趟家，交通的选择"要么两三天，要么两三千"。即要么是火车，要么是飞机。各有优缺点。

思路清晰，表达流畅，台风稳健，一个青年教师首次亮相，要点赞。大家不仅要学会上课，还要学会听评课。专业的听评课是下一步教师培训的方向。今天大家评课能够畅所欲言，这种学术研究风气很好。

龚燕燕老师作为组长，是负责的和合格的。因为她观察到了老师一直到凌晨还在辛苦备课，能体谅到老师，这是做好组长的前提。名师出高徒，希望年轻老师虚心学、主动学,追求自己的职业进步。

10 月 31 日　星期六　晴　二楼办

连续两周上课,下午学生轮流到宿舍洗衣服、整理内务和在教室看电影。

中午很困却睡不着,估计和自己身体有关。本身休息就不好,来到一千三百米的地方,可能休息会受到影响。躺了一会儿,和玲出去散步晒太阳。看到操场上学生在踢足球、跑步,一片生机盎然,挺好。周末学生不回家,完全可以组织学生进行各种体育赛事。从长远来看,利用特高每个年级平行班数量多的优势,规划和组织篮球、足球、排球、乒乓球等联赛,做到每天、每周都有赛事是可能的。可以参考学习 NBA 也搞常规赛、季后赛、总决赛等形式,充分调动学生参赛积极性,缓解高强度学习导致的情绪压力。民族学生体能综合素质好,这是特高办学的优势,要发挥出来。后方学校的"体育+教育"育人模式的基本理念是可以参考学习的,锻炼学生迎难而上的意志品质。

11 月 1 日　星期日　晴　二楼办

难得连续几天好天气,往西可以清晰地望见巍峨的帕米尔高原雪山。坐在办公室里可以享受上午冬日的暖阳,除了空气依旧是干干的不舒服以外,这样的天气已经是很好的了。

上午就处理一名老师旷工空堂的事情和努尔给贺校汇报,贺校的意见是旷工处理得太轻,努尔查了查规定,每天 180 元。明天周一会上要讨论此事,要猛药治理沉疴,否则纪律性很差就没办法在教育教学上抓出成效。

吴源老师等老教师以"杨校"这样称呼我,让自己想起几句自我调侃的诗句。源于北京人骂自以为是的人"装什么大瓣蒜","谁拿你当棵葱"等俚语。

> 看似一颗葱,实为半瓣蒜。
>
> 没事吹吹牛,有闲扯扯闲。
>
> 打打乒乓球,躺躺瑜伽垫。
>
> 翻翻地方史,晒晒朋友圈。
>
> 偶尔喝小酒,不饿也吃饭。
>
> 乐观对逆境,微笑看困难。
>
> 为人须积德,做事要行善。
>
> 从不谈高尚,但是守底线。
>
> 有时学庄重,偶尔也调侃。
>
> 向前瞅一瞅,往后看一看。
>
> 没做多少事,人生已过半。

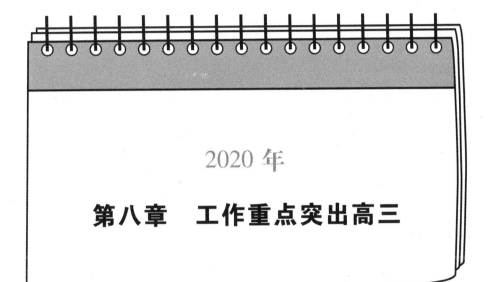

2020 年

第八章　工作重点突出高三

一、立德树人　实践操作

11 月 2 日　星期一　晴　二楼办

最近睡眠一塌糊涂。经常性四五点钟醒来,翻来覆去约一个小时,再昏昏沉沉睡去。凌晨四点半醒来,想到要集中精力把《简明地方史》好好研究一下。

升旗仪式后,在图文中心二楼会议室开党政联席会。劳动纪律奖惩受到上级财务规定限制,暂时不动。升旗仪式时间改革也暂缓,因为北京与喀什有很大区别,不能原搬北京第二节课后升旗的经验。第一,北京在北纬39度,喀什在北纬35度,比北京更冷。第二,北京在爱国主义教育方面走在全国前列,和喀什这边的爱国主义教育情况不同。第三就是喀什目前操场所限,大部分学生在室内升旗。只有部分师生在室外升旗,衣服穿厚一些是可以克服的。

晚饭后到操场散步,碰到努校一个人,我们俩一起在操场散步聊天。两个人命运很相似,不同的是一个是父亲先走,另一个是母亲先走。失去双亲的时候努尔更年轻,不过更坚强。互相倾诉、互相劝慰。

期中考试试卷努尔要我审核,晚上加班审核高一试卷。

11 月 3 日　星期二　晴　二楼办

上午努校和高一级部艾斯克尔主任过来办公室汇报师生冲突以及空堂的事情。我的意见先派人稳定学生情绪,同时赶紧给贺校汇报。

贺校看了视频听了努校讲解,约了主管纪委的常书记。贺校主要意思是要严肃处理,佩服贺校的行政经验,凡事先厘清思路,不能着急。

11 月 4 日　星期三　晴　二楼办

巡课发现效果每个班不一样,无论是技术还是组织,差距还不小。经过教研室,和张玲、赛来江交代,每天巡课记录在案并通报表彰和批评。回到办公室后和都委员、努校短会议定,对教学质量建立巡课监测每日通报制度。

11月5日　星期四　晴　二楼办

早读现在无论是形式还是效果越来越好。我在早读群鼓励大家，早读我们会常抓不懈。出发点是早读，落脚点未来在课堂。大家积累经验，未来课堂要实行《特高课堂教学指南》。借鉴翻转课堂理念，制订精准的学习目标，围绕学习目标设计教学活动和评价测试体系，最后达到高效、低负课堂的愿景。

积沙成塔。大家要与学生多接触，搜集学生意见并瞄准高考方向，继续优化《学科每周早读指南》。凡事抓铁有痕，这是在贺校亲自指挥下集体智慧和汗水的结晶。为大家点赞！

范建刚主任在高三级部群转发了贺校文章，我在后面跟帖写了一些感悟。一个老师要想教的好、出成绩，一定要有责任担当，要主动工作、创新工作，思考"为什么这样做"，带着这个问题去备课、上课、辅导。面对学生要心存大爱，对学生不敷衍用真爱，要为改变学生而做点事。我相信：我们特高老师有担当、有大爱，一定会涅槃蜕变，做一名学生喜欢的业务精湛的好老师。

高三(1)深圳班召开二模成绩分析会，贺校、努校和我等参加，给班主任曲丽帕妮古丽站台打气。高一(4)班第二节晚自习召开联欢会，师生一起弹吉他唱歌联欢。师生适当的联欢，舒缓学习压力很好。

11月6日　星期五　晴　二楼办

微信上看到一篇文章：《一道题的六种教法：思维教学进阶的不同阶段是什么样的？》很好，是一篇令我非常感动的好文章。推荐给老师们，不管对哪个学科的课堂，都有启发！立足于以学生为中心，以思维为核心，以活动为主线(两心一线)的课堂理念，这样设计出来的课堂一定是一节好课。

想起现在后方南山区的学校，办学特色鲜明、教育理念先进的学校很多，比较有代表性的主要有：

第一，南科大二实验，"课程统整"，就是课程融合，我当年就做过课程融合的实验，史社和科学就是融合课程，融合了多门学科，这个学校的理念和芬兰的教育方向一致，芬兰现在已经取消了分科课堂。比如做一个乐高积木房屋，就用到了美学、工程力学、物理学、几何学等学科，在搭建积木的项目过程中学习几门学科，培养综合能力。不过综合课程有个问题，就是专业性差。估计是让小学生多些见识、培养兴趣和动手能力，等到高中阶段再分科深度学习。

第二，深圳湾学校，"体育+教育"育人模式，把体育放在主科地位，与语数英同等对待,甚至高于语数英地位。学生在体育课上培养团队协作精神、吃苦耐劳精神和体验奋斗后的成功愉悦,从而培养坚韧不拔的品格和毅力。和欧美等发达国家的育人理念类似,学生阳光、自信、有社交魅力。这类学校的不足是短期应试成绩会差一些,但是一旦按照学习规律培养其学生的高度自觉和良好的学习习惯,未来成绩可期。深圳湾学校由于拥有特殊基因,所以可以默默地不受打扰的做自己的教育,挺好的。

根据这几天巡课情况研判,和努校、贺校商量决定,出台《每日巡课公示制度》,今天下午召开培训会议。一方面培训班主任,充分培养班干部对课堂进行管理。另一方面要求老师们精心备课,争取课堂效果尽量达到更好一些。

下午第一节,高一(4)班地方史课程,补充的爱国主义教育环节孩子们听得津津有味,达到了预期目的。第二节高一(11)班迪丽努尔英语课,师生互动情况还可以,但是学生参与课堂的活跃度需要想办法激发,采用分组合作创作作品然后上台展示讲解、角色扮演、现场采访等形式调动学生热情。

下午第九节,6点40分,二楼多功能厅,《特高课堂教学培训——如何提高课堂效率》师生培训会议。教研室张玲主任做了专题培训。首先从展示课堂出现的现象,再导入到课堂注意事项。发挥朋辈教育的力量,班干部注意自己的方式方法,不仅帮助同学,而且助力自己成长。贺校总结,要求老师一定要认真备课,各位班干部发挥自己优势,促进自己的成长。越是在困难时期,越能体现出个人素养、担当和在社会上的价值。

晚上7点20分,高三二模质量分析会在同地点召开。因为是在线会议,所以我们转场到办公室进行。我拍了几张贺校、努校的会议照片。

赵文娟老师还不知道我支教,时间一晃和赵老师莘园一别十五年了。她在海南东坡学校已经退休后来返聘,儿子在当地做公务员,儿媳就在自己学校,一家人在一起其乐融融。女儿娜娜在新乡还是郑州工作,挺好的。

11月7日　星期六　晴　二楼办

看到特高早读群语文科组赛亚尔老师和英语科组龚燕燕老师的巡视汇报,感觉最近早读指南有了但是总出现不按照指南操作的现象,如此下去,早读指南迟早形同虚设。进一步影响到早读质量,回到原点。因此在群里发出通告。语文英语赛、龚二位老师:①再次知会科组各位老师,科学、精准设计《特高早读指南》,确保通知到每一位老师;②下周一开始,不允许再出现不按照《特高早读指南》的情况;③如果出现,对应班级和任课老师通报批评!不能养成这种干好干坏没有反馈的坏习惯,否则越来越差;④同时抄送做的好的班级和任课老师姓名建议表扬。

下午三点半,在图文中心二楼会议室召开十月份教师意见反馈会议,相当于校长办公会议。讨论了老师们提出的一些问题,最后贺校要求要积极正面利用全校教师大会回应老师们的诉求。能做到的公布改进措施,暂时不能解决的告知老师们困难所在,属于老师们理解偏差的耐心做好解释工作。

　　上午和贺校等部分校领导讨论决定今天下午、明天下午不上课,给学生休息和整理内务的时间。今天下午是高三休息时间,会后我和努校到宿舍巡查了一下,男生宿舍基本良好,没什么异味。学生也比较自觉地洗衣服、洗头或者在宿舍弹唱吉他,基本没有在走廊聚集。努尔夸我是真正走入管理一线的支教领导,我认为这很正常。因为前指把这个挂职位置给了自己,自己就要认真对待,争取多做一些事情,要对得起后方和前指的信任。这可能就是作为一名教育工作者的文化自觉吧。

　　下午6点40分,在二楼多功能厅召开高一级部教学工作总结及期中考试动员大会。贺校特别重视高一学风营造,要求从考前班会课、监考教师培训等方面重视诚信考风建设。

二、课题申报　前期酝酿

11月8日　星期日　晴　二楼办

　　今天天气很好,邱俊荣老师拍的雪山清晰可见。

　　按照昨天碰头会决议,今天上午全校学生"自由睡眠日",可以睡到自然醒缓解连续上课的疲乏。下午高三上课,高一高二洗衣和整理内务放松休息。

　　只有努尔在值班,办公室以及整栋楼很安静。这时备课感觉很好。要花时间把结合本地丰富多彩的旅游资源地方史钻研透,这门课程应该是自己研究的主攻方向。地方史是非高考科目,班级不是很重视,这个现象引起我的注意。

　　努尔昨天和我说,准备安排我做一个阅读讲座。我准备了《成为学生的教练——像冠军一样教学领读分享》,希望我的分享能够给老师们一点启发。

11 月 9 日　星期一　晴,微霾　二楼办

期中考试季到了,上午语文学科,10点至12点,9点30分贺校、我以及努校准时和老师们一起到二楼功能厅参加考务会议。新高一第一次参加学校的大型考试,强调诚信,凡是作弊一律按当场科目零分处理。对作弊考生不要发生正面冲突,考生不得离开考场,固定证据,等待巡考人员处理。作弊学生的卷子和缺考的卷子不能放在答题卡袋里面。试卷发给学生,只收答题卡。由于是第一次考试,各位老师要注意发现问题(包括考场布置),并及时反馈改进。各级部巡查语文考完后的自习纪律。不能提前交卷。选择题用2B铅笔,主观题用签字笔来答题。强调答题卡和试卷不能让学生代发。贴条形码要规范。

星期一、星期二学生在考场进行晚自习,级部安排老师严格巡视晚自习。

11 月 10 日　星期二　晴,微霾　二楼办

七点多醒来,再无睡意。

到办公区,先到考务室参加考前会议。回到办公室,努校先后在钉钉教务教研管理群发布《高三年级小测试实施方案》和《高三年级1月份学业水平考试备考工作实施方案》,我跟进补充:各备课组长注意小测试的"短平快"性质,瞄准本周复习重点,抓考纲落实。鼓励创新批阅形式,老师亲批、同桌互批、屏幕展示答案自批等都可以。成绩要按日期登记在册,形成测试档案。学期末描绘出成绩曲线,建立可贵的学情成长记录。

世上的利益无非舍得二字,不舍不得。面对荣誉和利益,要果断舍。感觉自己更成熟、思想也升华了。向钟新平老师学习,钟老师就是一面镜子,心底无私,一心为了学生的发展。默默无闻的捐助了很多,包括给学生补贴生活费、购买打印机和耗材、捐助一万元购买书籍等。钟老师马上就要退休了,不图荣誉、地位,就是奉献。向钟老师学习,做能够成为学生榜样的老师。

11 月 11 日　星期三　晴,微霾　二楼办

看电视剧《白鹿原》,看到百灵到西安女子中学读书,女中的食堂墙壁上"进食无声,禁出恶语,心怀浑厚,面露和平"的标语,很是感慨。民国时期的学校教育朴实无华、浅显易懂,却接近教育本质。很多地方值得我们学习。

三、教学复盘　全面改进

11 月 12 日　星期四　晴, 微霾　二楼办

教学工作会议在图文中心二楼会议室召开。努校主持, 贺校参加会议。

第一, 考务工作总结。从考务培训、考场布置等方面系统复盘。同时指出考务工作不规范, 试卷袋不写信息、阅卷等问题。

第二, 努校解读学考方案。

第三, 我对教学工作做简单指导: 先列举问题, 如: 高二(7)班, 数学老师让学生看试卷, 时间不知道。高二(13)班班班通上课25分钟未打开, 原因是信息副班长发烧请假, 没有预案。建议与会干部要有清单和复盘思维。以后所有活动都要及时复盘。回放一下活动策划、实施流程, 总结经验和汲取教训。

下一步工作要责任理清。级部: 布置考场, 自习课安排。教务处: 制定考务指南。教研室: 巡课制度化, 专人负责。德育处: 诚信教育短片素材。

要和老师们讲清楚, 老师要提前候课; 身先示范带动学生候课意识!

11 月 13 日　星期五　晴　二楼办

上午11点50分, 新教师亮相课在一楼报告厅举行。首先是高二的仙古丽·喀迪尔老师上的《第四课 文化的继承性和文化发展》第一框"传统文化的继承"。

亮点: 播放视频导入新课, 精细化管理来讲, 但能否之前交代一句: 现在观看视频, 看到了什么? 听到了什么? 微培训为什么看视频。要有目标意识。侯昌芬老师评课注意到了这一点。

落实习近平总书记文化自信等四个自信的指示。四大国粹: 武术、中药、书法、京剧。教学生活化, 师生互动良好, 课堂气氛活跃。传统文化三特点: 长期历史发展形成的继承性、稳定性、民族性。

我们始终要思考一个问题, 为什么要设思政课? 是为了引领正确的价值观。搞清楚这个问题, 我们在备课上课的时候就不会空洞, 也不会束手束

脚。围绕着总目标,就可以灵活的做到用教材教,而不是教教材。

我建议这节课备课时要注意两点。

一是备学情,注意重点。再放开一些,传统文化的特点学生自己讨论总结出来,可以看书。学生自己看书或者已经理解的坚决不讲。学生疑惑的地方老师不要轻易讲,不愤不启,不悱不发。启发后不能解惑的,老师讲解。比如传统文化中有精华,有糟粕。如何鉴别?如何批判继承?这是需要讨论的,这是思政课的一个重要任务——引领高中学生正确价值观的趋同。民族学校要教育孩子们正确的民族观、国家观,培养清晰正确的家国认同。

二是备教材,注意升华。这节课争取要做到三个度。要有广度,要引导学生放眼全国甚至世界,放眼我国的优秀传统文化和世界的优秀传统文化。要有热度,要更加生活化,与身边文化传统结合。利用脚下生我养我的这片热土,利用民族的传统文化如身边的民族建筑、节日、习俗等,这些艺术就是精华,所以深业丽笙酒店就有很多这种风格的体现,优秀的就要继承。比如民族舞蹈、音乐就是传统文化的精华,要继承。还要有深度,就是教育学生辩证思维的培养,比如民族男女青年能歌善舞是文化精华,但是男女之间男尊女卑和大男子主义就是糟粕,与现代文明的男女平等是相背离的,要坚决反对。

尊重学生主体地位。善于利用学生生成,男生说了一个错误的观点"缠足可以使女性的脚变得更美",老师并没有指出这个观点的错误,更没有讲清楚为什么错?错过了一个很好的价值观的引领机会。这个生成没有利用。

郭巨埋儿奉母,这个故事来源于二十四孝,把如何尽孝这个问题讲解的相对到位。但是还可以引申,列举现实生活中的例子,学生来讨论。

所有的课拿出来前,科组要负责打磨,要探索建立专业的观课评课制度。

贺校讲话:亮相课是科组的一件大事,虽然各种原因不能全部聚齐,但是我们还是团结站在了一起。教研组是青年教师成长的摇篮,如果课前教研组集体备课修改打磨,把这个过程作为培训利用起来,对大家的专业提升都很有益处。要从多个维度进行专业的听评课,比如观察时间、观察目标、观察学生互动、观察重难点、观察课堂生成。准确地讲是观评课。

贺校结论是精彩亮相,基本功扎实、普通话标准、专业素养高,美女老师是一块璞玉。多加强学习,可以成长为一名优秀老师。

晚上9点10分,备课组长会议在二楼报告厅召开,赛主任主持,会议包括期中考试分析和讲评等议程。高三晚测试卷命制要严肃命题,必须做两遍审核完毕后再传给教务处印刷。并且一定要提前在规定时间段发给教务处。必须快速批改并登分,及时讲评。学考备考工作,本学期未给理科班开历史地理课,要安排一节考前复习课。11 月 15 日前按照高中考纲制定备考计划,学考时间是 2021 年 1 月 8 号—11 号。教研活动的问题:参与率不高,人员不齐;实际效率低;除了教研活动外的第二次集体备课活动要开展起来;教研活动材料不齐。

按照贺校观点,教务处重点在管理,教研室重点在教研,所以今天的会议参加了也是应该的。涉及教学管理的部分要认真思考如何整改,比如课堂管理出现的问题、高三晚测试卷命制管理环节的问题等。

我今天没有发言,认为所有问题想解决,一是坚信"办法总比困难多"的理念;二是"马上就办"的执行力;三是坚持"从群众中来,到群众中去"的群众观点,动脑筋思考如何充分发挥老师们的智慧和力量,并做好教育和引领。

贺校总结,课堂是神圣的,人和老师都不能随意对待课堂。随意对待、随性而为,是对自己的不尊重。教研组虽然是一个最基层的组织单位,但是却是非常重要的机构,是青年教师成长的摇篮。青年教师亮相课一定要教研组进行磨课,磨课过程对青年教师的成长很重要,比获得什么成绩更重要。

11 月 14 日　星期六　晴　二楼办

和努校讲了自己对于课堂管理的看法,在高一级部艾则孜主任的问卷基础上设计值班部门、巡查时间、观课情况等维度,在手机上逐班记录,这是一种方法。还有就是下载"讯飞语记"App,逐班语音记录转换为文字,回到办公室修改,这是另一种形式。现在最新课表每天早读、正课、晚自习正好十节课,平均分给三个级部、教务处、教研室五个部门,每个部门巡查两节课。要召集大家开个工作会议,集体定一下马上办。

后天包嫂就要回深圳了,明天晚上要收拾行李,所以今天安排给她践行。

11 月 15 日　星期日　晴　二楼办

大家决定利用今天的时间包饺子吃。下午 4 点,张玲就赶下去,小邢、蓉蓉、邱老师、金老师都在忙活。我到教学区巡课,看到吴源老师拍照上传的照片,支教组显示出如家庭般的温馨。

四、成绩分析　方案迭代

11 月 16 日　星期一　晴　二楼办

今天相当冷,早起八点半送包嫂,天还是黑的。

升旗仪式后,在图文中心二楼会议室召开党政联席会议。贺校讲了红岭中学的崛起经验。常校抓红岭教学质量,当时红岭不如福中。因为课堂问题,处理了很多老师。2006 年开始扭转"僵班死课,乱班乱课"现状。不断地引进新鲜血液并提到领导岗位,稀释僵化的原管理队伍。把 2006 年 20%的重本率提升。2013 年重本率超越了育才和翠园,达到深圳第六位。这个时候开始精细化管理,成立高三工作组,校长兼任组长。精细到五分钟时间模块,精细管理晚、早自习等细节,顶着压力严控手机,包括面批面改试卷。2017 年重本率超过宝安中学。

我对课堂管理作了汇报。先后召开三次网课专题工作会议,专门解决出现的问题。继续"教学部门+级部"双线管理;使用"简道云"软件填写巡课记录;针对课堂专项落实"一周一课一研"。

高一级部期中考试成绩分析会 12 点 40 分在二楼功能厅举行,艾则孜主任从考试目的、意义等维度进入成绩分析。政治、生物、地理三个学科是命题老师班级成绩明显好于其他班级,甚至超过深圳班。这个问题引起领导警觉,下次命题要尝试交叉命题,堵住一些可能出现的漏洞。这次考试阅卷发现标准答案有错误,说明命题老师和审题老师责任心不强,建议纳入到教学事故处理。

11 月 17 日　星期二　晴　二楼办

学生听课状态不好,手里拿着课本,上面没有一个字的笔记。贺校和努校巡课回来到我办公室。贺校对课堂也不满意,认为每个班几乎都有学生睡觉。我的意见组织科组长、级长和校领导进课室听课,就像平时推门课一样,进行深度调研评价。贺校认可这种做法。

11 月 18 日　星期三　晴　二楼办

上午 12 点 40 分第四节,高二期中成绩分析会在二楼报告厅召开。刘琴主任主持,1 点 30 分结束。凯丽玛·吐尔逊老师代表英语备课组做教研分享,古丽扎尔代表班主任做班级管理分享,古丽孜拜尔老师做自己教学经验分享。

贺校总结讲话。老师出现的问题:①单兵作战强,团结协作不足。②两极分化严重。贺校要求老师们必须要有理念。要树立教育教学第一的理念。还要树立学生第　的理念。校长尊重先生,先生尊重学生。我赞同贺校观点。

在办公室整理总结资料,八点多才回到家。

11 月 19 日　星期四　晴　二楼办

早读越来越规范,在早读群里表扬了语文、英语备课组和两位组长。希望老师们再接再厉,思考《特高早读指南》迭代的问题,重点解决五个方面:①早读内容是否指向高考;②早读形式能否更新;③早读能否引入学生自主管理;④早读音频播放是否规范;⑤早读考核能否后移到课堂进行。

下午 6 点 10 分,特高支教组 19 位同事在图文中心二楼会议室进行政治理论学习。贺校汇报和传达喀什经济社会发展、民族团结和脱贫攻坚等事项。

贺校长带头学习习近平总书记系列重要讲话精神。学习领悟“依法治疆,团结稳疆,文化润疆,富民兴疆,长期建疆”的新时代治疆方略。学习体会文化润疆做好教学工作,做好师徒传帮带工作。注意教学语言、内容、行为,助力少数民族学生形成正确的国家认同和价值观、国家观、民族观、宗教观等,确保课堂不出问题。

11 月 20 日　星期五　阴　二楼办

建议杨迪到格拉斯哥大学后,告诉他除了刻苦学习,做好本职工作外,到各类中小学校参与教育实习和社会实践活动,尤其重要。观摩赛事,甚至争取参与赛事策划筹备,有利于储备未来工作的核心竞争力。这应该是未来学校体育竞技的方向。有个词汇“achievement certificate”,就是说学生自己填写本次赛事的“成就证书”。这是一个教育理念的新变化,与传统学校不一样。更侧重于关注学生自主发展、学生更多的自由发挥和想象空间,同时也注重培养学生的责任感。

巡课转一圈基本上在四十分钟,温度这么低,穿着衬衣巡视一点都不冷。一方面是有暖气,另一方面一直在走路。回到办公室,有点口渴。刚泡好茶,贺校进来,坐下来喘口气,聊了一些课堂的问题。贺校饶有兴致地走到墙边,用手在墙上比划着给我们讲了一下珠三角地区的发展形势。认为深圳今后一段时间的发展,一定是围绕着习近平总书记所擘画的蓝图,在前海地区大发展。前海的规划特别超前,那么围绕着珠三角的房产,未来前景可期。

大家对经济充满信心,而且对崛起的深圳本土企业——比亚迪汽车也是充满期待。不仅比亚迪股票涨势良好,而且比亚迪新出的纯电动轿车"汉"也是物美价廉。价格比特斯拉稍微低一点,但是"汉"车体宽大,续航能力和同价位特斯拉差不多,特斯拉车子是紧凑型的,比亚迪具有很大优势。

临到上午放学前,收到姜东瑞老师发来的一篇关于听评课的观察视角和观察点的文章。正好前段时间观课,发现老师们在评课时不敢评、不会评。而一个老师能否走向专业的听评课,也是成熟的标志之一。所以在准备给特高老师们做一个关于《走向专业的听评课》的培训,这篇文章真是及时雨啊。姜老师又陆续发了好几篇,我很感谢大姐的关注。而且由衷佩服她,退而不休,还一直关注专业领域。照单全收,下午打印出来慢慢品读学习。

11 月 21 日　星期六　中雪　二楼办

昨晚睡得很不好。凌晨两点左右入睡,凌晨五点多醒来再无法入眠,头昏沉沉的很难受。原因无非几种:饮酒、喝茶、翻手机,人贵在自律,以后切记过午不茶,手机不能进卧室。

上午九点半的喀什迎来 2020 年的第一场雪;暂时告别"水泼窗帘+加湿器"。雪来了,春天还会远吗?

刚刚有一位高三老师擅自利用课堂时间给学生放电影。贺校很生气,认为这就是我们平时对课堂的定位不够明确造成的。随便一个理由,都可以把一堂课毁掉。他认为这个随意对待课堂事件从本质上看是没有形成敬畏课堂、尊重学生的共识,所以接二连三的出现。要考虑从严收紧制度的执行力,形成共同的价值取向。敬畏课堂,任何人都没有权利随意对待课堂,任何人都要行成尊重学生、尊重课堂的习惯。

后来贺校给我讲了红岭学校的一些做法,包括寒假的做法。我深受启发,贺校和禹校通了电话,禹校和贺校都是邵阳人,禹校非常支持贺校工作。表示这次捐书活动一定要超过中集集团的十万元数量。真心感谢禹校对捐书活动的支持。

11 月 22 日　　星期天　　阴　　二楼办

凌晨六点多醒来,睡不着。餐后邀请张玲一起雪中漫步,围着操场转了两圈。厚厚的雪踩在脚下嘎吱嘎吱地响,不知道什么原因感觉很美妙。我们雪中散步也不时地拍几张照片,张玲也饶有兴趣地摆一下 pose,倒是拍了几张很满意的照片。而且邀请罗校给我们拍了手拉手的几张合影,记录喀什岁月。戴的棒球帽露着耳朵冻得好痛。走了两圈后迅速回家,找出另一件羽绒服,是儿子嫌小我们舍不得扔掉的品相很好的羽绒服。我穿着稍小一点,但是有帽子,而且属于时尚款,我就觉得很好了。忽发感慨一个人生活起点低又不失奋斗是一件幸福的事,起点低,稍微奋斗改善生活品质就很容易有获得感。如果起点很高,则奋斗的获得感就不容易满足,幸福感自然降低。所谓由俭入奢易,由奢入俭难,也有这方面原因。对孩子的教育才会有"再富不能富孩子,再穷不能穷教育"之类的口号。果真生活即教育,生活中可以有很多教育感悟。

做事要认真细致,准备做一个《走向专业的观评课》培训分享,灯片基本做好了。但是这是纲要,还要写出详细的发言稿件,相当于详案。将来修改一下可以作为论文发表。这就是踏实、扎实、朴实的工作作风,要坚决杜绝敷衍塞责的做事风格。

11 月 23 日　　星期一　　阴　　二楼办

路面结冰,所以今天升旗仪式改为室内进行。321 包联老师到各自班级,发言师生到广播室,其他老师在办公室。仪式结束后党政联席会议在图文中心二楼会议室举行。

今年高考决定不考维吾尔族语文(后文称民族语文或民语),改考英语。所以现在英语老师严重不足,民语老师富余。林主任上大课,一次三个班,民语老师英语底子好一点的做助教维持课堂教学。高考决定以后考英语,贺校要求教务部门以后招聘老师要重点突出英语,早做谋划。常书记解释说本来有些专科毕业的英语老师,不符合高中老师必须是本科毕业以上学历的政策,所以错失了很多老师。贺校说以后再给凯局汇报,因为以前是考民语,现在形势发生了变化,急需大量英语老师,能否在政策上予以考虑。

11 月 24 日　　星期二　　晴　　二楼办

看到早读群备课组长们很辛苦,很敬业,每天都发早读情况。于是我在群里发出慰问。

大家辛苦了。大家能够分级部备课组进行总结,优点、不足、建议逻辑闭环合理。非常好！而且建议具有建设性和创新性。大家克服了各种不便,始终坚信"办法总比困难多",感动老师们的责任和使命担当！特高和学生有你们是幸运的,为大家点赞！希望大家百忙之中更要保重身体,在此基础上思考如何进一步发掘备课组团队尤其是青年教师的力量和智慧,思考如何团结备课组老师们把早读工作常态化。"行百步者半九十",希望大家持之以恒,擦亮特高早读名片。

下午第一节课,高二(12)班,古力兰老师的语文课《归去来兮辞》。课前有提醒学生课本等学具准备、班干部巡视就位、不要睡觉、提醒早读音频文件范读等组织教学行为。

课堂的教学目标、文本解读等方面逻辑结构相对完整。特别提醒陶渊明是东晋时期人物,高考考点朝代不要搞错。灯片出示陶渊明的相关生平,但对"没落"一词解释不到位。"厌恶"的"恶"错读为"e"。课堂语言需要精炼,口头语要尽量减少。在学习楚辞特点时,有提醒学生做笔记的环节,但是三分钟时间是否过长,同时做笔记的时候老师话语的过多,干扰学生"边记忆边思考",不利于学生学习掌握。

老师范读押韵的部分字词,要求学生一字一句盯紧。交代的话语过于琐碎繁杂,要简练。读第26页课文时,尽管老师强调朗读速度慢一些,但是速度还是很快。针对民族学生文言文是难点的学情,建议参考央视标准范读速度再降低一些。

有学生齐读环节,齐读是可以营造一种书声朗朗的良好气氛,大家听了很受用。但是针对民族学生普通话水平较差的学情,学生齐读这种形式建议废除至少目前要少用！因为字音和声调很多都读错了。尽量多用分组读、学生领袖范读、两名学生轮流读、或个别读等形式,就是要尽量避免滥竽充数效应。

齐读完后翻译和精讲课文。首先从序言开始。采访学生,老师有布置预习环节,但是没有委托学生干部进行预习情况检查,学生大多没有预习环节。

总体评价,这节课是有准备的,老师是负责的。但是老师个人课程素养还有很大的提升空间。

11 月 26 日　星期四　晴　二楼办

倩倩整理好后发给我,我发现自己部分成果漏掉了。所以交代倩倩,初步看了一遍,做得很好,你们辛苦了。建议发到芳华群,大家都审查一下,主要是看有没有漏掉什么成果。同时要感谢李娜成果梳理前期做的工作。

与市教科院赵鹭老师联系,课题已经通过了。我赶紧梳理了一下参加研究人员名单,发现少了袁满和宋璐。和赵老师沟通,做了一个名单变更。发给袁满老师,由他下午去深圳湾学校盖章再送到市教科院。袁满到深圳湾学校后,细心的安安发现黎隽是深圳湾学校,而他已经考研走了,所以建议删掉。袁满打黎隽电话没接,问我,果断删除。他妈妈好像是某高中在编老师,中间有段时间联系他的意思是想到高中,然后就没有再联系。从来没有主动和我联系过,我给他做的带名字的U盘也没有来领。

芳华群大家获奖接龙情况良好,共计15人接龙,奖项很多,我删除了部分区级二等奖以下的,转发到名师群。

11月27日　星期五　晴　公寓S2-302

今天上午没课,趁着廖校去前指公干,蹭车过去市区。我们到人民公园。结果公园整改不给进,我们在主席像前转了一圈,到正大购物城逛商场。出来后贺校提议去热西丹老师家做客,因为她家就住在主席像后面古城里面。于是步行从主席像东边一个门进去古城,到了十字路口,在网红打卡点拍照,等待热西丹出来接我们。然后西行再左转。到喀什第八幼儿园门口左转,进去一个巷子最里面就到了。热西丹老师老公在乌市上班,这是她娘家。两层小楼加一层地下室,很漂亮的充满民族风情的院落。坐下来喝茶吃馕,结果热妈妈在地下室厨房张罗着做饭。一会儿端上来羊肉汤,又过一会儿端上来拉面。

金老师在十字路口拍照的间隙找了一家百货商店买了一箱牛奶,我们临时决定串门身上也没带现金。没给孩子和老人包红包,反而在家里吃饭,实在是过意不去。但是热西丹老师一家人好热情,不仅爸爸闻讯从金店赶回来,连弟弟也一起赶回来。很感动热家一家人的热情好客,当我们告辞的时候,热老师告诉我们,爸爸已经在外面叫了烤肉了,我们只好连连说吃饱了并致歉。一家人表示欢迎再来,热妈妈还亲切地用不太流利的普通话说"快快地来"。热老师在旁边连忙解释,妈妈的意思是希望你们早点再次来做客,很开心的告别。出去以后大家的意思好不容易来一次古城,转一转再走。由于是淡季,贺校风趣地说,逛一逛这么少人的AAAAA级景点是很奢侈的事情。一路向东门走去,中间在各种已经开门的商店逗留。从一个胡同一直上去走到另一条街道,再右转走过民居。这里的民居还有很多本地维吾尔族同胞在居住,所以很有烟火气息,看着很亲切。

走到东门,贺校说这里有一个耿恭祠。于是左转过去,耿恭是东汉名将,曾任戊己校尉,在喀什(当时的疏勒)屯田驻守。上到楼里,没有人值守。直接到楼上参观,从图片介绍中发现原来喀什这个地方也有坎儿井。而且林则徐发配这里时,走遍了这里,并发动群众开发利用坎儿井灌溉,有时间一定要实地考察一下。在备课时要多留意这些名人逸事,给学生带来更加生动的课堂。

11 月 28 日　星期六　晴　二楼办

初步定于中午午休后三点多钟过去,在北湖郊野公园走一走看一看。

上午到办公室和张玲观看《八佰》,不觉中午一点多,暂停赶回去吃午饭,没有什么吸引人的菜,随便扒拉两口,上去午休。

迷迷糊糊地眯了一觉,2 点 40 分左右醒来。在华润万家门口等了一会儿,没有出租车。只好坐了一辆 12 路公交,到市里的银瑞林酒店门口,下车拦了一辆出租。29 元到达北湖公园,原来北湖公园就在地区第一人民医院对面。不过公园面积还是很大的,我们走了大概有一半的路程,开始往回徒步。沿着吐曼河漫步,看着雪水融化而成的清澈水流湍急地流过,心情无比愉悦。大约 5 点 40 分,走到第一医院的对面路边。想想应该是在医院那边打车,走过去。在路边跳蚤市场买了一些石榴和桔子,乘车回学校。这条路线现在比较熟悉,北湖公园、医院、东巴扎其实在一条线上。今天的步数轻松过万,浏览了风光,锻炼了身体,愉悦了心情。挺好。

与其他老师们相比,比如贺校,他们更喜欢人文景观,比如古城开城仪式等等,我更喜欢自然景观,名山大川。上次去克州峡谷,我就觉得意犹未尽,而贺校他们觉得不必再来,走再远也无非是峡谷,景观基本雷同。众人众生众执念啊。

11 月 29 日　星期日　晴　二楼办

上午懒洋洋的宅在家里,躺在沙发上翻看手机。结果头脑昏昏沉沉,很不在状态,整个人都不好了。早吃中午饭,然后午休睡了一小会儿。

到办公室整理了一下课题稿件发给肖肖和学斌。肖肖侧重于后期课题申报稿件的规范化整理,学斌侧重于一些课题的学术性问题。这次课题组成员基本确定了努尔、学斌、茹孜、肖肖四个成员。先着手把课题申报书写出来,后期根据情况再添加人员。

五、高三工作 再度复盘

11月30日 星期一 晴 二楼办

睡觉还是不好，似睡似醒之中磨蹭到将近10点起床吃早餐。张玲安排上午到华润万家买一些肥皂、洗发水等生活日用品，又想喝茶。

上午11点，在图文中心二楼会议室，贺校主持两位高三英语学科新教师见面会。两位女大学生都是乌市人，汉族，翠翠和张亚茹。喀大毕业直接上岗，拟分到高一高二。既是挑战又是机遇。

大家移步贺校办公室，贺校明确告知今天是理念培训，要求通知阿依娜扎尔也到会。贺校再次强调理念很重要，互相尊重在人与人的沟通中很重要，而不是领导就可以颐指气使，甚至连对校长的起码的尊重都没有，这就是理念的差别。

贺校强调：所有管理者都要有高三第一位的坚定理念！放假时下午不应该停高三的课，利用排队候车时间高三至少可以再上两节课。我很有感慨，当年在二外，叶校长从育才过来也是高度重视初三毕业班工作，对初三高看一眼。任何学校毕业班最重要，这就是文化共识。

红岭高中部有个大标语：高三要有高三的样子，逢山开路，遇水架桥。高三学生一直喊累，就在于班主任学生思想工作没有做到位。红岭高三一周就要开一次会，2007年红岭高考超越宝安中学，这是很不容易的。

今天的会议本质上就是培训，我感觉每次听贺校培训，都很有收获，是个很好的学习过程。

马上就办：①白板要落实，黑板全部换成白板，并且要配备抹布、板擦和黑红笔若干。②高三标语的内容、位置，营造气氛。③尽快召开贺校长高三视频动员会议。④号召老师们没事就进班级，与学生同甘共苦，共情力也是教育资源。⑤老师不能被学生带节奏。⑥寒假安排必须具体，包括辅导老师、课程表、作息时间表、考试、对答案以及答疑的时间要具体、务实、可操作。

热心的金姐和张玲联系，送过来一些石榴。我们赶紧打扫整理房间，没想到金姐给张玲微信"你能不能心疼我一下,下来接我?"把我们逗乐。她肯定是怕到家里不方便,所以开玩笑让张玲下去。我们想想也没有什么好回赠的,忙不迭地装了一些核桃和灰枣拿了下去。

12月1日 星期二 晴 二楼办

昨晚暖气很热,结果两人都太热,睡得很不好。半夜甚至把窗户都打开了也是睡得很不好,听见学生广播,早早起床。

今天上午高三月考,8点30分要求监考老师到岗,照例有很多老师迟到。迟到是个顽疾,大家还是没有守时意识。我在27分到达考务室,主管领导第一时间和一线老师们站在一起,考务工作是教务管理的一个重要抓手,我准时出现在现场本身是个信号。

早读情况持续改善,迪丽力努尔·迪力木拉提老师通报高一英语组情况;龚燕燕老师及时通报高二英语情况;马力亚·亚坤老师通报高二语文组情况;赛亚尔·赛来老师及时通报高一语文情况。

今天在早读群@了龚燕燕和赛亚尔·赛来两位老师:①请代为转达贺校对科组老师们的慰问!老师们辛苦了并配合鲜花表情;②督促高三两位备课组长严肃对待学校布置的工作。高三早读指南可以推出自己版本,但是必须传给教务处林主任备份并张贴!③早读指南是为了下一步推出《学科课堂学习指南》促进学生精准学习、有效学习做铺垫,改善目前一些班级"乱班乱课,僵班死课"的乱象,大家务必重视。

看到教务处阿卜杜克热木·麦麦提老师在特高大群发的通知,作为教学副校长,我在下面跟帖加持并提醒老师们:一所学校是否能够持续走向优秀乃至卓越,观测维度很多,其中重要一环是看教学常规是否扎扎实实地在做。请老师们认真、正确对待业务材料检查,通过检查反馈结果,主动复盘并迭代自己的教学行为,促进业务成长。

在网上学习了迭代和递归。迭代我的理解就是做过一件事情不满意,吸取教训,把事情按照改进的方法再做一遍;如果还不理想,那就按照最新的方法再做一遍。这就是迭代。比如手机每年都在更新换代。递归,举个例子,就像在电影院黑暗中不知道自己是第几排,那么问前边的人,如果他知道那么很容易推算自己的排数在哪里,若前面的人也不知道,继续问他前面的人,依次一直问到第一排,第一排当然知道自己坐在第一排,然后第二排也拿到答案,依次传回来。或者理解为把复杂问题拆解为较简单问题,然后再拆解为更简单问题,然后再拆解为非常简单问题。做出答案后,再依次做回去,直到把复杂问题做出来。最形象的就是像俄罗斯套娃一样。

我们和努校在办公室聊天,品尝努校朋友带来的石榴汁。针对迟到空

135

堂等现象,务必尽快组织对行政干部和老师的及时培训、统一思想到教学工作上。这个培训一定要搞,而且由贺校亲自来做,以引起大家的重视。我的建议进行类似的延安整风:①本周五上午研判会要求行政干部学习会议,我起草特高教师禁令,贺校亲自做培训,对一些做法划出红线。②本周六晚自习召开高三年级考后视频会议,请贺校亲自对高三学生进行动员和鼓劲。③下周三中午召开全校教师大会,贺校讲话,要求老师们认清总体形势,把思想统一到教育教学工作上去,树立教学管理"两心一线"指导思想,即:以教学为核心、以学生为中心、以提升教师业务水平为主线。

12 月 2 日　星期三　晴　二楼办

气温在继续降低,昨晚下了不大不小的雪。由于气温已经降至零下,所以雪花落地后没有融化,而且清晨雪已经停止,天气晴朗。早上扫雪也很容易,地面干干的没有粘雪。来得快去得也干脆,不像上次下雪。地面还未到零下,雪一落地就融化掉了。第二天地面湿漉漉的,扫雪的时候雪和水混合在一起纠缠不清。脚踩上去,又是粘雪又是粘泥,而且第二天继续纷纷扬扬的断断续续的又下了好几次。

陪同贺校一起巡查了高一高二课堂,发现还是有学生睡课而老师没有提醒的现象。到操场转了一圈,有至少 20 名高二年级同学在扫雪。贺校很生气,到现在为止至少在级部领导层面依然没有把课堂放在第一位,占用正课时间让学生打扫卫生。所以尽快组织对行政干部的培训,扭转老师的工作理念,非常重要和迫切。

巡课结束,到图文中心一楼大堂参加邱俊荣老师后方的石岩公学捐赠图书仪式。

根据学斌建议,利用和发挥付会财主任东城高级中学教研室主任的优势,请他搜集整理地方史课程推进方面国内专家研究的现状,即文献综述。利用和发挥努校熟悉特高实际情况的优势,请努校抓紧把特高地方史开设的现状和学情整理出来。利用和发挥学斌东北师大本硕的科研优势,请学斌着手丰富开题资料。利用和发挥肖肖才思敏捷、文笔好往往有创新之笔的优势,请肖肖继续学习和熟悉课题开题流程,为后期开题申报书的整理规范做准备。

作为主持人,要在前几次主持课题的经验基础上,进一步分配和协调各方资源,形成合力。而不是像以前那样,自己吭哧吭哧地闷头干活儿,一味地给成员减负。结果课题结题了,大家证书虽然拿到了,但是课题内容一脸懵圈,下一次自己去申报课题还是一头雾水,没有达到在课题研究中成长、锤炼队伍的目的。以前的做法属于小爱,即给予成员一个证书,是"授人以鱼"。现在精心挑选每一位课题组成员,充分利用和赋权给成员。严格工作纪律,给大家压担子。让他们承担具体任务,在工作中成长,将来可以独挡一面。这才是真正对大家负责,属于"授之以渔"。

通过参与沈林老师、吴萌老师课题以及后来主持课题,特别有感慨。在历次的课题研究中,原来自己的思想和理念也是在不断迭代和成长啊。回过头看看走过的路,看看集结成册的成果,还是感觉到很充实的。

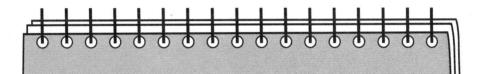

2020 年

第九章　集中重点兵力确保高三工作

一、追赶进度 想方设法

12 月 3 日　星期四　晴　二楼办

研判会结束后,贺校通知我和努校到他办公室开会,集中解决进度滞后的问题。要端正教学态度,负起责任。进度这么慢,高三考试结束学生自习课居然无所事事!上课效果不好以及备课组长对磕课堂监管的缺位,导致各学科进度不一致,一些学科老师提出某些教学内容准备放弃。今天下午2点在二楼报告厅召开备课组长会议,统一思想,明确学期教学结束内容必须完成,不允许拖到下学期。尤其是高三第一轮复习不能拖到下个学期。

期末前各学科要排出教学进度表,要精确到每天。周日下午自习课班主任进行协调安排。学科组长要在办公室或者教研组群内不断公布进度,提醒老师们进行进度调整。这是教研组长的责任。

我的意见:按照教学常规进行严格管理。①清晰自己学科教学进度,期末结束前必须完成。②考试结束后马上阅卷,连夜赶工,第二天必须评讲。快阅卷、快反馈,快订正,甚至启动同质效试卷(相同难度和相同细目表)快速二次测试。③不断进班巡视,贴近一线学情。教学没有核心技术,只有全力以赴的态度。当年的国足主教练米卢蒂诺维奇说过:态度决定一切。

马上到四楼高三级部找范建刚主任落实,决定在一号楼三楼半、四楼半、二号楼三楼半,分别树立高三励志标语,范主任和级部尽快决定内容报给我。级部门口墙上做两块展板,一块是老师介绍和寄语,另一块是学生表彰栏,贴每次学生考试成绩优秀、单科优秀和进步明显者的获奖照片。建议教师介绍以"特高高三名师天团"为题目,提振士气,鼓舞学生。

12 月 4 日　星期五　阴　二楼办

早上 9 点 40 分到办公室,天还没亮。巡视抽查了早读情况回到办公室,10 点 5 分,天刚微明。早读还是有一些问题,在高二(14)班和(12)班拍了照片传到早读群里,并对大家做了鼓励和提醒。

现在是第十三周,早读和开学相比,进步很大!这有大家的汗水和智慧,为大家点赞!大家辛苦了。有部分问题需要继续思考:①有的课室新的指南放置在一旁。这样的放置效果?②以高二语文为例,指南是《归去来兮辞》,个别班级在读《滕王阁序》。③个别学生范读,与播音员范读相比,效果如何?

想做好一件事情,真的很难。想起来雍正诚勉年羹尧的一段话:"图功易,成功难;成功易,守功难;守功易,终功难。"

工作大家都在努力做,面对新事物,出现问题是很正常的。所以对老师们要多看贡献,多正面肯定和鼓励。对问题要指出来,但是坚持对事不对人。

上午十点半,在图文中心二楼会议室,贺校做行政干部培训会,他重点介绍了深圳教育的一些先进做法供大家参考借鉴。首先,深圳市是新建城市,没有条条框框约束,可能这是发展起来的主要原因。有很多创新、敢为人先的东西。比如大学生就业,深圳就有配套的补贴主动给过来。比如对待学生,要站在学生立场看问题,对学生的体验感同身受。一切为了学生,就会化解很多矛盾。其次,就是行政干部工作的积极性和主动性,红岭中学就曾经破格提拔过一个年级主任做副校长,就是因为他工作主动和有创新性。最后就是把教学放在第一位。

贺校还强调了工作态度。第一,要勇于担当不能畏手畏脚,前怕狼后怕虎。第二,要敢于创新,不要被条条框框束缚。要有危机意识,稍不努力,后面的学校就会超过你。优质学校在成绩领先的同时,必须要做出特色。第三,重实干。第四,是守规矩。不去执行会议决定的事项,就是不守规矩。

12 月 5 日　星期六　阴　二楼办

回到办公室,和都委员交流了一下,她和李琛老师都认为高三语文早读情况不太理想。所以学校出台这些措施是对的,但是就是执行的不好。要想办法纠正特高老师的理念,树立正确的价值观。目前最重要的是,落实学校关于教育教学的一系列指导意见,树立对课堂的足够敬畏,培养对学生真正的爱心,养成足够高度的对事业的责任感。

下午 5 点,陪同贺校、张校到育才小学居住点看望雪天脚部骨折的杨淑艳副校长。怀礼在环疆旁边定了一束鲜花,别的东西没有买,君子之交,人过去看望就很好。

二、业务测试　高考培训

12 月 6 日　星期日　阴,偶尔飘雪　二楼办

今天中午把考核表格签字。

上午学生休息,组织老师们做高考试卷进行业务测试,相当于培训。下午高二高三学生进行模拟考试。上午张玲赶过去参加监考,努尔副校长总负责。

和张玲一起郊野散步,鱼塘附近走一走透透气。喀什的天气温差非常大,刚出去时羽绒服背部热烘烘的光想出汗,很不舒服。脚下的鞋子太暖和,也是想出汗。但是走一圈下来,将近六点时,脚部、背部都不热了,甚至拿出手机照相时都有些冻手,温差之大由此可见。

睡眠是如此糟糕,在看电视时打盹儿。上床睡觉却睡不着,痛苦不堪。

三、组建团队　课题运营

12 月 7 日　星期一　阴,偶尔飘雪　二楼办

天气太冷了,飘着零星雪花。改为室内升旗,主持人等在播音室,其他师生在教室。

一大早肖肖发来整理过的课题报告,迅速发给学斌,并列出一些问题要求思考修改:

一是背景简介部分,尤其是师资介绍关于其他名师工作室进行优化删除是有合理性的。二是理论依据与指导思想部分,涉及马列主义和习近平总书记理论,要再谨慎过一下。三是研究目标,能否再谨慎过一遍,避免空洞。四是研究内容多不多?会不会束缚我们手脚,结题时给自己设置障碍。考虑到这一点,所以预期成果我把《教学设计集》改成了一篇。但是将来按照试题集去做,我们也有丰富的经验可循。这样有利于防止评审挑刺儿,由一篇变成了一本书,评审容易通过。五是通篇序号按照课题规范重新过一遍。包括首行是否退缩两个字符、字体大小、是否加黑、宋体还是变化等。六是中期报告会是否要加进去?七是其他标出字体颜色的部分,也要再过一遍。

随后按照工作布置,10点前要收相关作业。付主任提出题目微调为《支教背景下地方史课程的教学策略与实践研究——以特高为例》,这个题目就更好一些。所以从我初定课题题目和框架内容,到学斌进行丰富,再到吴萌老师指出支教队的深圳教育优势,再到付主任修改,从内容到题目一步步的丰满和规范起来。能够汇聚各方师资,领导团队开展工作,很开心也很有成就感。

暖气自打上周修过后,表现太优秀了。宿舍晚上要打开窗户,才能睡觉,否则热的睡不着。包老师更是热的要打开电风扇,才能睡着。

晚上9点,高三表彰会准时在二楼多功能厅召开。各班班长、学习委员和受表彰同学在会场就座,其他学生在班级观看参加,晚自习值班老师看班。

平行班高三(7)班蝉联第一名。范主任宣布获奖名单。然后播放两个视频,一个是中国嫦娥五号登月取土视频,代表中国最高科技水平。另一个是央视播放的衡水中学的一天。贺校在随后发表了热情洋溢的讲话:从登陆月球采土的视频导入演讲。演讲名句:有些事情不是因为难以做到才失去信心,而是因为失去信心才难以做到。人生不能苦一辈子,但总要苦一阵子。还讲了"柏拉图甩手"的故事,大哲学家苏格拉底有一天给他的学生上课,他说:同学们,我们今天不讲哲学,只要求大家做一个简单的动作,把手往前摆动300下,然后再往后摆动300下,看看谁能每天坚持。过了几天,苏格拉底上课时,他请坚持下来的同学举手,结果90%以上的人举起了手。过了一个月,他又要求坚持下来的同学举手,只有70%多的人举手。过了一年,他又同样要求,结果只有一个人举手,这个人就是后来也成为了大哲学家的柏拉图。

贺校不只是励志演讲,还给高三学子指出了具体的方法指导。演讲10点6分结束。最后范主任宣布高三总结表彰大会结束。

12月8日 星期二 阴 二楼办

零点上床,睡不着。翻手机看到贺校已经发我演讲稿,建刚也设计出了贺校演讲稿张贴版,马上转发贺校。凌晨两点半左右入睡,早上约8点钟醒来,要求建刚把标语整理出来给贺校选定,争取今天上墙。执行力就是这样,校长的治校方略要以最快速度进行落实,拖延就会使效果大打折扣。

上班后马上把贺校演讲稿传到高三和全校钉钉大群,要求老师们下载认真学习。并跟了一段话:贺校给高三学子励志演讲稿已上传,其实很想再补充一段话:柏拉图后来培养了著名的亚里士多德,亚里士多德又培养了著名的亚历山大。亚历山大后来把一个弹丸小国马其顿发展成为横跨欧、亚、非三大洲的大帝国。伟人的成长离不开伟大而平凡的老师教育和引领,愿你我努力成为学生成功人生的引领者。这段话本来已经敲出来了,后来还是觉得会冲淡大家对贺校演讲稿的注意力,且有炫耀自己历史专业知识丰富的嫌疑。这就是思想境界的进步,不要处处装内行。有时像罗任重校长那样,自己内行反而不显摆,给他人展示的空间,才是真正的高情商。这样做,大家都愿意和你相处,彼此愉悦。

晚上二楼多功能厅,高三月考分析会。范主任说励志标语、贺校演讲稿都已经喷绘完毕,会后进行张贴。内容是贺校在十条备选标语里选中的:

①成绩是奋斗出来的!

②今天的努力学习,是为了你将来拥有选择的权利!

③勤学勤思勤问,百炼成钢!

颁奖仪式后贺校讲话,解释"教学没有核心技术,只有全力以赴的态度",不是说教学没有技术,相反是有技术含量的,主要是借用董明珠的"格力掌握核心技术"的回应,是强调态度的重要性。首先劝告大家正视这次考试。其次是通过这次数学命题,告诫大家命题一定要认真。一定要先出双向细目标,大家讨论。然后找题目,分析难度。试卷出来后自己做一遍,然后审题人审核再做一遍,最后定稿。相对进行得比较严格,比较贴近高考模式。

由这次做高三励志标语想到,做事就是要这样,要有"马上就办"的深圳速度。由此想到"深派教育"的提法,一直在思考什么是"深派教育","深派教育"的特质有哪些?我想:务实、学生中心、敢于创新是基本特质,务实就包括尊重实际情况,注意研究课标和考纲。学生中心就是分清教学主体,厘清教学就是服务,服务就要尊重客户体验。敢于创新就是要不墨守成规,要按照教育规律,敢于突破条条框框,敢于担当。搞清楚这些基本内涵,将来在课题教学设计中要充分体现出来。所以拍照发一些地方史教材图片给肖肖,就是着眼于此,肖肖是在深圳南山成长起来的新锐骨干力量,参加过香港教材编写,由她来创作地方史课例设计示范,起到引领本地老师的作用。

将来的深圳某某教育集团喀什学校要充分论证和挖掘"深派教育"内涵,真正办出"深圳气派",办成喀什本地的"内高班"和"内初班"。

会议结束后到三楼和二哥打了一小时乒乓球,结束后到四楼看了一下贺校的演讲稿宣传板已经做好,贴在高三年级门口。

12 月 9 日　星期三　阴　二楼办

昨晚约凌晨 1 点入睡,中间时有梦醒,但是能够继续睡着。直到六点半左右醒来,翻了翻手机,给海宾回了条信息,又睡着了。再次醒来就是被八点多响起的广播声叫醒。有点不想起床,想再睡一觉的感觉。挺好的,因为以前都是想睡懒觉却死活睡不着,极其痛苦。这个晚上睡了有六个小时,有进步。

今天周三,上午是张玲巡课。于是到教学楼去,我上办公室,她去巡课。贺校散步到我们办公室,赶紧汇报了演讲展板放在四楼级部门口,别的位置不合适。贺校同意,表示过段时间可以放到一楼,给高一学生看看。这份演讲稿真的很好,激扬澎湃,充满激情、鼓舞人心。

高一(8)班,上午10点50分,第二节,古再丽努尔·艾莎老师的语文课《孔雀东南飞》,市教研室调研观课。努尔过去办公室喊都委员,我感觉努尔也是想大家都去陪听,对市教研室的调研表示重视。我正好没课,一起过去。

高一(8)班就在二号楼一楼东侧,在我们办公室楼下。古再丽努尔·艾莎老师讲课一般,但是能够意识到让学生读书。而且会分性别分组齐读,效果还不错。能够在语文课听到书声朗朗,总是蛮不错的事情。少数民族地区学生普通话水平普遍较差。找一个优秀学生进行范读,或者使用播音员范读音频,是值得使用和推广的。而且有挑选学生上台板演,重视学生主体。老师上课缺乏激情,没能创设有效的课堂情境,当然就没能有效调动学生进入情境。这是一篇很好的对学生进行正确价值观、是非观、爱情观教育的文言文,可惜这个效果没能出来。高潮是老师说出来的,而不是自然而然生发出来的,遗憾。

从 8 班出来,大家在走廊里简单论课。同学们热烈讨论,我说这么一节有关爱情悲剧的话题,大家为什么课堂上不说话?学生:不敢。爱情是一个非常敏感的话题,课下学生讨论这么热烈,说明渴望参与课堂,参与这个话题。如果老师注意到了这一点,这个课堂的高潮就会自然生发的,是一节成功的课。所以老师对学情研究还需深入。

在我们办公室简单和宋照宇老师聊了一会儿,介绍了我来自深圳湾学校,宋老师和郑校曾经是同事,有交集。欣赏宋老师儒雅谈吐,不温不火,有复旦高材生和深中老师气质。我介绍特高少数民族老师普通话基础较差,不建议老师范读,跟听播音员音频范读或优秀学生代表范读。齐读效果不好,发音该错的还是错,宋老师赞同我的观点。我诚恳地表示:下学期请宋老师这位语文专家过来特高给老师们做教材解读的培训。甚至可以利用支教组优势,组织支教队老师进行示范课和讲座。教研室牵头,不局限于面向特高,使整个喀什受益。

第四节在高三(7)班继续语文课观课。张雪荣是一位汉族女老师,上的应该是小说课。课堂也是过于沉闷,总感觉这样上有点慢,像是在上新课。高三的复习课,应该提纲挈领,总结性的和梳理性的做。当然我是门外汉,还要听取专家意见。

听课下来上洗手间,请示贺校要不要见一下教研室调研的老师们。然后一起到四楼语文组办公室座谈了一会儿,有时间再请教切磋。

和贺校一起回去吃午饭,聊到饭食问题。回忆起我随中科先进院实验学校同事去广西支教,也是因为我这个北方汉子不适应南方饭食。一桌子菜硬是没有合我自己胃口的,但是我吃点米饭和青菜就对付过去了,没必要大惊小怪让满世界都觉得自己受了委屈。还有六五年出生的刘振坤校长,当年在二外,因为经常开会或加班有时去饭堂晚了,没有什么菜。这位老兄盛点白米饭,然后倒点儿酱油和菜汤,伴着就吃了,这是最让我感动的瞬间。作为副校长,又是东北师大老牌数学硕士研究生和金牌奥数教练,从不摆谱,不晒痛苦,低调的就像一个普通教师。所以才收获了崇高的威望,我们大家都衷心拥戴他,信任他,也愿意走进他。

人与人的差距真的很大,通过这段支教生活,认识了更多的人,也学到、悟到了更多的道理,无论是做人还是做事,自己都在不断地成长。感恩生活,一切都是最好的安排。正是郑校长对中层的调整,所以我才有时间和精力申请名师工作室,才会有机会申请精英教师,才会有申报和主持市级课题的动力,取得更多成果。才会去中科实验学校支教,才会认识更优秀的一群老师。正是因为郑校的调整,才会使我重新思考自己的前进方向。才会申请到喀什支教,才会认识贺防校长等一群更优秀的教师群体。感恩遇见,每个人无论价值观与我有何差距,都是生命中的重要遇见。

12 月 10 日 星期四 晴 二楼办

学斌很敬业,也很专业。昨天晚上快12点发给我学术综述部分,然后我看了一下深圳市的申报书,与南山区还是有很大不同。所以暂时不按照深圳模版整理填写,因为很可能省里申报书格式等也不一样。不能做一些无用功,马上微信给黄博留言,看能否发一份省里往年申报书学习一下。同时又给喀什教研室王胜副主任微信留言,看能否问清楚自治区课题申报时间,能否拿到往年申报书模版。

钉钉给郑校汇报:现在加入了贺昉名校长工作室,并且负责起草了《关于组建深大(也可能是红岭)附属教育集团喀什学校的建议》的报告,把我们深圳湾学校先进的"体育+教育"等先进的育人理念,融合到报告里。在前线取得的任何成绩,都离不开后方大本营的关怀和支持。

要时刻给后方领导汇报工作。做好自己的事情、守住本分、对得起自己。时刻记住:自己心中始终阳光灿烂,周边世界都是阳光灿烂。

下午第六节,4点10分,高一(2)班,程瑞环历史复习课。学生历史课本剧表演。维吾尔族孩子有表演天赋,全场欢笑,气氛热烈。只是缺乏系统的脚本设计和训练,所以可能偏离了主题,用程老师的话说:严肃的话题被你们硬生生演成了喜剧。但是学习效果如何暂且不管,要肯定这种以学生为中心的设计理念。

12月11日　星期五　阴　二楼办

零点多一些睡觉,凌晨四点多醒来。睡不着,强迫闭眼,昏昏沉沉睡去。大概8点多醒来,头昏脑涨。

早餐后马上到办公室,然后楼道进行巡课。在"早读群"发表对早自习的一些看法。

老师们好! 结合对早读的巡视,和大家分享一下感受,希望共勉。早自习整体较为规范,这与群里老师们的辛勤工作是分不开的。大家辛苦了。但是有一些班级学生干部背着手站在讲台上只管别人,而且叫着要求"赶紧读书",缺乏方法引导,自己也不读书。个别班级前面最多会有三位干部同时站着,如同监视一样。这样不行,学校反复强调老师要对学生干部进行培训,指导他们如何做管理和引导大家读书。也强调要求各班老师对学生进行培训,在班干部引领下如何进行早读。这也是在落实贺校所提的老师们"管好自己的一亩三分地"的指示。

但是现在效果并不好,根源在于老师们对学生培训不重视、不到位。学生才是早读的主体,我们设计早读改革,也是为学生服务的。学生没有动起来,要《早读指南》有什么用呢? 我们要针对特高学情,发挥播音员音频范读和普通话优秀同学领读的作用。即便是齐读,也要安排普通话优秀的学生负责在大家读完的时候进行错误指出和纠正。否则大家集体在错读,这样的读书,对于普通话水平的提升没有价值。

大家在做工作时,希望有更多的自主思考,多想想为什么这样做? 还有什么方法可以做得更好? 否则如果因为方法不对路,我们做得很辛苦,却"事倍功半",得不偿失,就违背了辛苦工作的初心。

希望大家百尺竿头,更进一步。再次感谢大家的付出。

上午备课,和努校聊了一下 2016 年过来喀什考察旅行,到的好像是 11 中。努校说 11 中的校长是张校长。我说当年就是她接待的我们,她是一个美女校长,而且工作很有方法有魄力,去过深圳。现在听说张校长可能会调任新的局长。这很正常,就是要把肯做事、会做事、做好事的年富力强的干部选拔到新的更重要的工作岗位上来,为党和人民、为我们的国家做更大的贡献,造福喀什。

四、头疼感冒　快喝山药

12 月 12 日　星期六　阴　二楼办

暖气烧得真好,没办法只能把南北窗户都打开,冷空气对流进来。零点多睡觉,中间有醒来。但是没有去拿手机,再次醒来,看手机六点多又睡过去。只是因为可能是冷空气的原因,头有些痛,隐隐约约在半梦半醒之间。张玲起来关掉了北面窗户,因为那边一楼饭堂鼓风机声音影响到休息,同时阻止冷空气对流,防止感冒。仍然是半梦半醒间边睡觉边听完了早晨新闻广播。头还是有点痛,翻身起床,张玲在擦皮鞋,在她指导下烧水冲了山药粉喝掉。然后下楼吃早餐。

很神奇的山药粉! 等到了办公室,或者说大概喝了半小时多一点儿,头真的不痛了。我是个实证主义者,以前张玲说山药粉可以预防感冒,我总是抱着怀疑态度。后来有几次头痛准备着凉的样子,冲了山药粉后,真就好了。还是老祖宗说的好:药补不如食补,山药粉是个好东西。

上午十点半,准时停电,听说是在进行线路转移。停电了,很多老师的课堂质量难以保证,因为很多老师是依赖 PPT 的。而且这个时候黑板上写字也是很难看清楚的,课堂效果打了折扣是一定的。所以我一直在思考一个问题,在多媒体背景下组织老师们上一节纯粹的不用任何媒体的传统课。

姜东瑞老师给语文老师们规定的每节课PPT不得超过12张，语文课要琢磨教材，阅读课文或读物，书声琅琅，而不是精彩灯片的聚会。还有数学课，也是这样，不要过分依赖灯片。一支粉笔或者记号笔在黑板、白板上通过计算引导同学们思维的前进，这才是真正的本真数学课。当然我并不是反对现代媒体，运用恰当的媒体软件，可以更直观显示数学模型转换，帮助同学们理解更抽象的知识，肯定是好事。但是这是辅助手段，不是数学教学课本体的东西。

再比如历史课，有视频播放、有历史图片见证，这样的历史课堂很精彩。但是老师们如果把精力都放在灯片制作、视频和图片素材处理，而没有认真思考本节课课标阐述；没有去认真思考本课与前后课的逻辑关系；没有去充分调研学情并在此基础上制定合理的务实的教学目标；没有去做精心的教学预设；没有去进行呼应目标的课堂反馈题目的制作。这节课不会是好课。

五、牢记历史　珍爱和平

12 月 13 日　星期天　中雪　二楼办

吃完早餐，出了楼宇才看到下雪了，而且是大雪片。来到喀什，这好像是第三场雪了。由于气温早已经到了零下，所以雪片落地并不融化，干干净净。还是有些小兴奋，一是多年在深圳过春节，作为一个北方人，很少看到雪了。二是喀什本身非常干旱，来这几场雪，对于除燥润湿促进健康、对于来年小麦丰收都是很有帮助的。而且老师们说喀什冬天下雪也是不多见的，今年居然下了三场雪。加上刚过来的时候下的罕见的大雨，为喀什带来了雨雪湿润。大家都调侃支教队"贵人出门多风雨"。

今天是12月13日，南京大屠杀死难者国家公祭日。作为一名历史老师，要时刻铭记这一天，并教育学生牢记历史，勿忘国耻，远离战争，振兴中华。

雪花儿在不停地下，雪中行走颇有一份别样的心情雅致。一路向东沿着鱼塘的道路前行，到鱼塘后视野开阔，感觉心情大好。有的鱼塘不断补水，所以冰面很薄。有的鱼塘没有补水，冰层和上面覆盖的雪层看着都很厚,不由得走上前去用木棍戳一戳尝试冰层厚度,总想跑上去滑冰。冰层虽厚,也不过两三厘米,还不足以到可以支撑我们人体重量用来滑冰的地步。

鱼塘是从大亚朗水库往下游数十个基本呈现一字型排开。我们溯游而上,走到废砖窑厂附近,发现这边有一方鱼塘边上有一艘小船。我让包哥拉着我试了试,感觉安全,就上了船,包哥也随后上来。拔掉两边插在水里挡着防止船跑掉的长棍子,开始撑船向湖心划去。这块儿湖面很大,比上次和包哥划的那个四四方方的湖面大很多,呈现不规则的自然形成的形状,应该是因势利导开辟的天然鱼塘。放眼望去,想起李煜的《渔父》诗句:

浪花有意千重雪,桃李无言一队春。一壶酒,一竿纶,世上如侬有几人?一棹春风一叶舟,一纶茧缕一轻钩。花满渚,酒满瓯,万顷波中得自由。

本来百无聊赖出来散心的我们一下子来了兴致,一个人在前面拍照,另一个就负责撑船。水并不深,用长长的棍子在船尾直接向后插进水底驱动小船徐徐前行。听着船头划破薄冰的咔嚓声,看着湖水夹着薄冰向两边荡漾。远处是白雪覆盖的冰面,空气无比清新却并不至于寒冷刺鼻,心情大好。

玩了一会儿,原路返回,停船靠岸。按照船家方法把船重新固定好,这边的游玩与鱼塘主人形成天然的默契。鱼塘无尽景色随你观赏,里面的设施也无偿使用,但是走的时候尽可能维护好,还有下一次或其他游客使用。当年彭荆风先生的《驿路梨花》里解放军叔叔在梨花深处修建的小茅屋,哈尼族小姑娘和过往游客持续爱心维护小茅屋,我们今天遇到的就是鱼塘版的《驿路梨花》,欣赏美景的同时不忘记爱护和珍惜美景。大学之道,在明明德,在亲民,在止于至善。止于至善是人性中的美好境界,我等凡夫俗子,别的做不到,但是止于至善还是我们应该和可以追求的境界。

继续徒步。中途遇见一位钓鱼爱好者聊了一会儿,发现他居然钓到一条约一斤半的鲫鱼。我听说鲫鱼能够张到一斤以上很不容易的,营养等价值更高,当然价格也增值不少。天气太冷,钓鱼这位仁兄手冻的不得了,赶紧收竿准备回去并电话给老板结账。这边就是这样,诺大的鱼塘,看不见人影,但是大家信守规矩,自觉结账,诚信第一。

又往上游走,小心踩着雪后的泥泞,过了养螃蟹的小池塘。大老远听见河南口音的两个男子在对话给鱼塘补水,说的啥我不是很在意,但是基本判断出是河南南阳老乡。上前一问果不其然,南阳新野一位仁兄在此承包鱼塘,已经有二十多年了。我们河南人都比较热心,互相知道是老乡,聊了一会儿。得知他平时每年能赚个一二百万元。鱼塘每年生产约三百吨鲜鱼,每斤15元左右,总计收入450万。工人工资、鱼苗、饲料、水利资源费、电费等成本每年在200万左右,给阿乡上缴承包费50万。除了这些成本,剩下的就是利润。但是要看年景,有的时候还要赔钱。老乡很开朗豁达,也很热情健谈,掏出中华烟给我们抽,当然我们不抽烟。他还是夸我们教书这种工作好,旱涝保收,也不那么费心。这是客气话,老乡是做生意的老板,情商很高。当然人家做老板的赚钱多,操心的确也比我们多。

客气攀谈了一会儿,继续沿着湿地道路上去公路边。回学校路过梦想家园便利店,给儿子买了顶帽子。相中一款卖18元,一分价一分货,比包哥他们10元的帽子好看很多,也是里面加绒的。

12月14日　星期一　雪　二楼办

昨夜下了一夜雪,早上起床后窗外一片银装素裹,仿佛回到安徒生的童话世界。

上午党政联席会主要通报高考英语和民族语文调整问题。两个学科都考,需要充分宣传到位,然后组织调整师资和课表。

下午5点30分,贺昉名校长工作室启动仪式暨首次培训活动在深喀一高多功能厅举行。深喀一高洪蔓副校长主持仪式,贺昉校长为大家带来了《红岭中学高考备考策略与困惑》的讲座。贺校从学校简介、高考业绩、教学常规管理、备考和管理策略、创新办法、后勤保障等六个方面进行了经验介绍和理念分享。最后贺校还谈了红岭中学发展的困惑。

贺校从备(课)、教(上课)、改(作业)、辅导(个别辅导学生)、考(考试)、析(分析)等各个环节详细介绍了红岭中学的做法。强调课件是教案的课堂辅助部分,不能用之代替教案。先有教案,再有课件。现在信息速度很快,这个顺序反过来也可以,但是课件拿过来必须在此基础上重新设计教案,要根据学情斟酌增益使用。要坚决杜绝无教案上课的随意上课现象。课程设计常备常新,不仅备教学内容,还要备习题,哪些题目合适,哪些题目不合适,都要重新考量。贺校以自己亲身体会告诉老师们,课堂是每位老师的安身立命之本,大家都要重视。"课大于天",大家要敬畏课堂。坚决杜绝"乱班乱课"、搞活"僵班死课"。使得课堂活起来,学生动起来。

贺校毫不避讳红岭中学的发展也有低谷时期,在这个时候,新校长上任进行了以教学为中心的狠抓课堂质量的工作,使得红岭逐渐走上快车道。贺校说到特高第一件事就是改变特高老师们三三两两地坐在各个办公室的局面,以各年级备课组为单位,老师们集中坐在一起,有利于集体备课和集中教学研讨。

贺校还倡导"双十字"扁平化管理模式,"教研组+年级组"是一个管理十字;"备课组+班级"是另一个管理十字,都是德育与教学的交叉。扁平化管理,从每个岗位管理者开始。

12 月 15 日　星期二　阴　二楼办

早上过来巡视了早读和高三上课情况。

早读群老师们在不断地发检查反馈结果。有人跟进，并不断反馈，很好。

老师们辛苦了，大家为早读的改善付出了努力和智慧，特高学子的书声琅琅里有您的功劳。通过近几天早读观察，有三个问题请大家思考论证：听写检测是否要保留？检测是否可以放到课堂上？哪一种早读模式效果更好？事物在发展过程中总是通过不断迭代趋向合理和完美。所以大家不要囿于原有的经验和模式，从实事求是的务实态度和所追求的预期效果来思考要不要改进？各个备课组可以大胆突破原来模式。学校只规定三个必备动作：一是必须在教务处备份《特高早读指南》；二是必须把《特高早读指南》及时张贴到位；三是必须对学生进行及时的快速的培训。别的方面鼓励备课组老师大胆创新，期待着老师们的亮点绽放，期待早读效果越来越好。再次感谢大家！

高三晚自习秩序井然，老师们在辅导。二号楼"成绩是奋斗出来的"励志标语上面密密麻麻的学生签名吸引了我，大都是写给自己加油鼓劲的话。这就是蜕变啊，孩子们就是需要各种形式的打气鼓励。拍下来发到"我爱我家群"，等到三月份百日誓师大会的时候可以发朋友圈。

六、图书阅览　深圳特色

12 月 16 日　星期三　中雪　二楼办

本来昨天基本上没雪了，结果早上吃完早餐出了楼道又是银装素裹。原来昨晚又下雪了，严格意义上说，这是入冬以来第三场雪了。当然第二场雪后就一直没有放晴，天空中偶尔飘个零星雪花，所以认为是第二场雪也可以。有支教老师圈里感叹：今年的喀什真是神奇的一年，雨水相对充沛，压根儿没有大西北干旱少雨的感觉。从我们过来开始，春夏时节下雨成为常态。入冬后下雪成为常态。

时针指向十一点半,外面的雪越下越大。喀什多年来很少出现这样的大雪,对于紧邻大沙漠的喀什来说大雪真的意味着"瑞雪兆丰年",意味着国泰民安。

总务处王立合老师过来征询阅览区建设意见,我觉得与后方捐助学校的文化元素进行对接。请示贺校,贺校的意思这样做总觉得不太妥当,后来想了下定位于支教组老师所在区的文化元素来对接阅览区。

所以赶紧给娜娜重新发信息,已经通知到的学校不再催,如果大家发来意见那就先放着。然后落实贺校的指示,特高这边准备设计做八个阅览区。其中教学区五个,图文中心三个。为表达感恩和纪念,便于未来有机会过来考察能看到本区爱心元素。拟每个阅览区对接本届支教组所在的深圳一个区,按照对接区典型的景观元素或文化特色进行装修。现在需要:①搜集各区美丽照片若干给设计师提供灵感;②为本区对应阅览区起一个文雅高尚的名字,比如类似"福田文斋"之类的。请曾勇老师和邱老师看看,然后对应采用哪个景观给到设计师。比如福田用的是市民中心景观,那设计师就根据市民中心来进行色彩等设计。然后以"序号+景观名称+阅览区雅号"发给我。咱们特高共有七个区的支教组老师,写七个区即可。

12月17日　星期四　小雪　二楼办

早上起来,雪还在下。昨晚扫干净的路面,早上又薄薄的一层。雪花虽不密集,但是摇曳身姿,随意飘洒,颇有些妩媚和勾引的味道。让人总想穿戴整齐后到雪中散步,与雪花来一场完美的有预谋的邂逅。从上次下雪,天就没有正经地放晴过,所以不好计算这是第几场雪。总之,下一下停一停,欲罢不能的样子,非要引发人儿的无限遐想一样。

备课的时候再次感觉到,要研究学生熟悉和喜欢的语境进行教学设计。

肖肖也发来她的教学设计稿,看后再说。初步有个想法,创新之处能否在课程结构上有所突破,内容不变,改变编年史课程结构为单元式学习,从方法论上使用PBL项目制学习。可以从宗教文化演变史、饮食文化演变史、建筑文化演变史、服饰文化演变史等方面着手。

深圳湾学校孙晓慧主任在蓝楹书院群发了《专业教室布置指导意见》内部资料,要好好研究,看看特高下一步课室文化的布置改进方向。

12月18日　星期五　晴转阴　二楼办

天阴着,偶尔会有零星雪花飘落。偶尔会有一点太阳,也只是偶尔。但是温度却上来了,路上的雪迅速化了。

各个阅览馆布置两个方案。一是按照各区的名字去掉一个字,突出各区名字,比如"南山阁",再配上南山元素的图片;二是直接以深圳八景来命名和获取灵感。

临近期末,大家都在关心和谈论放假时间以及要不要带牛羊肉等特产回深圳的问题。我无所谓,在哪里过年没有概念。因为父母离去后感觉自己就像断线的风筝,无所依靠,没有了归宿。深圳还没有建立起彻底的感情,前海的房子租给了孩子需要学位的小两口儿。阳光里雅居的邻居们天南海北,大家买房的目的各种复杂,没有太多的邻里感情。不像新乡家属院,楼上楼下的邻居都是曾经的同事。和农村差别不是很大,属于费孝通先生所说的"熟人社会"。深圳已经是国际化大都市,人口成分复杂,属于"规则社会",人情相对淡薄。对我来说,除了生存需要在这里工作外,没有太多吸引力。

聊到带土特产,深圳也是有几位朋友的。还有我们儿子是喜欢蛋白质的小朋友,所以肯定要带些羊肉回去。包老师的意思是我们放假早,回来还不一定是什么时候,所以还要带一些在家自己吃,那干脆杀两只羊吧。南航给每人办的有明珠卡,每人可以带40公斤的。这样我带两只羊,张玲轻松带衣服即可。

12 月 19 日　星期六　阴　二楼办

天阴着,偶尔会有零星雪花飘落。不仔细观察,是看不到雪花的。

昨晚休息的比较早,不到零点就上床了。两包热牛奶喝下去,困意上来,没怎么翻手机,就睡着了。质量还可以,早上朦朦胧胧被广播声吵醒,好像又昏昏沉沉睡着,直到九点半起床。

2018 年 8 月 22 日,前深圳市教育局局长张基宏同志讲道:"如果学校里的老师在学校不感到幸福和快乐,学生也不会感到幸福和快乐的!"并表示:善待教师,是教育发展的坚实基础,也是社会文明的重要体现。所以作为校级领导,要想办法把善待教师落到实处。

孙师傅给我们出主意,直接买羊肉不要买羊现杀。因为现杀要浪费很多,价格无谓的贵,没必要。买羊肉可以指定要哪一块,比较实惠。而且告诉我们"羊前狗后",不要后面,因为后面肥油太多,做多年厨师的经验总结。

12 月 20 日　星期日　阴　二楼办

和前几天一样,天阴着,偶尔会有零星雪花飘落。不仔细观察,是看不到雪花的。

昨晚冲凉后在沙发上坐的时间长了,因为暖气特别给力,仅穿了个短裤。结果可能受凉了,凌晨四点多醒了觉得太阳穴蹦蹦地疼,如同喝多了劣质白酒一样。让张玲给冲了碗山药粉,趁热喝了以后起床。以前几次要着凉时,就是被张玲冲的山药粉给缓过来,颇为神奇。

下班后和包哥到鱼塘散步,这是我一周时间中最惬意的时刻,穿着厚厚的羽绒服,戴着帽子全副武装漫步在视野开阔的鱼塘周边。天虽然是阴着,但是鱼塘周边空旷无比,极目远眺心情大好。特别不喜欢城市里水泥森林的包围,让人感到压抑。

照例走到鱼塘里的小木屋旁边,看着鱼塘冰封的湖面,心生好奇。到底冰层有多厚?能否承载一个人的重量呢?我要探究一下。从木屋栏杆跳将出去,手紧紧把握着栏杆,脚小心翼翼踩到冰面上。然后用一只脚稍用力踩一下,冰面纹丝不动。于是加大力量用力踩一下,冰面依然顽强地无动于衷。心里感觉有数了,双脚同时用力蹦起来猛地踩冰面,当然双手还是紧握着栏杆,冰面依然如故。看来是没问题了,但是观察到冰面与木屋柱子之间有些许的水波纹,心里还是打鼓。得意不可再往,象征性体验即可。在木屋的另一面,先把一张废弃的铁质的单人床扔到湖面上,没有动静。然后人慢慢走上去并行走几步,没问题。包哥在一旁也是捏了一把汗,赶紧催促上来。见好就收,不是害怕。毕竟自己是支教队老师,万一掉进冰窟窿传出去多丢人,所以还是不要给组织添麻烦。

沿鱼塘东边尚未竣工的河渠一路向北,朝大亚朗水库方向继续徒步。走到废弃砖窑的位置,有一座新修的尚未竣工的小桥。小桥旁边就是上次我们划船的地方,小船依旧停在那里,还是我们上次固定的样子。冰层很厚,我们上去尝试着拔掉挡在旁边的木棍,费了好大的劲左右摇晃了多次才拔出来。包哥在旁边笑我们当时固定的多结实。我拿着棍子敲击冰面,很不好敲碎,只能一块块的由近及远慢慢敲击和撬动。包哥意思算了,这样往前破冰行船太费劲了,我想想也是,弃船上岸。一路沿着湿地公园走回学校。

七、历史课堂　家国认同

12 月 21 日　星期一　阴　二楼办

在图文中心二楼会议室参加党政联席会。两项主要议题:一是 2020 年行政及教师考核问题;二是确定第一学期优秀学生评选方案。

会议还通报了其他事项。

今天是冬至,一年中白天时间最短,夜晚最长。从今天开始,白天时间逐渐变长,夜晚开始变短。数九开始第一个九天,寒冷季节也跟着过来。

贺校为了活跃支教气氛,缓和大家思乡之苦。倡议包饺子,大家有说有笑主动到厨房,分工合作,吃了一顿开心的冬至宴。

三班的孩子们还是很单纯的,很乐意学习课堂上我强调的家国观念和统一意识。我会结合史实告诉孩子们每个地区都是祖国大家庭的一部分,要热爱和维护祖国,珍惜党中央带给我们的好生活。比如讲到魏晋时期在本地区的墓葬中出土大量的汉简等文物,我会启发学生为什么在本地区墓葬中会有大量的汉简,说明什么问题?启发学生得出中原王朝对本地区的有效管辖,以及中华文化的浸润。同时培养学生辩证地看待问题,比如在安阳墓葬中发现的扁壶上面有典型的本地区居民面孔,说明本地区的文化因素也传到中原地区,说明本地文化是我们中华文化的重要组成部分,说明中原地区和我们这里都是祖国不可分割的一部分,是中华民族大家庭不可或缺的一员。这是在历史知识讲解中浸润宣传党的民族团结政策。

下课后看到群里照片,热热闹闹的有点过节气氛了。其实大家图得不是要吃什么饺子,而是独在异乡为异客时,每逢佳节倍思亲,在一起包饺子、说说笑笑舒缓心理压力。

12 月 22 日　星期二　阴　二楼办

不到零点休息,隐约感到直到凌晨 1 点 20 左右才睡着。估计是晚饭前在办公室喝茶的缘故,根据自我总结,以后切记:过午不茶,晚餐减量,饮用热奶,零点前睡觉。

睡不着时胡思乱想,不知道怎么想起来老东家南二外的往事。粗略总结了一下。禹校高屋建瓴,把二外立起来,举起二外旗帜,奠定了二外温度。哺育"对人以诚,对事以精"的文化渊源,精心挑选和准备了一批干事创业的教师天团,设计了民主开放包容的办学理念,启动了名校基因。

第二任叶延武校长树立了二外高度。有成绩的高位和初步的知名度。内涵式文化进一步发展。

第三任罗任重校长打造了二外厚度。开设了各种丰富多彩的课程,为孩子们成长培根,集团校初具规模,二外文化进一步厚重。

第四任崔学鸿校长呵护了二外深度,抢救了二外校树,保住了二外的根。

现任第五任梁明校长规划了二外远度。将带领二外走向远方,二外集团化走得更远更坚定。

睡得还算可以,不过一直在和被子做斗争和妥协的工作。热的掀开被子,掀开又觉得凉然后盖上。如此往复,折腾中睡觉,睡觉中折腾。

早上看到早读群大家的通报,早读越来越好。于是发言表扬大家。

银部要辐射影响汇报,我很快组织了照片和奖状,被点赞。

12 月 23 日　星期三　阴　二楼办

本学期学习到 12 月 31 号结束,元旦以后 3—5 号毕业考试。6、7 号两天学考复习,8—11 号四天学考。

厨房师傅随同老师们一起放假。

连续阴了几天以后,上一场雪还没有彻底融化。边角旮旯、草木丛中仍然有一些残雪。大约十一点又开始下雪,而且越下越大。气温很低,雪花落在地上并不融化,很快薄薄的一层。落在衣服上能够让人们很清晰地看到雪花的六角形美丽边缘,再次感叹瑞雪兆丰年的好兆头。

下午 4 点,支教组工作会议在图文中心二楼会议室召开。主题为《做"勇担当、敢创新、重实干、守规矩"的支教干部》,张怀礼副校长主持会议,大家分别就自己工作做了简要小结。

贺校还和大家分享了一些自己做行政的一些经验或做法。不要斤斤计较,不求回报,就一定会有回报。

八、联席审题　管理改革

12 月 24 日　星期四　阴　二楼办

下午 3 点 20 分,特高二号教学楼 3 楼高二(14)班对面的物理实验室,期末试卷审题工作正常进行。鉴于以往命题工作问题很多,这次审题工作贺昉校长亲自坐镇。来自集团校各校的命题人和审题人集中共同试做一遍,保证试卷没有问题。

贺校转教育局正式通知,特高和职校支教组教师定于 1 月 6 日乘机回深。

12 月 25 日　星期五　阴　二楼办

昨天下午 6 点 07 分,努尔儿子降生。今天见到努尔,还在激动不已。努尔很敬业,安顿好儿子后,马上过来学校工作。工作安排告一段落,过去医院陪护热伊拉。

下午王立合专门过来汇报阅读角项目设计方案跟进情况,三家公司各不一样的风格,其中一家觉得春节期间不好招工退出了。从这一点上看,我极力督促春节前完工思路是对的。按照内地习惯,春节后不等到元宵节甚至农历正月十九以后,根本不可能招到工人。也不可能买到材料,商店都不开门。所以必须赶在春节前施工并交工。对立合表示慰问,赶紧倒茶请立合坐下汇报。最后指示他让公司做出深圳八景的其中一套简案,即 1~2 张图配上 50 字左右的说明即可,晚上 10 点前一定交过来。

12 月 26 日　星期六　阴　二楼办

很奇怪,昨天晚上睡得很好。虽然中间也有醒来,又不适应被子半路更换被子,但是总是迷迷糊糊睡着了。不知道是因为红酒的缘故还是新鲜石榴汁的神奇效果。

每天都有很多意想不到的工作等着,说不清楚是好事还是坏事。反正处理好了是故事,处理不好是事故。

首先给贺校汇报阅读角进展,两套方案最后贺校敲定了各区主题,就是我抓耳挠腮想出来的创意。在这个基础上贺校提了很多改进指示。

总的原则:①确保安全第一。②要考虑到方便打扫卫生,不能有死角和沙尘易隐藏的地方。③座位多一些,设计一些桌子,布艺凳子用木制或其他耐用材质取代。

中午十二点半在图文中心 2 楼会议室开会,安排回深相关事宜。除了请假的邱老师和邢老师 12 月 31 号走,其他老师 1 月 6 号走不变。想早走的可以履行请假手续 1 号统一出发,全程南航航班。晚上 7 点半准时出发,9 点 40 分起飞。出发前把贵重物品拿走不要留在公寓,水电关闭,暖气不要关,担心热水不流通会堵塞管道。

12 月 27 日　星期日　阴　二楼办

接怀礼通知,经贺校同意,今天周末,在深航国际酒店上膳小厨与深圳支教的一些朋友小聚。

上膳小厨墙上西游记师徒四人各自的成功秘诀有点意思。唐僧依靠坚定的信念,孙悟空依靠能力和人脉,猪八戒是选对团队,沙僧是听话肯干。

12月28日 星期一 阴 二楼办

贺校行政会议指出:教案检查、听课本收取等要列出时间清单。听课本学校保存,教案检查完还给老师。寒假作业以测试形式进行,评优评先推进表也要体现在上面。期末工作安排表要发给各个部门进行针对性补充本部门工作。

支教组大部分1号离开,贺校夫妇和我们夫妇四人6号回深圳,林妍坤主任11号出发,罗校坚持到17号再走。

下午下班去鱼塘散步,大部分鱼塘冰面很厚。我们可以在冰面随意跑跳,还让包哥蹲下来我用棍子拉着他滑雪。滑稽的是包哥比我重,我拉不动,反而他可以拉着我滑冰。体验了一把冰上的开心,继续沿着鱼塘前行。居然发现一只小野鸭子,冻的走路缓慢,我轻松地用棍子把它抓住。担心它会冻死,想把它捉回宿舍。但是包老师认为它不会死的,不要捉它。

九、期末考试 未雨绸缪

12月29日 星期二 阴 二楼办

学考内容为1月8号,高三语文和政治正考,高二历史正考,高三补考;1月9号高二数学、地理、物理三科正考,高三数学、地理、物理补考;1月10号高二化学、生物正考,高三英语正考,高三化学、生物补考;1月11号高三通用技术正考,民族语文考试。其中思政、历史、地理、物理、化学、生物、通用技术为90分钟时间,语文、数学、民族语文、英语为120分钟。

下午6点40分,期末考试与学考模拟考试部门协调会在图文中心二楼会议室召开。建议以后考务工作按照"双清单"即考场运营清单、考务流程清单管理。12月31日,下午不上课,打扫卫生、召开考务工作会以及布置考场。

12 月 30 日　星期三　阴　二楼办

十点多到教育局找莫局汇报工作。莫局意见:①阅读角八个区直接改为十个区,代表全市。避免将来再来新区支教队成员,还要再去增加设计。②暂时先不签字,图书角施工也先不搞。③尽量给你们争取,但是不一定都能批。

天阴的更重,雪花在似有似无的飘着。喀什这边的雪花和内地也不一样,有着自己独特的个性。内地雪花相对湿度大,这边雪花也是干的,颇有大沙漠的风骨。知道的是雪花,不知道的还以为是附近有棉花加工厂,偶尔有小小的棉花粉尘飘了出来。

市局通过各区教育局通知了各个后方学校要求接机。安安钉钉告知按照区教育局公车管理规定不能接机。我告诉她搭乘前海学校校车回去即可,不必麻烦大家。凡事包容,凡事忍耐,种善因,结善果,福报自然会修来的。做人厚道不为别人,只为彼此平和友善。

十、苦中作乐　自主理发

12 月 31 日　星期四　阴　二楼办

比昨天更微小的雪花今天出现,不仔细观察是看不到的,似有似无的随意在天空中飘荡,不准确的应该叫飘摇和飞舞。那种自然、洒脱、随性,像极了向往自由的不屑红尘俗念的洒脱仙人,令人向往。

早上离喀的大部队早早到达喀什机场,怀礼校长温馨提示大家可以到南航 VIP 厅吃早餐,大家欢呼雀跃,回家迎接跨年的喜悦在群里荡漾。

距离市区太远,只好自主理发。吴源老师介绍说伯父是理发为生,自己打小在旁边观察,学会了基本套路。包哥旁边参谋和搬凳子,吴老师打水洗头,我负责主推和递毛巾。我们调侃说:贺校头发必须理好,代表着特高的形象。大家干得开心笑得爽朗。笑声中告别 2020 年,好心情迎接 2021 新年。

2021 年

第十章　南山休假
不忘服务喀什教育

一、新年伊始 冰面休闲

1月1日 星期五 阴转晴 二楼办

今天是牛年大吉第一天。早早起床和贺校一起送走今天回深圳的特高大部队一行11人,回来一直到快9点慢慢睡去。

9点20分左右张玲起床说贺校金姐喊我们吃面条,赶紧起床下去。

教育局领导指示贺校和我要留下来坚持到期末。做工作要善始善终。

1月2日 星期六 晴 二楼办

上午无事,因为中午要烤羊排,但是没有调料尤其是没有孜然粉,所以我和张玲徒步到华润万家,买了孜然粉和辣椒粉。这两样调料是烤羊肉或羊汤的天然伴侣,怎么能够缺席呢?

中午从家里拿了两瓶啤酒下去,啤酒配烤羊肉。午休后张玲和金姐下去餐厅帮助孙师傅包包子。然后六人一行到鱼塘徒步,就是想让大家到冰面走走。尤其是贺校,过来特高以后,每天忙于学校事物,没时间出去散步。这次终于有一点闲暇时间,拉着他出去散散心。

一路说说笑笑参观了地锅餐厅和湖边餐厅,尝试着到湖面走一走。我拉着岸边的一个树桩在湖边缘处踩了踩,没事。然后再大力气地跺跺脚,还没事。大家逐渐由担心变得越来越大胆,最后干脆肆无忌惮玩起各种冰上活动。一会儿彼此坐在纸箱上被同伴儿拉着滑冰,一会儿是进行50米冰上短跑比赛,玩尽兴了就开始各种摆拍。要么是列队摆拍航母飞机起飞秀,要么是摆拍五小天鹅芭蕾舞剧照,要么是跳起来假装飞翔的照片。摄影师也是大家轮流客串。我最先发明全身趴在冰面上相机紧挨着冰面给大家拍摄"大长腿",这种拍摄不仅拍出了"大长腿"使得每个人都无比高大,而且拍摄的跳跃动作也是惊为天人。

转眼之间到了七点多晚餐时间,不方便再去上游参观更大的湖面。折返回学校,我们五人回餐厅吃羊肉包子。由于羊肉肥瘦都有,味道无比鲜美。

2021 年 1 月 2 日,和张老师冰面合影

二、申请资金　硬件改进

1月3日　星期日　阴　二楼办

上午开始为期三天的高一高二期末考试。我是主管教务的副校长,必须坚守一线。教务部门组织严密、有序,整个考试顺利进行。

常书记过来商谈支教资金利用问题,主要集中在显示屏和饮水机的确定上。二楼报告厅显示屏如果采用小间距 LED 屏,每平方米显示模块清晰度可以达到 64 万像素,每个显示模块之间间距小于 1.25 mm 的点间距。贺校拍板定下了就使用小间距 LED 屏。

中午时分,雪花又开始飘落。实在是太干旱了,空气中水分缺乏,所以雪花也是有些营养不良样子的有气无力的跌跌撞撞的飘落地面。如果水分充分,这么大的温差强对流天气,早就是鹅毛大雪了。不过零下 7 度左右的低温下,路面是低于零度的,雪花落在地面时间久了,也还是白茫茫一片,最少让人们知道这是在下雪。这一点最后的尊严,雪花还算是保住了。

1月4日　星期一　小雪转中雪　二楼办

早餐后雪花越来越密集,下得越来越大。地面已经完全覆盖,极目望去白茫茫的一片,现在理解银装素裹的美好景象了。

10 点 35 分左右,范建刚和热依娜扎尔过来,贺校也在,和努校等领导一起商量高三重新分班的问题。重新分班很敏感,搞不好就会闹矛盾,所以校领导对待这个问题慎之又慎。

下午过来参加考务会,然后和常书记、阿卜杜拉校长一起商量请示使用支教资金问题。过去找莫局,准备优先汇报:图书角、电子屏、饮水机、运动场、锅炉改造、游学这六大项目。贺校指示:除了六大优先之外,图书管理系统优先选择,电子政务管理系统和云直播课堂两个项目暂不考虑。

1月5日　星期二　阴转晴　二楼办

金老师和张玲到喀大去徒步,我本计划陪她们去,但是考虑到巡考工作,还是以工作为主,交代她们注意安全。

1月6日 星期三 阴 南航

一点多睡觉,中间做梦不断,同时和被子照例在作斗争,所以质量不高。6点50分闹钟甫一响,就立刻起床搬箱子下楼。

感谢南航公司的爱心和暖心,每位支教老师可以有40公斤的托运行李,而且可以到机场南航VIP厅休息等机。

飞机提前起飞,一个多小时即到库车,再次起飞到平流层,发放一份牛肉饭和鸡肉抓饭任选,随便扒了几口牛肉,开始打盹儿。约下午四点抵达西安。

1月7日 星期四 阴 翡翠明珠花园2007房

经停西安,作为历史老师,还是要走一走兵马俑,印象最深的是:修复后的两架铜车马,数千配件精美绝伦,是二比一比例缩制的,和真的一样。而且两辆车上的很多配件是可以互换的,说明彼时我们老祖先已经会标准化生产,了不起! 其他坑出于技术原因和文物保护考虑,尚未完全开挖,但精美程度不亚于1号坑。

西安的导游还是很规范的,尤其是兵马俑景区,并没有因为我们只有六个人而偷工减料。而且导游严肃中透露着诙谐,告诉我们在摄像头前一定会停下来讲解,主要是让领导看见,会不会做工作很重要,但是让领导看见在工作更重要。大家哈哈大笑。

1月8日 星期五 阴 翡翠明珠花园2007房

昨晚时睡时醒,早上8点起床,总体上睡得还是充足的,估计还和中午在外面旅行不能午休又加上不断的走路有关。至于有没有海拔高度降低而氧气吸入量增加的原因,不晓得。

碑林博物馆是西安的经典景点,有很多书法碑刻真迹。其中不乏颜真卿、康熙等名家名人作品。碑林保护设施很先进,各种防震仪器和测绘仪器都有,正中间有一块巨大的石碑,是李隆基的书法作品,写的是孝经全篇,还有属下的注释。可谓碑林镇宅之宝。正好赶上了南京博物馆的《士子的旅行》展览,大饱眼福,了解古代士子赶考旅程和国家考试保障制度的沿革。同时还参观了古代墓葬雕刻展以及佛教雕刻展。人家戏称考古就是"挖墓贼",此话有道理。

1月9日　星期六　阴　翡翠明珠花园2007房

昨晚照例睡睡醒醒,不过总体时间还算可以,比在喀什要好。毕竟海拔降到了400米左右,氧气含量要多于喀什。

来陕西,陕博是必然要参观学习的。陕博1—3号三个大厅为基本馆,分别展示原始社会、周、秦、汉、唐陕西的重要文物。陕博最多的文物还是集中在青铜器,尽管我认识几个名称,但是还是被各种生僻字难住。不时蹭一下导游的讲解,知道了"趾高气扬"成语由来,秦军将士肚子越大、鞋尖翘起越高、发髻越精致级别就越高。上了年纪,当年的很多知识回忆不起来了。

乘务员告知约7点5分落地,比预定时间早了一个小时。前海学校安排蔡主任接机,感谢唐校长贴心暖心的安排。

三、回到南山　睡眠很香

1月10日　星期日　阴　阳光里雅居半瓶轩

休假状态真好!上午睡个懒觉,喝杯酸奶吃个小面包。中午吃了个久违的鸡蛋面条。睡一觉起来在大街空旷地方行走散步,看一看深圳的变化。顺着学府路南山大道桂庙路以及南光路围着小区所在街区走了一圈,没想到在南山地铁口天桥上看人家挖掘机干活看了十几分钟,这是对工程机械多着迷啊。可惜当年读书时候广告传播方式还很LOW,否则当年真有可能报名蓝翔学挖掘机。

1月11日　星期一　阴　阳光里雅居1509半瓶轩

睡得依然很好,看来喀什微高反是坐实了,因为喀什睡眠不好,每次回到深圳立刻改善。微高原和春季沙尘暴对人体很不好,支教真的是要有奉献精神和"为中国而教"的情怀,否则真的支撑不下去。

早餐是醪糟汤圆鸡蛋羹,外加炒萝卜丝和煎红薯,自助早餐真是美味。

从港湾丽都一路走过去到大板桥买菜,再走回家,吃完老婆做的煎饼果子银耳汤的美味可口午饭,又美美地睡了一觉。

下午到学校给郑校汇报工作,主要集中在以下三点:一是在主管的教务工作中落实深圳湾学校先进的清单思维和复盘理念,早上在白板理出当日主要工作,下午下班要进行简短的复盘,并不断对行政流程进行迭代。二是落实捐书后期工作即深圳特色阅读馆的建设,已经招标完毕,寒假施工。三是请求后方学校能否支援一部分 A4 纸或其他诸如粉笔之类的办公用品。

1月12日 星期二 晴 阳光里雅居 1509 半瓶轩

在钉钉里和安安讲,捐赠的事情,还要她费心跟进。郑校指示捐一些 A4 和其他纸张是可以的。凡事要盯紧,这也是在喀什做行政管理工作的一点启示。

学校给每位老师一份 320 元的购书福利,饭后到书城买了几本书。回来路上和张玲感慨将来退休了,上午睡个懒觉然后喝喝早茶,回来睡个午觉,然后在星巴克和朋友们聊聊天,或者公园里下下棋。享受生活的多元幸福感。

四、高三网课 及时复盘

1月13日 星期三 晴 阳光里雅居 1509 半瓶轩

寒假在线教学第一天,通过在线巡课,发现很多问题。因此经贺校同意,会同努校安排在线复盘会议。晚上九点钟开始,范主任进行复盘总结。

一是贺校今天有事情,特意嘱托我对大家表示慰问,感谢大家。二是范主任对今天的在线教学进行了及时的复盘,非常到位。各位备课组长也代表上课老师及时复盘,讲得简单明确,非常务实。辛苦范主任列出 2.0 版本的网课指南传到高三群。三是以后大家要养成复盘理念,找出瑕疵并列出针对的举措,在原有的方式上迭代和改进。四是假期补课还是要适度给自己放松的,但是前提是严肃工作纪律,保证课堂质量是雷打不动的。课比天大,网课效果不如线下教学,这就要求我们对自己高标准严要求。五是下一步大家注意 4 个问题:①课堂目标要非常明确并告知学生;②讲课时间要适当,要学会留白,给学生思考时间与学生互动。③上课时签到结束要把全体学生禁言,一对一提问。④答疑要诚恳要准备充分。预祝大家明天在线教学顺利、开心。

1 月 14 日　星期四　晴　阳光里雅居 1509 半瓶轩

凌晨四点半左右,在与娘的对话中醒来。娘在家门口的河渠边整理草坡,说要是把市里的割草机搬到咱这里,这个草坪就可以修整的很好看了。我说多希望娘您能哪怕再活十年,多希望您能看到洋洋婆媳妇,能够看到重孙子啊。然后就难过地醒来,再也睡不着。适应了低海拔氧气充足后,睡眠又不好了。

紧赶慢赶在农行快下班前拿到了二代新版社保卡。

1 月 15 日　星期五　晴　阳光里雅居 1509 半瓶轩

上午用三节课的时间,把高三数学组老师线上课全部听了一遍,整体还是让人满意的。针对出现的问题,建议如下。

第一,老师应该花更多的时间来备课,准备工作提前做好,比如讲课过程中要用到的图,可以提前就画好。

第二,尽量摆脱 PPT 的束缚,有些难题偏题就删除不要。

第三,不允许拿着 PPT,照本宣科。

第四,尽量手机拍摄整个解题的思维过程,这样学生更容易理解。

第五,要注意自己这节课目标是什么？达成没有？哪怕目标降低一下难度,一定要务实,补出实实在在的效果。

1 月 16 日　星期六　晴　阳光里雅居 1509 半瓶轩

如果支教回来,要尽自己智慧为学校服务。对深圳湾一草一木都有感情,不愿意折腾,就做一名普通一线老师,和学生在一起很好。

1 月 17 日　星期日　晴　阳光里雅居 1509 半瓶轩

到现在为止,完成两篇论文,一篇发在《西部学刊》,知网可查。另一篇发在《文渊》电子期刊,万方可查。都是国家新闻出版总署注册的正规刊物。

专著已完成《学习指南》,正在书写和整理支教日记。

五、调理身体 更好工作

1 月 24 日　星期日　晴　阳光里雅居 1509 半瓶轩

早就预约好今天中医院冯春霞主任的号，一大早过去中医院。冯主任很负责任，光舌苔就看了两次，详细询问过病情后开了药。看完医生等药的功夫，看到墙壁上有写着武则天的养生口诀。大概意思是文武都是养生手段，为人要开朗、豁达。和姥姥说的意思一样，"人长天也长"。看事情要长远，不要盯着眼皮底下和人斤斤计较。不计较，大度对待，心胸爽朗。

1 月 25 日　星期一　晴　阳光里雅居 1509 半瓶轩

学习了一个心理学名词：延迟满足。延迟满足，源于 20 世纪 60 年代美国斯坦福大学心理学教授沃尔特·米歇尔（Walter Mischel）的实验。实验中研究人员安排数十名儿童单独呆在一个只有一张桌子和一把椅子的小房间里，桌子上的托盘里有儿童爱吃的棉花糖等。研究人员告诉他们可以马上吃掉棉花糖，如果等研究人员回来时再吃，就可以再得到一颗棉花糖作为奖励。有的孩子为了不去看诱惑人的棉花糖而捂住眼睛或是背转身体，还有一些孩子开始做一些小动作——踢桌子，甚至用手去打棉花糖。大多数的孩子坚持不到三分钟就放弃了。"一些孩子甚至没有按铃就直接把糖吃掉了，另一些则盯着桌上的棉花糖，半分钟后按了铃"。大约三分之一的孩子成功延迟了自己对棉花糖的欲望，他们等到研究人员回来兑现了奖励，差不多有 15 分钟的时间。延迟满足会让人更开心。

钱锺书先生在《围城》中有这样一段关于吃葡萄的文字，"有一堆葡萄，乐观主义者，必是从最坏的一个葡萄开始吃，一直吃到最好的一个葡萄，把希望永远留在前头；悲观主义则相反，越吃葡萄越坏，吃到绝望为止"。其实，后一种人往往不能忍受延迟满足。

实验并未停止，现就职于哥伦比亚大学的米歇尔教授继续深化这项研究，对于已经 30 多岁的当年的实验者继续跟踪。这就是实证主义的魅力。有的研究甚至需要一辈子全力以赴，甚至跨代际才能完成，让我感到钦佩和感叹。

六、各方捐赠　拜访致谢

1月26日　星期二　晴　阳光里雅居1509半瓶轩

上午如约和贺校、张校去深大附中拜会刘维基校长,维基校长不在,另一位刘校长接待了我们。然后应贺校邀请,接上太太,一起参观红岭实验小学,这所学校设计理念非常前卫,硬是在小小的空地上设计了一所五脏俱全并且理念先进的小学。比如活动可组合的教室空间、白板教学、六角形大空间教室、宽走廊、30人的小班制、鲜花盛开的楼梯、空中室外操场、儿童个性化活动空间等。教学管理采用教育教学中心、行政中心双中心和高中小级部相结合的模式,课程设计和实施也是很先进的。深圳地皮紧张,逼出了很多优秀设计师,难为他们了。

参观完,在旁边不远处的山姆会员店里的"客语"吃了中饭,随后到贺校的公寓做客。公寓朝南很近的地方就是园博园,极目望过去深圳湾海景尽在眼底。

简单休息后,出发到龙岗拜会美丽奥服装公司。美丽奥美女李总是河南平顶山八矿老乡,又是河师大校友,艺术系和历史系是邻居。感恩美丽奥爱心捐赠校服,感恩广大后方爱心人士的善举。

1月27日　星期三　晴　阳光里雅居1509半瓶轩

上午出去买踢脚线,回来把坏的踢脚线清除干净,很潮湿所以晾到下午才开始胶粘施工。墙面不够平整,粘上后有的地方空鼓,甚至漏出很大的缝隙。只好找来很重的箱子顶着踢脚线空鼓部分,免钉胶效果还不错。太太定的被单床罩之类的物品陆续收到,家,正在悄然发生着变化。

一起出去走走,顺便到学府路把定好的风衣取回来。

1月28日　星期四　晴　阳光里雅居1509半瓶轩

上午无事,午休后借来工具卸掉了杨迪房间门锁,拿着锁芯上学府路配钥匙去,师傅很不客气地说配钥匙60元不还价,和换新锁芯价格一样,因为配钥匙难度大,要把锁芯拆开后一点点对照着配。深圳是凭实力吃饭,只要你有一技之长,就有饭吃,而且吃得有尊严。费孝通先生研究得出:乡村是士绅社会和熟人社会,城市是规则社会,人人平等,没有人会关注你的过去和你的出身资本,每个人用自己的智慧和勤劳创造属于自己的幸福生活。由此想到了儿子这一代人面对的未来职场,文凭是敲门砖,进门后老板和同事们不会再盯着你的文凭不放,更多的目光,是看你会不会做事。

门锁很快整理好,防盗门换铁纱却不顺利。好不容易找到一家铝合金加工店有铁纱窗,但是工人放假了。回去只要能拔出铆钉,凭我的动手能力,就能自己把纱窗拆下来,装上新的铁纱。

晚上约了禹校、英子老师,我和贺校、怀礼三家一起在前海顺德佬聚会。这次聚会因为在南山,又是请我的老领导给我们特高募捐,所以由我来操持。我、贺校和怀礼为了给特高筹集捐赠,每个人拿出两千元作经费,私款公用。

英子老师很有爱心,经常做一些捐助。禹校交代我要把好审核关,把捐书的好事做好,不要给自己惹出麻烦。

1月29日 星期五 晴 阳光里雅居1509半瓶轩

今天按约定,上午十点半和贺校、怀礼到南山软件科技园1栋B座拜会顺丰公益王炜老总。王总很年轻,应该是"八零后"。也很健谈,给我们介绍了顺丰公司发展概况,然后请我们在九号地铁线深大南门站旁边前海怡化金融科技大厦的前海渔港吃了中午饭,并且还给我们带了茶叶小礼品。白酒不好拿出来,因为人家王总是工作时间,不合适喝酒的。

1月30日 星期六 晴 阳光里雅居1509半瓶轩

接怀礼电话,婉拒了贺校分配的支教先进事迹报道的指标,让给贺校和怀礼。支持怀礼更进一步,我不需要这些,坚决不报名。也给贺校做了汇报和解释,能跟着贺校继续支教学习就很开心。

从我内心深处对于到特高以后所做的一切事情都是不求回报的,比如捐书活动,就是看着孩子们无书读心里着急,比如推行清单管理等制度改革,就是不想老师们太累,提高工作效率。从没想过在报纸上宣传自己,乐见贺校和怀礼被宣传和报道,替他们高兴。

1月31日 星期日 晴 阳光里雅居1509半瓶轩

今天要落实一下英子老师核查书单一事,同时沟通具体捐助的细节。

认真看了英子老师的书目,除部分儿童书不需要外,大部分都可以捐助。我把捐书指引修改一下,包括倡议书都发给了英子老师,开学后就可以实施。

2月2日　星期二　晴　阳光里雅居1509半瓶轩

四点多醒来。最近多是两点多醒来,但可以很快再入睡,有明显的改变。继续调理好身体,才能回到喀什做更大的贡献。

和禹校、夏阳到官田学校,在三楼校长接待室与徐校、许校座谈。谈了百年校庆、十四五规划、薪火计划三件大事。山湖花石校本课程顶层设计体系。参加深圳市教师职业技能大赛进行指导。入职教师纽扣计划。长期合作与动态聘请相结合,重在效果和质量。老师认可是第一位的,老师可以推荐资源。

禹校认为规划要座谈定一下,薪火计划要拿出一个规则。文化学科实施1+1国家课程+校本拓展课程,要建设精品课程,其他学科1+N课程。

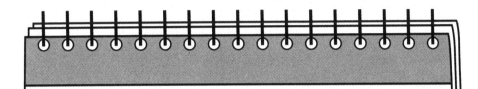

2021 年

第十一章　紧锣密鼓为特高洽谈赞助

一、拜访贤达　乡情小聚

2 月 3 日　星期三　晴　阳光里雅居 1509 半瓶轩

上午如约到姜老师家里看望吕大爷。张玲和姜老师包饺子，我和吕老师陪着吕大爷聊天。大爷很好玩儿，90 岁高龄，问他中午吃饭喝酒不？回答喝两杯呗。而且问我"出"俩儿指头？我们三人划拳喝酒不亦乐乎。看到我盘子里的饺子吃完了，也不说话，用手指点着空盘子和另一边有饺子的盘子示意吕老师给客人加饺子。吕老师划拳时表示要让着他，老人家风趣地说：让酒不让枚嘛，意思划拳不必让，酒可以让着一点儿，一点都不糊涂。当我们说他要活到 120 岁，我们向他学习，争取活到 119 岁，他说"我拉也要把你们拉到地方！"逗得大家都开心地笑了。饭毕老爷子马上去休息了，我们都感慨，我们到 90 岁还有这样的好身体就好了。

2 月 5 日　星期五　晴　阳光里雅居 1509 半瓶轩

上午如约到深圳图书馆，和贺校、张校一起拜会了图书馆领导并和图书馆领导座谈，临走还获赠一张 VIP 卡，可以上网查询下载论文等。出来后接上金老师，中午一起请司令两口在新闻路顺德佬共进午餐，然后到红岭集团深康部看了一下捐助的图书。

二、组织关怀　健康体检

2月10日　星期三　阴　阳光里雅居1509半瓶轩

昨夜下了一夜雨,睡眠还好。小子出去和小朋友们混到大概凌晨四点才回来。早上我起床时去他的卧室瞄了一眼,和我想象的一样,在呼呼大睡。

今天到位于罗湖的市保健办体检,这是组织上给支教干部的一个福利。

保健办碰见了金姐、贺校等老师。吴老师已经体检完,在餐厅再次遇见。他正好要到南山办事,顺便把我捎带回去。体检不用排队非常快。后来知道,大年二十九了,哪里还有干部体检呢,大家都准备过年。只有我们这批特殊,过春节后很快要往前方开拔,所以挤在这个点儿体检。满医院的医生护士都知道我们是支教老师,个个都很关心我们。连身份证都不需要出示,只需报名,电脑后台就可以显示。又一次感受到组织的关怀和支教的光荣。我们更要努力做好支教工作,回报组织和所有关心我们的后方亲朋。

回到家还早,张玲在学习剥虾,我赶紧开始继续清理厨房玻璃门上的剩余的油腻。小子回到家,在父母身边,睡得最香,也最踏实,最幸福。有时候总想把他喊起来和我们一起劳动,但是最终还是不忍心,想他多睡一会儿,多享受蹭在父母身边的幸福。

2月11日　星期四　阴　阳光里雅居1509半瓶轩

按照传统习俗,从今天除夕起,正式进入过年节奏。每天研究怎么吃和怎么玩,车没有在深圳,尽管地铁很方便,基本上也不怎么出去。今天主要是看电视、吃饭、睡觉。晚饭后出去丢垃圾,顺便在文化长廊旁边散步活动身体,浏览墙面传统文化。

晚上看春晚节目,由于现在不抱太多希望,所以反倒是看着春晚有模有样的很好看了。不过今年中央电视台过于看重现代酷炫的舞台效果,在一些节目的编排上并不怎么用心思考,一味地炫酷。比如今年超火的王琪演唱的《可可托海的牧羊人》,使用的依然是酷炫的高科技背景,看了有些啼笑皆非,不仅没有好感,反而趣味皆无。按道理精心设计出符合歌曲内涵的意境和画面才对,如有必要,按照马季先生那一代老艺术家的标准,应该专门到可可托海镇或者附近采访和采风。等到真正领悟了歌曲的内涵和意境后,再专门设计合适的背景,这样才能做到背景和歌曲浑然一体,加上歌手的真情演绎,给观众一个难忘的、经典的、传奇般的记忆,给观众留下一个精品节目。

零点钟声的时候,有那么两三次爆竹声在不知道哪个小区响起,然后就没有然后了。与其说没有年味儿,不如说法制和人们思想理念的进步。只要阖家团圆、康健平安、诸事顺遂,不就是过年吗?为什么非要搞出鞭炮声等污染物出来呢?

2 月 12 日　星期五　晴　阳光里雅居 1509 半瓶轩

大年初一头一天,早上睡不着,起床也就是八点左右。洗漱完毕,给岳母、三叔等拜年,也教育儿子给姥姥、三爷、姑妈、舅舅、叔叔等他的长辈拜年。儿子懂不懂事,在某些事情上还在于父母的引导。给姑妈拜年的时候提醒他给姑妈的公公婆婆即爷爷奶奶拜年,这是礼数。

2 月 18 日　星期四　晴　阳光里雅居 1509 半瓶轩

看怀礼在骨干群与各负责人的对话,大部分都在深圳出发赴喀什。怀礼作为支教队骨干,做了很多工作。他的性格、脾气和综合能力也的确适合行政管理岗位。

下午5 点,特高教学工作会议准时钉钉在线召开。努校传达喀什教育局会议精神。教师18 号上班打扫卫生,我要求先备出两周的教案。同时尽快把校历发给老师们,以此为依据,做出学期教学计划。并以备课组为单位,认真学习课标,争取写出一版特稿版的课标,在此基础上,写出教案。

和新哥聊天,互道新年祝福。给郑校留言,微信回复我他来安排捐书和打印纸的事宜,感恩。

三、后方给力 捐赠纸张

2月21日 星期日 晴 阳光里雅居 1509 半瓶轩

上午到深圳湾，和郑校汇报了捐助事宜和盖章问题。郑校意思是捐助尽快落实。

其实就像我和张琳主任所说的，捐赠不好说要什么，只能说咱们这里有什么就给什么，我们啥都需要。

下午一家三口到宝中新建的网红欢乐港湾公园打卡。公园虽然开张，但应该属于试运营。基础设施还在完善，很多店铺没有开张，比如"湾区之光"摩天轮巍巍耸立，但是没有开转，有几名工人在上面维护。新建的公园到处簇新簇新的，廊桥如带，飞瀑流水，真的很美。但是倘若写一篇说明文出来，我是不敢应承的。因为设计理念很先进，结构过于复杂，不是传统的楼上楼下，天桥互相缠绕，充满梦幻宛如飞天一样来回上下缠绕飞舞，不懂建筑，只是觉得挺好的。

2月22日 星期一 晴 阳光里雅居 1509 半瓶轩

上午到中医院住院部看了冯主任，冯医生品脉同时要看两次舌苔，观察很仔细。这样看病还是很靠谱的，毕竟人家是科班出身，又行医多年，主任医师这个高级职称不是白当的。而且中医看病在与时俱进，慢性病慢慢辨证施治。效果还是有的，心急不得。

2月23日 星期二 晴 阳光里雅居 1509 半瓶轩

自从买了蓝珀手串尤其是给张玲也买了一串后，心里总在忐忑到底买的是不是天然蓝珀。儿子也是感觉奇怪，这么通透亮光是不是真的，别是塑料珠子糊弄人的吧。上午一家三口乘坐11号地铁线大约50分钟到后亭站，然后打车到达松岗琥珀交易市场。在一楼随便转了一下，径直上三楼找到地质大学珠宝鉴定中心花了20元把两串珠子放在那里，两个小时后可以取结果。时间将近11点，下去开始逛市场。

美轮美奂的料子深深吸引了太太,在里面转了一个小时左右,学习了不少关于蜜蜡琥珀的知识。

时间将近 12 点,出门在旁边的小店吃午饭。小两口在饭点忙的时候都是一溜小跑,我看了这幅情景特别感慨,劳动者伟大,付出辛勤劳动,就可以收获幸福生活。也感叹松岗这个深圳郊区的生活便利,物价不贵,干锅牛肉、农家一碗香、麻婆豆腐三个菜一共 94 元,米饭不收钱。周边没有那么多高楼大厦,心里没有那么压抑,顿觉神清气爽。

其实在南山、福田等市中心,所谓的生活配套齐全,生活便利,有的时候是个伪命题。因为可能是上了点年纪生活越来越简单了,感觉除了偶尔看看电影、逛逛超市,其他的诸如 KTV、大商场等等生活配套似乎并没有去过几次。感觉老两口就在郊区学校呆着,饭后在校园操场散散步就挺好的,偶尔有事进趟"城"即可,好像彻底适应了喀什生活,也愿意将来回来后甚至申请到深汕合作区去。张玲在旁边说,这个和别的无关,就是你老了。哑然失笑。

2 月 24 日　星期三　晴　阳光里雅居 1509 半瓶轩

电脑用了好几年,课题已经结束,该还给二外了。回到二外,正好在上课期间,除了碰到李波班长以外,一如所愿没见其他人。借李波电梯卡上五楼,还给小邹简单聊了几句下楼。微信给博文留言,也没有什么手续。

午休的很好,睡着后还知道自己打呼噜还自我调节,挺可笑的。有时睡的很好,有时睡不着,这段时间应该属于调整期吧。

怀礼微信我说教育局要工作室材料,晚饭后整理发给他。贺校索要他和学生在一起的照片,找了找传给他。

儿子晚上和小伙伴们吃火锅去了。墩子也申请了格大,很想让他不要再去考虑美国读研,这样和杨迪也好是个伴儿。不过这个不可强求,每个孩子读研背景、专业等不同,要综合考虑做决定。而且儿子表示到哪一步就会认识新的朋友,不必担心社交障碍。

四、散步聊天　感恩生活

2 月 25 日　星期四　晴　阳光里雅居 1509 半瓶轩

上午儿子赴上海读书,临走时搞得心里还是酸酸的。本不打算送,后来还是忍不住送到地铁站,看着儿子过了闸机坐电梯徐徐往下走,竟然控制不住的泪眼模糊。不知道是年龄大了还是本身就泪点低,在到地铁站的短短一段路,竟然和儿子交代了好多事情,什么到上海好好读书为的是给英国留学攒实力,什么到英国留学要好好学习为的是以后工作增加砝码,等等。最要紧的是将来工作一定要和爸妈在一起,不管是在上海还是深圳,因为老爸受不了这种送别。一路唠唠叨叨,想起来有点可笑。

中午打了个盹儿,这个睡眠还要当回事认真调理。到书城看看档期,都不合适,3D 的电影两张券换一张票,不仅贵而且还要买眼镜,关键是我们看了后居然头晕,所以不如明天过来看猫和老鼠,美国动画片富有想象力,很治愈。

晚饭后感觉实在是要出来转转,不为别的,只为消消食。围着这几个小区转了几圈,凑够了一万步。

一路聊天感慨来到深圳的不容易和互相劝慰对方要对今天的生活知足。

当年谈恋爱时,一个在焦作,一个在农村工作。那时候还没有手机,连电话都是奢侈品,所以彼此鸿雁传书,每周至少一封信。为了能够在一起,想尽办法调动。最后终于在深圳安家。

2 月 26 日　星期五　晴　阳光里雅居 1509 半瓶轩

今天元宵节,玲在家包饺子,我到书城换购电影票,下午 3 点 40 分的美国电影动画片《猫和老鼠》。经典电影观众是不分年龄大小,也不分国界的。《猫和老鼠》在电视上看过很多遍,第一次在电影院看,应该会很奇妙的感觉。以前和玲看过美国的《疯狂动物城》,就很好。美国人的想象力天马行空,原因可能在于美国的自由、冒险空气的氤氲。

看了一段视频介绍总书记亲自颁奖的朱有勇院士,"把论文写在大地上"！这是朱院士的座右铭。我的感悟:要深入实践、深入一线和学生在一起,坚持问题导向,做真正的教育科研而不是纸上谈兵。我们是农民出身,不能忘本。希望儿子认真看这段视频,向朱院士这位科学家学习,刻苦学习,报效国家,回馈社会。朱院士有句感人名言:"宾馆再好不是家。"告别国外优厚待遇回到祖国。朱院士身上有大爱,值得我们学习敬仰。

五、拜访有鹏　洽谈捐赠

2月27日　星期六　晴　阳光里雅居1509半瓶轩

上午陪贺校、张校以及司令到开元大厦拜访有鹏教育的姚总。姚总是做无人机行业的,是深圳无人机协会会长单位。现在转向做无人机教育,给我们介绍了目前公司概况,表达了愿意为喀什进行爱心捐赠的愿望。初步定于五月左右到喀什考察捐助。姚总很客气,中午请我们一起共进午餐。

六、开足中药　准备出发

2月28日　星期日　晴　阳光里雅居1509半瓶轩

冯春霞主任依旧是很负责任,交代我们到了喀什微高原地区,作为中年人一定要保养好自己,并特意给我们开了14天的药进行调理。

因为家里还有东西没吃完,回家随便做了点中午饭吃。饭后睡了一觉很浅很快,有十分钟左右醒来。感觉不解困,又倒头睡,这次美美地睡了一大觉。

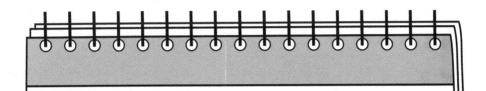

2021 年

第十二章　充满变化的一个月

一、深航包机　再次出发

3 月 2 日　星期二　晴　深航 ZH9245 航班上

心里有事两人都睡不着,好不容易睡着了又净是些短觉,没有较长时间很解乏的那种睡眠。早上六点多醒来,赶紧起床。

清理冰箱,拿了好几板酸奶,在机场办完值机等到贺校金老师以及后到的包哥、吴源老师一起喝掉。过安检的时候遇到了一点小麻烦,行李箱里有金属条。翻箱倒柜后找出来一个 U 盘,张玲很欣喜,找了一个月找不到,感谢安检帮忙找到了。果然取出 U 盘后拿箱子再过安检,一切顺利。

上午九点半起飞,将近 7 个小时的飞行航程,平时很枯燥。但是深航专门调用了 330 空客来做包机。飞机共有 300 多座位,我们只有 180 人左右,所以乘坐很宽松。

昨晚休息的很晚,飞行刚开始,打开音乐不一会儿就昏昏睡着。不过深航的美味餐食还是把我唤醒。包机餐食蛋包饭,还有巧克力蛋糕,挺好的。要比普通航班好太多了,而且在四点左右还有美味的夹心面包加餐。

深航包机很贴心,送一份与我们搭乘的飞机型号一模一样的飞机模型和引擎状保温杯的伴手礼,正好需要一个水杯,很开心。

深航专门安排了"猜民族语言""加字接龙"以及唱歌的小游戏,拿了几样和深航有关的小礼品作为奖励鼓励大家参与,活跃机舱气氛。从起飞前到落地,一路上深航都在通过播音和实际行动表达敬业,我作为支教干部之一,深感自豪。一定要好好工作,不辱使命。

下午 4 点 39 分顺利落地。

3 月 3 日　星期三　晴　丽笙酒店 716 房

昨天因为被子不舒适折腾半夜没睡着,干脆从服务员那里抱来了毛毯,替换了鸭绒被,这才睡安稳。

晚上八点半接贺校通知,前指三楼会议室,支教队核心组成员开会。

应张校要求,对特高进行如下提炼总结。

第一,特高上学期工作亮点如下:

①坚持正确的政治站位,围绕"弘扬五个认同"展开工作。

②高考成绩全线飘红。重点上线人数翻一翻(56名到112名),本科上线率提高9.3%,喀什民语类文理科状元花落特高。

③推进普通话教学,结合后方捐赠图书新建十个图书阅览区。

④走访顺丰公益和美丽奥总部,为支教老师团队和特高学生量身定做校服。

⑤坚持教学为中心,师徒结对、一周一课一议、规范早读、独创学科走廊超市、合并办公室、每晚晚自习小测,改善教学研究氛围,提升教学质量。

第二,下一步计划:

①请示市局领导,计划深圳市教科研专家过来喀什指导各学科工作,争取高考再上新台阶。

②以建党100周年为主题,弘扬五个认同,做好德育主题活动。

3月4日 星期四 晴 丽笙酒店716房

昨晚又没有休息好,零点上床休息,倒是很快入睡。应该是凌晨两点左右醒来,好长时间才入睡,八点多醒来。

一楼早餐后沏杯咖啡,享受上午的温暖阳光下的阅读时光。

日本《朝日新闻》记者梅原季哉先生的《萨拉热窝100年》,以自己亲身在波黑生活的采访经历写的,而且是采访了生活在波黑的塞尔维亚、克罗地亚和波什尼亚克三个民族的百年大家族的人物,基本上算是口述史,很贴地气,可读性强。

北师大博士何成钢先生牵头编写了历史课标解析与史料研习丛书,我带了其中一本《世界现代史》,里面提供了大量媒体的或者史学家著作的史料,和传统的教参相比,提供的史料各有千秋。

早餐喝了两杯咖啡,结果坏事了,兴奋的中午饭后睡不着。起来和贺校两口到旁边清澈的克孜勒河旁边散步,然后到七里桥后面逛街。卖馕的、卖烤包子和缸子肉的还是很热闹的。

3月5日 星期五 晴 丽笙酒店716房

早餐和李恒先同学聊天,得知他是二外毕业生,是杨迪初三的同学、美玲初一的历史课代表。顿时感到很亲切。在鼓励的基础上给他几点建议:

①丢掉负面影响,树立名校自信。

②打牢基础补丁,消灭低级失误。

③学会管理学习,试卷归类记录。

④讲究复习策略,错题红笔标注。

⑤每天清单计划,做题宁精勿滥。

看到孩子想进步,我作为老师格外高兴,愿意为他做些事情。所以如果能够继续支教,陪伴着他读完高三,明年参加高考,也是一件功德无量的善事。

中午睡得很踏实,起床后神清气爽,感觉很好。

出去和包哥、吴源老师到夏镇十三村小学附近走了走,路上碰到民族小学生放学回家,包哥特别喜欢和孩子们攀谈,教他们学普通话和唐诗。只可惜身上没有带糖果,否则给小学生他们会很开心。在巴扎上的商家承认老板几乎不能用普通话正常交流,反而小学生可以进行顺畅交流,尽管他们的普通话被老师带的"疆味"十足,但是已经让我们感到很欣慰了。党中央下大力气推广普通话,是一项非常英明长远的举措。一个国家的国民会讲自己本国的通用普通话,是国家向心力凝聚力的重要表现。如果可能,将来我要主动要求到偏远农村去进行普通话传统文化教学,为推广普及普通话做贡献,"位卑未敢忘忧国",这是作为一名公民的责任,更是一位老师的责任和对自己祖国的义务。

二、前指关爱　庆祝节日

3月6日　星期六　晴　丽笙酒店716房

晚上前指领导安排在花园卡拉OK厅举行庆祝"三八"妇女节活动。

薛总讲话很有水平。对贺校到来后半年来支教队的工作高度肯定。对各位女神致以节日祝贺,希望大家珍惜珍惜再珍惜,风趣地比喻说"你们学习好的一年半毕业,我们学习不好的要三年毕业",指教师和政府系统时间不同,交代大家一定要珍惜彼此援友的缘分。团结团结再团结,这里有三四千名支教老师,希望大家团结,支教队要团结。希望大家努力工作,帮助别人提升自己。奉献奉献再奉献。希望能够继续提升孩子们普通话水平,争取多几个清华北大等名校学生。最后希望大家安全安全再安全,市委领导也是交代注意安全,每个人都是为人父、为人母、为人夫、为人妻、为人子、为人女,你的安全不止父母家人,组织上也牵挂你的安全。希望大家注意人身安全,顺利支教,安全回去。不少一个人,也不多一个人,当然单身青年可以多一个人回去,(与民族结为连理促进民族团结是好事)组织上还有奖励。

最后薛总代表前指党委、代表所有的男士,祝各位女神三八妇女节开心。

3月7日 星期日 晴,微沙尘 丽笙酒店716房

昨晚不到零点睡觉,这个习惯很好。已经不是熬夜的年龄和身体了。陪同贺校共进早餐时,在喀大支教的一位老师坐到我们旁边,一起边吃边聊工作。

因为这位老师在喀大支教,聊起前段时间为救落冰孩子牺牲的塔吉克族英雄民兵护边员拉齐尼·巴依卡。问询了英雄当时救人细节,被救儿童是个小男孩,是喀大一位女老师的孩子,当时在湖面游玩。估计是喀大湖面下有活水流动所以结冰厚薄不匀,导致孩子在游玩时突然踩空跌入冰窟窿。妈妈吓得不知所措只顾喊"救命",拉齐尼路过奋不顾身跳入冰窟窿救助儿童,儿童获救了,但是英雄拉齐尼却因湖水寒冷失去知觉献出了宝贵的生命。

我们感慨:塔族兄弟拉齐尼当时应该只有一个念头,就是马上救出儿童!没有任何其他想法,没有任何犹豫,真的是奋不顾身,舍己为人。拉齐尼真的是我们应该敬仰和膜拜的大英雄,他根本没有去考虑其他,义无反顾地为了救助儿童直接跳进了冰窟窿。向英雄致敬!

想起历史上的塔族同胞,都有英雄事迹、有着爱国传统。清朝抗击浩罕国入侵的英雄库尔察克,原名依达亚提,出生在塔县提孜那甫乡,从小被掳去给人做奴隶,主人一直叫他库尔察克,就是"小奴隶"的意思。最后他逃出来加入清军,成为勇敢顽强的战士。多次打退浩罕国军队的侵略,后来以身殉国。

3月8日 星期一 晴,微沙尘 丽笙酒店716房

昨晚休息又是中间醒来好长时间不能入睡。

早餐后坐了一会儿干脆上床睡觉,午饭后翻一会儿手机继续入睡。晚餐后到花园走了两圈,回去酒店收拾行李,早点休息。

3月9日 星期二 晴,微沙尘 二楼办

结束培训返回特高!努校在宿舍楼下等候并帮忙把行李拿上房间。由

于窗户没有关严,整个房间惨不忍睹,沙发上、地板上厚厚的一层尘土。暖气不能关(怕水静止后结水垢堵塞管道),房间温度高达 28 度,光膀子把地板拖了三遍才算干净,张玲忙着收拾床铺。忙了将近一个小时,算是基本干净了。

午饭后简单休息一下,出去到华润买了小蓝罐曲奇给办公室同事做手信。

晚饭后稍微休息,把手信送到办公室。打球休息时请二哥给二嫂说了我体检情况。血红蛋白浓度增高的体检解释"生理性增高可见于高营养、居住高原地区等,病理性增高见于慢性肺疾病等"。偶尔增高不具备临床意义,建议择期复查。二嫂看了以后觉得没有大毛病,暑假回去再复查即可。

3 月 10 日　星期三　晴　二楼办

昨晚休息的很不好!晚上运动要再减量,并且要补充合理盐水维持血液酸碱平衡,休息不好可能和失水过多而只补充了普通水有关。

上午 10 点 40 分,在图文中心二楼会议室召开科组长会议,努校主持。

贺校做工作指导,肯定各组长的工作。尝试寒假作业的每天布置和反馈,老师们执行力很强,未来的工作中如何提升高度需要强有力的执行力。科组建设老师的学科知识素养是第一位,目前来看还不够。男 50 岁以下,女 45 岁以下全部参加这次考试。感觉大家满足于跟着课件上一节课即可,违背了基本的逻辑顺序,就是说备课应该是先有备课设计,再进行课件设计。

真正让老师提升知识素养,"师父领进门,修行在个人",关键是靠自己内驱力。学科组"比学赶超"氛围很重要,要建设科组正能量,组长要起到引领作用。教师专业技术是安身立命的根本,要引领老师们追求正当的职业追求。模仿和参考是成长的捷径,组长要带头引领老师们加强内部的交流学习。

一个好的学科组一定是有一个有要求的科组长,并对老师有期待。级部团队和科组团队是学校的两大基本团队。

我特别提醒老师们思考一个问题:万一停电了,我的课怎么上? 基于这个问题的解决,对课堂重新设计,至少对课堂教学更熟悉,不至于照本宣科。

将近中午时分,林主任过来商谈本学期工作计划,我提出各项工作列出时间清单即可,清单完善为任务、执行人、完成情况和备注。完成情况可以是"完成",也可能是"延迟任务",备注里可以注明原因。至于具体事项,教务处工作就是比较具体而又琐碎,按照校历做好每一步即可。

下午 5 点 10 分在风雨操场举行"高三成人礼暨 90 天高考誓师大会",主持人和发言学生普通话讲得都很好。感慨我们支教还是很有成效的,持续抓"普通话工程",对于学生未来的生活和学习,对于他们融入祖国大家庭都很有帮助。

三、捐赠图书　开始启运

3月11日　星期四　晴,微沙尘　二楼办

看到赛主任在历史群里发自治区赛课通知,要研究一下竞赛规则,要求是高中论文和初中课例参赛。虽然是自愿,但是明天教研组会议还是要给大家讲清楚,我亲自带头参赛,希望大家踊跃参加。

与后方红岭深康部陈彬主任沟通,书籍等物资今日启运并举行仪式。与顺丰公益王炜总联系,三台车从深康部运走再转大车运到特高。现在要整理一下后方捐赠单位,需要电子屏显示捐赠特高仪式和梳理后方单位作纪念牌。

四、历史教研　参与指导

3月12日　星期五　晴,微沙尘　二楼办

昨天晚上在风雨操场打羽毛球运动过度,一夜都没有睡好。

今天全程参加历史教研活动。

环节一是上课:第一节上午10点到一号楼二楼东区南侧靠近楼梯口的高一(14)班参加历史组内公开课,执教人:阿曼古丽老师,主题:必修二第9课《近代中国经济结构的变动》。

环节二是说课,评课。阿曼古丽老师简要介绍设计意图以及对课堂的

总结。茹孜带头,大家畅所欲言,对事不对人,评课氛围良好。

我最后做了总结:大家听评课很积极主动,要表扬。认真备课、听课是评课的基础。评课要坚持二分法,优劣势。坚持对事不对人,找出问题还要给出建议和对策。主讲人不要打断评课,要怀着空杯心态对待老师的意见。课堂教学从不会论资排辈,后浪很可怕。自己不努力,淘汰是早晚的大概率事件。备课环节做的不好,粗制滥造。讲什么不讲什么、哪些地方重点讲、哪些地方不讲、哪些地方学生来归纳?大量阅读。京师同文馆和京师大学堂混为一谈,这就是笑话,也是我们学历史的耻辱。就好像数学老师不知道二次函数一样。以前没有这个条件,现在我们花了很大力气为特高捐赠图书,二期捐赠图书已经在路上。自己的阅读边界决定了教学边界。

老师要尊重学生,记住学生的名字,不能用代号。做姓名牌。凡事要立足自己去做,不要动辄寄希望于班主任或其他老师,要向程瑞环老师学习。要时刻思考我为班级做了什么?

环节三是科组长茹孜老师对近期组内主要工作做了安排。

2021 年 3 月 12 日,参加喀什市历史教研活动

3月13日　星期六　晴,微沙尘　二单元302室

今天不休息,大家继续上课。上午陪同贺校巡视课堂,在贺校来了以后带领班子成员持续不断的努力工作,课堂还是有很大变化的。上课睡觉的学生越来越少,认真听讲的同学越来越多;课间十分钟睡觉的也越来越少,围着老师问问题的越来越多;走廊里看到学生颓废的越来越少,阳光自信的越来越多。

看了看课堂,又看一下图书阅览区工地,亲自坐下去体验是否合适,给出了很务实中肯的整改建议。比如:座位边角容易磕碰坏(实际上已经有坏掉),建议换成金属包边角;墙壁壁纸在干旱情况下很容易边缘翘皮要注意。

晚饭后很累,躺床上不想动,被张玲忽悠起来到操场散步。其实散步这种健身形式很好,边走边聊,适合中老年人简单运动。

3月14日　星期日　晴　二单元302室

昨天睡得还好,比前天晚上直到凌晨四点才睡觉好多了。虽然翻来覆去,但是终究是睡了几觉。上午起床较晚,张玲下楼拿了一些牛奶,吃了点玉米,煮个鸡蛋。上午过去办公室备课,结果图文中心阅览区装修味道太大,整个二号楼都是刺鼻的气味。只好把电脑拿回来,到家里办公。

今天是儿子22岁生日,祝福儿子生日快乐,期望儿子留学能顺利进行。

中午饭后还睡了两觉(每次睡着后从来没有长觉和深觉,就是十几分钟),起来后两人到风雨操场打了一个小时羽毛球。

贺校微信我要求支教队行政团队发工作计划给他,明天参加行政会议。

我列的工作计划如下。

一、德育系列

1.高三成人礼暨誓师大会(3.10)

2."普通话工程"之二:三月后方学校为特高捐书送达仪式

3."普通话工程"之三:三月特高"深圳特色阅览馆"建成开馆仪式

4."献礼建党100周年"系列活动之一:特高"学党史,感党恩,跟党走"大型演讲比赛(四月中下旬)

5."献礼建党100周年"系列活动之二:特高"学党史,感党恩,跟党走"教育讲座(五月中旬)

6."献礼建党100周年"系列活动之三:特高"学党史,感党恩,跟党走"文艺汇演(六月上旬)

二、教务系列

1.继续落实清单思维管理教务,每周末公布下周任务清单双表(重点任

务表、周行事历表)

2.图书管理专人负责、制度上墙

3.文印部专人负责,实行审批单制度

4.考务、报名等工作实行 PBL 项目制管理,责任到人

5.实行每日巡课主管制度

6.完善《特高双语早读指南》,争取印刷造册

7.重点服务高三高考工作,配合高一高二年级工作

8.着手各学科《课程学习指南》的准备

(1)全员《学习指南》培训

(2)深入学习国家课标,制定特高版课程标准

(3)在特高课标基础上,写出各学科本学期基于学生的学习目标

(4)在目标基础上,按照《学习指南》流程清单,制定各学科各个学期、学习单元和课时的《学习指南》

而且专门提醒贺校,建议本学期两项工作统领全局:①本学期是高考季,高考是压倒一切的重点工作! ②本学期是纪念建党 100 周年活动集中季,坚持政治站位,活动要搞好。至于其他教务教研活动尽量安排到下学期。

晚饭时二哥在和大哥不无哀怨地说,没有人陪打球也不好勉强,只好练习力量了。说者无意,听者有心。我还是要陪二哥打一打,要考虑到老教师远离亲人在这里的文化娱乐活动和心理变化。

五、贺校培训　指南修改

3 月 15 日　星期一　阴,微沙尘　二楼办

上午 9 点 50 分,准时开始升旗仪式,随后在图文中心二楼会议室召开党政联席会,贺校讲话进行务虚:校领导要有学习力、领导力、决策力、教导力、执行力、感召力。决策的四个特征:周密性(思虑完备)、预见性、简单性(复杂问题简单化)、可行性(符合逻辑)。然后开始务实,打造特高品牌,内涵式发展。

一是确立教学工作重心,教学核心工作就是高考。尝试行政干部包班服务高三,杨校负责策划此事。50%本科上线率确保达成。高三任课老师很多都是单人单班,更有利于个别辅导。教研组和级部双线管理,行政干部全面介入课堂管理,要逐渐形成行政干部听课汇报制。校级领导听课要在党政联席会向贺校和书记汇报。

二是高效课堂。对副科要进行监管,学习红岭中学治理"僵班死课、乱班乱课"经验,就是从副科开始的。站稳讲台是安身立命的根本。

三是课堂教学管理要严格要求,加强管理。严禁无教案上课,坚决杜绝教师讲课的随意性和课堂组织失控现象,上课期间禁止随意进出。青年教师要求详案,并要写好教学后思。作业设计和批改要"四精"(精选、精讲、精练、精批)和"四必"(有发必收、有收必改、有改必评、有差必补)。

四是做好"一周一课一研"工作,把教研组打造成"教师成长的摇篮"。教研室制定详细的教研组考核细则,抓好"一周一课一研"。随时看、经常听、抓好调研,发现问题随时解决。要经常提醒干事回到备课组去参加教研活动,干事们不能忽视自己的教学工作。期末要以此为依据评选优秀教研组。

五是教研室做好师徒结对工作。如何引领徒弟提升?①磨课专业提升;②专业书籍阅读;③解答一份高考模拟题,并且不合格者要回头考;④命制一套高考模拟题;⑤写一份读书笔记,组织全体教师集体学习教育惩戒规则,分清楚惩戒和体罚的边界。惩戒是公开的,是经过集体讨论的,是令人心服口服的。

六是加强班主任工作。评优评先要向一线教师、向高三、向班主任、向级部主任倾斜。

七是加强国家通用语言工作。阅读区等尽快应用起来。新建阅读区建立班级包联制度,开展阅读和普通话推广活动。利用好这个新建阅览区,团委和政教处要作为课程资源充分开发。

八是抓好优美校园建设工作。政教处要注意教室外的学习园地展板、教室内的黑板报要做好及时更新。做好教室、走廊、橱窗等各场所的环境布置。

九是做好德育工作引导,活动主题化。惩戒是事后措施,已经晚了,要抓好事前正面管教和道德引领。今年是建党100周年的重大事件节点,政教处需安排系列教育活动,打造诸如"献礼建党100周年"特高"学党史,感党恩,跟党走"演讲比赛、教育讲座、文艺汇演等活动。利用节假日,利用好热点问题如救人英雄拉齐尼、中印冲突中牺牲的英雄做好宣传教育,弘扬英雄事迹,学习英雄事迹。

十是抓好宿舍区管理。宿舍里过生日引发了打架事件。类似活动可以在教室里进行。如有必要做,那就要有组织地过。三千多人每天平均都有十名同学过生日,这是要重视的。

十一是树立后勤为教育教学服务的理念。首遇负责制,及时处理。后方捐赠物资尽快物尽其用。张剑校长表示,只要不是固定资产,每月都可以捐赠。

十二是靓丽校园建设。

十三是树立安全意识,预防事故发生。提高认识,学生是未成年人,行为不可控,位置不对等。发生冲突要立足于解决问题,而不是解决学生。要坚持"打败问题而不是打败学生"。

贺校的讲话既是一次行政培训,又是对新学期工作的部署,要抓紧落实。具体到我们教务部门,除了日常烦琐的具体的考务、教务工作外,抓紧把《特高早读指南》完善做出来,把《课堂教学指南》提上日程。

《特高早读指南》印刷注意事项

一、责任人

教务处

二、总体要求

1.英语、语文分开

2.所有表格整理到一个 Excel 文档里,便于直接印刷

三、规格统一

1.早读任务(明确、适量)

2.早读形式(新颖、有趣、多样、生本、标准音频领读)

3.早读考核(具体、务实、可操作)

四、抬头规范

第___周,任课老师:XXX。

五、字体

统一为小四、宋体、不加粗、1.5 倍行距。

六、指南整体结构体例

(一)愿景

实现学生的自主早读,解放早读看班老师,给老师减负。出发点是早读,落脚点在课堂。未来课堂要实行《特高学科课堂教学指南》。吸收借鉴翻转课堂理念,依托精准学习目标设计教学活动和评价体系,最后达到高效、低负课堂的愿景,彻底根治"乱班乱课,僵班死课"的乱象。

（二）重点指向五个问题解决

1.早读内容是否指向高考

2.早读形式能否有趣、创新、有效

3.早读效果能否引入学生自主管理

4.早读音频播放是否规范、是否达到预期引领效果

5.早读考核能否后移到课堂进行

（三）操作

老师统一思想,对学生培训,指南上墙。

（四）指南汇编

（五）建立每日值班老师钉钉复盘通报制度

值班老师、各班情况、优缺点、改进建议。

（六）指导口号

办法总比困难多,行者常至。

（七）早读指南执行情况考评表彰

3月16日　星期二　晴,中度沙尘　二楼办

今天上午看央视新闻节目显示的示意图感觉沙尘暴范围扩大至沙漠以西,而且高德天气预报这边沙尘指数206。不过能见度还可以,沙尘不是很厉害。而且艳阳高照,天气晴朗,一改昨天灰蒙蒙的状态,人的心情顿时也好起来。

早餐后看到的晴朗,现在被现实击得粉碎。大气粉尘暴表达到了500多！PM10达到1301;PM2.5达到215;华为天气显示为浮尘严重污染。太阳也不知道什么时候躲得不见踪影,只见漫天黄沙,赶紧带好口罩方才出门,而且是躲进办公室尽量不出来。偏偏今天京东的农夫山泉水到货,硬着头皮下去,正好碰到高三(14)班的依不拉音江、艾和塔木江、艾力亚斯、麦合木提江、艾孜买提、艾合买提江等六个男生,让他们帮忙把水取回来。并且一路鼓励他们一定努力学习,改变自己命运,让自己过得更幸福。回办公室通过钉钉给班主任热汗姑丽·艾尼玩老师发信息表示感谢。

六、沙尘爆表　空气堪忧

3月17日　星期三　晴,重度雾霾　二楼办

今天空气质量更糟糕,雾霾严重污染。PM10:1835;PM2.5:515!想起来金庸先生的人生格言"大闹一场,悄然离去",但愿爆表的沙尘天气也如此。

昨天晚上零点17分上床睡觉,入睡倒是很快。但是一小觉醒来开始翻烧饼睡不着,感觉很长时间后又睡了一大觉。梦到老家杨堤村在老村里实行规划盖房子,新房子地基都在旁边老房子的屋顶以上,而且新房子走向很可能堵住老房子的出路。这样老房子居民不得不跟着建新房。我们家村西头建了楼房,在村东头现在杨东家对面的空地处还建有一所楼房,主体已经建好,只是还没有内粉刷和装修。这个梦境不止一次出现,很亲切也很奇怪。还梦到了农村开始排斥小家,乡亲们按照宗族吃住到一起,我们盐店东院大概分了三大家。其中高祖杨常涟这一支睡在一个院子里,来锋一家人、八爷一家人等都住在一起,像防地震一样大家都在场院里休息。最悲痛的是大年初一,大家都有地方去,就我没了爹娘,没有去处,痛哭流涕然后醒了,想爹娘了。

查阅了一下近五年的继续教育学时,没有统计支教的免修学时就已经超额达标了。所以积极参加区里或学校组织的活动,有益无害,最近两年没怎么报网上课程,但是学时源源不断的出现,就是因为名师工作室主持人、参加信息工程2.0培训、心理B证培训等活动全部算学时,而且学时还很多。

3月18日　星期四　晴　二楼办

昨晚睡得太晚,中间大概在六点多醒来翻了大概不到一小时烧饼,又睡到九点多,以后还是要睡得早一些。

今天终于沙过天晴,能见度还是很高的。

与运输捐赠物资的钱师傅联系,得知已经快到了。这一趟捐赠实属不易。

又一次转了转阅读区工地,几处问题点拍了照片,找到常书记交代几点:板材拐角接缝处很容易坏掉,现在已经出现损坏现象,建议施工方能否换金属条保护?书架单板太薄太长,建议加厚;环形座椅兼书架太长,建议中间加装竖板支撑;铁质隔断边缘铁皮锋利,建议打磨棱角防止学生划破手;环形座椅中间的空洞,建议上面铺装板材或做其他设计,防止学生往里扔垃圾。

一个阅读区建设,一个捐赠项目,盯得很累。想为孩子们做点事情,也真的很难,要克服各种困难。在后方化缘四处求人,这边也要给各方耐心解释。

担任了副校长,不知道每天忙些什么,真如宋如郊校长说"鸡零狗碎"的杂事很多。下午才得以静下心来修改下周五的培训课件,让李志承老师送来了高中 2017 版课标,加上必修五本教材。融合高中因素,与初中结合培训,争取让更多的本地同行们有收获。

下午 6 点,二楼多功能厅,高三二模成绩分析会准时举行。年级长阿依娜扎尔·艾尔肯(英语老师)主持,范建刚主做成绩分析。李琛主任做《如何做好二轮复习》的培训讲座。会议 6 点开始,8 点结束。

包老师主动申请到高三,老教师的奉献精神要点赞。

晚上天一黑,又开始"下土"模式。而且灰蒙蒙的,全是 PM2.5 以下的细微颗粒。这种形式对肺部健康损伤最大,PM2.5 颗粒进入肺部是不可逆的。所以一定要带好口罩,关闭门窗,减少户外运动。生态环境恶劣,还是要多保重。

七、图书万里　抵达特高

3 月 19 日　星期五　重度雾霾　二楼办

自从中医院调理以来,入睡大都比较顺利,但是一觉过后总要有段时间睡不着。昨天晚上大概零点 22 分上床,六点多醒来,再也睡不着。

想起特高管理三大目标:书香校园、普通话工程、课程体系。一步步扎扎实实的一点点实现,久久为功。现在已经做了两期图书捐赠约 100 万元接近 4 万册图书,做了 36 万元的阅览区建设,下一步阅读课开起来。普通话已经做了早晚广播,下一步要做新闻联播课程和黑板报、走廊学习园地。课程体系在思考,因为贺校工作忙,一直没有回应,先慢慢调研准备。建党 100 周年几个策划,先盯一下周翔主任拿出细化方案,建议贺校上升为学校行为,顶层设计推进。

九点半就到办公室,紧锣密鼓安排工作。和阿卜杜拉校长联系,请他安排人到门口全程录像顺丰进校和卸货,物资先暂放图文中心一楼靠近饮水机一侧,等拍照后再搬动。

下午六点半图文中心二楼会议室特高生活点老师会议。贺校要求每位支教老师要本着对自己、对组织负责的态度关注和爱护自己身体、互相关心。

3 月 20 日　星期六　重度雾霾　二楼办

按照贺校要求搬了一箱 500 个后方爱心企业捐赠的防雾霾口罩到一楼餐厅给大家每人一包(25 个)以应对这几天的重度雾霾。

3 月 21 日　星期日　重度雾霾　二楼办

今天空气仍然是严重污染。

罗老师出师未捷,心里很沉痛,写下诗句致以悼念:

君问归期未有期,边陲支教献身地。一抔黄土终身事,三尺之孤何所依?

3 月 22 日　星期一　重度雾霾　二楼办

昨晚将近零点半休息,四点多醒来上了一次洗手间。照例翻烧饼,后来又睡到八点多醒来。九点多起床,质量还不错。

前海学校的 502 套校服已经到位,优先捐给高三。后方还有一批 3000 套校服等教育局领导签字后由本地美丽奥直接发过来,再给高一高二配备。

2021 年 3 月 22 日,深圳湾学校捐赠仪式

3 月 23 日　星期二　多云　二楼办

所谓的多云,就是偶尔可以看到太阳。但是,雾霾没有退去,依然阴魂不散的在空气中弥漫,到处灰蒙蒙的。

行政工作真的是很琐碎,也让我在待人接物方面得到了锻炼。

早餐后先整理各单位具体捐赠物资以及价值,然后安排信息中心孟主任把捐助流程从进校、卸车到仪式的前后环节视频、照片做成纪念视频。这次要搞清楚地址和联系人,要求邮寄回去后过段时间负责人一一落实是否收到,避免上次港湾学校没有收到证书的尴尬。

之后举行了龙华区教育局捐赠特高心理及团建用品仪式,仪式后贺校带领学生、老师一起到操场进行毛毛虫比赛。这些心理宣泄和释压活动,非常有利于宣泄不良情绪。贺校要求五月中旬设计一次高三减压加油趣味运动会。

3 月 24 日　星期三　重度雾霾　二楼办

据华为天气预报今天依然是"严重污染",PM10 指数 464,PM2.5 指数153。在空气净化器滤芯未到之前,我们能做到的是:一是紧闭门窗;二是勤拖地防止尘土(门口的宿舍楼道还请大家拖一下,为自己也为兄弟姐妹);三是多用毛巾、浴巾、衬衣等加湿挂在卧室加湿降尘;四是减少户外活动。

下午第7节课17:00—17:40,历史必修一第15课《国共十年对峙》在二号楼三楼西头高二(18)班进行,执教老师为图提古丽老师。都委员、茹孜老师一起观课。图提古丽老师先从复习以前内容开始,包括五四运动、党的诞生、国共合作与北伐战争。《国共的十年对峙》包含南昌起义、土地革命、红军长征等三个子目,图提古丽老师首先让学生自行阅读课文,她的普通话水平太差,音调严重不准。

观课思考:历史课堂故事化,提升任课老师的历史故事讲述能力,是今后一个时期历史课堂改革的一个重点。讲故事的时候注意:课本上有的快速讲,课本没有又很重要的适当补充,课本没有又不重要的不讲。重点内容精细讲。要注意"破题"的重要性。本节课侧重点在对峙,要讲双方如何"对峙",为什么对峙?对峙的结果。十年是哪十年?这个阶段在整个教材中的地位如何?

讲到"巩固了红色政权",怎么巩固的?课文提到了两点内容,一个是翻身农民保卫政权,一个是领导农民发展生产,但是很遗憾没有选取材料通过材料解析进行拓展。这是很好的"党史"教育片段,说明党代表广大群众的利益,再结合今天的扶贫壮举进行教育。可惜没有抓住。

3月25日 星期四 重度雾霾 二楼办

下午第六节,高一(6)班的课,地方史推进要着眼于"四个认同"。基于"四个认同"进行备课、展开教学,明显带给孩子们不一样的冲击力。比如民族的历史由来,讲清楚后,引导学生结合身边的变化得出"中国共产党心系各族同胞,是真正为我们创造幸福生活的伟大的党"。这样的结论学生容易接受。

八、市级培训　率先示范

3月26日　星期五　晴　二楼办

今天上午,天气真的好,能见度非常高,在特高二楼报告厅举行"市历史学科教学设计能力提升专项教研活动暨名师工作室教研活动",我上了一节示范课并做了一场《走向专业的教学设计》培训讲座。

王胜主任点评如下:

一是精心引入。二是翔实的史料。三是清晰的流程。从大清的崩溃核心话题引出,大清之祸到大清之悲,流程清晰。四是鲜明的比照,对比中的问题,大清与先进国家的比照。五是恰切的揭示。六是及时的检测,对本节课总结和对下节课的延伸。这堂课是精品课、示范课,行云流水,设计一节好课,要做充分准备,要精准设计。精细推进,流程清晰。要学要练、要落实和巩固。

贺校点评如下:

首先欢迎各位听课老师,简要介绍第十批支教情况。今天的研讨形式很好,线下线上两种形式结合很实用。贺校认为无论是什么课都要讲究逻辑。这节课逻辑清晰,从祸到悲,从政治、经济等各方面进行说明,讲清了原因和逻辑。希望大家一会儿认真听讲,杨校从备课入手进行讲座培训。

市高中历史兼职教研员、深喀一中陈有春主任评课:

一是对材料、对时间空间的准确使用。二是史料实证方面,大量的史料论证。唯物史观,如何对待我们的传统文化。三是面对民族学生,坚持正确的价值观导向,家国情怀。四是人民生活方面贫困落后,紧密结合本地区的发展,得出党和国家对我们的关怀,情感态度价值观的引入课堂。

九、兼管德育　责任重大

3月27日　星期六　中度雾霾　二楼办

昨天睡得还算可以。今天上午上四楼理发。

由于今天上单周周五的课,我没有课。所以中午睡了两觉,与平时相对糟糕的睡眠相比,还是比较过瘾的。睡得一个好觉,起床后真的是神清气爽。

下午过办公室修改周翔发来的德育工作计划。贺校委托我把这边的德育和教学工作都牵起来,感谢领导信任,努力做好工作。贺校明确指示:政教处责任重大,要统领全局,比如团委、艺体中心都是一个大德育观。

二楼报告厅召开本学期提升教育教学质量工作会议。

王兴天代表教务处汇报教务工作。明确要抓好三表管理,即作息时间表、课程表、课外活动时间表。抓好常规管理,巡课管理,规范教学过程。

3月28日　星期日　中度雾霾　二楼办

雾霾天气又来了。但是难得的双周末相约郊游,顶着沙尘也要出去散心。

上午九点半,特高生活点19位老师校门口准时出发。驱车两个小时到达英吉沙县艾古斯村万亩杏园观赏色买提杏花,也叫悠悠杏花。大家素质很高,小心翼翼不敢踩小麦,要点赞。午餐拉面真的好吃,而且分量很足。蒸饺子也不错,肥瘦兼有,很香。饭后逛小刀工厂,路边全是店铺,各种英吉沙县小刀琳琅满目,目不暇接。

3月29日　星期一　中度雾霾　二楼办

有风,雾霾时隐时现。

升旗仪式后,党政联席会上贺校通报,杨斌副校长兼管教学和德育。

贺校提到"深圳特色阅览馆"建成开馆仪式和普通话工程结合起来,流程里设计一个传统文化经典诵读环节。可以策划特高普通话节开幕暨深圳特色阅览馆开馆仪式。我马上落实,利用开会间隙修改了仪式流程。

3月30日 星期二 中度雾霾 二楼办

上午到阅览馆转了一圈,很不理想。和常书记、贺校、努尔在贺校办公室一起商讨乱象对策。初步决定高一负责的图书暂停上架,团委抓紧起草爱护图书的倡议书或公约,由班主任密集宣传,最基本原则只能看不能拿!实行班级管理责任制。设置共产党员示范岗与走廊超市值班。

上午第三节课后参加贺昉名校长工作室高考二轮复习研讨交流活动。正好赶上贺校汇报后方红岭学校高中部备考情况。贺校展示了2019年二轮以后的备考行事历。根据高考6月7、8号倒推工作进度。最后一次模拟考六模不阅卷,为什么要考? 就是确保学生手不生。五模距离六模时间较短,是正式的考试。考试越靠后就越让学生放松,确保心理调适,从高度紧张到逐渐平稳。作业也要减半,培优工作逐渐停止。搞几次趣味活动帮助学生减压,但是老师的进班辅导不放松。最后60天确保师生安安静静备考,减少各种加油活动、专家进校辅导,重视体育活动。

贺校介绍说要想方设法引领到位,让老师走进学生辅导。加强面批面改,掌握一线学情考情,多关爱孩子,关心孩子,孩子的动力就会更高昂。总之,考前学生心理趋于平静,但是手不会生。大概高考前18天左右调整作息时间较为适宜。让学生有问题可以在走廊辅导桌前个别辅导,这是特别有效的做法。

最后贺校鼓励大家:万众一心加油干,越是艰险越向前。

经过和贺校协商,新的深圳特色阅览区名称修改方案如下。

一、新的位置安排
①图文中心正中位置:福田文斋;
②1号楼3楼:宝安鹏苑;
③1号楼4楼:龙华美庐;
④2号楼3楼:罗湖静轩;
⑤2号楼4楼:坪山意林。

二、维持不变
①1号楼5楼:大鹏听涛;
②2号楼5楼:光明悦翠;
③北小:盐田雅阁;
④南小:龙岗修舍;
⑤1号楼2楼:南山莘园。

傍晚又起风了,而且是东风。表面看空气中还算干净,但是来自大沙漠的细沙不经意的就会打在脸上,迷进眼中。在外面徒步感觉不好,和玲在小广场角落以及女生宿舍旁边的榆树上撸了点榆钱,赶紧回家躲避沙尘。

十、后方团队　荣获优秀

3月31日　星期三　晴　二楼办

今天天气晴朗,但愿不再有雾霾沙尘。

和张国斌校长沟通今天给出一节课做班会,专题教育孩子们养成良好的阅读习惯。曾蓉蓉正在抓紧赶制班会PPT,主要包括图书捐赠来之不易;倡议大家珍惜和感恩;发动同学们讨论制定公约并参与学校评奖。

下午5点,曾勇老师图书捐赠仪式。完成贺校工作室简报重新整理。

今天后方南山名师团队举行总结表彰大会,工作室获得了"优秀科研奖"。能够在工作室收官之年,与一些校长、部长等领导和专家一同获得优秀奖项,这是工作室小伙伴儿集体智慧和汗水的结晶,掌声送给大家!诚如工作群名字一样,三年以来,大家克服各种困难,努力挑战自我,不负芳华不负卿!三年来,我们工作室晋升了四位中小学高级教师,获得了无数奖项。有的从青涩的大学生蜕变成一名熟练的老师,有的从一个妙龄少女成长为温柔的母亲,我们认识了彼此,结交了很多好兄弟、好姐妹、好伙伴儿,我们共同经历了各种美好!我们共同携手走过平凡却不平淡的三年时光。人生中有几个三年呢?若干年后,我们可以欣慰告诉自己:"我们没有辜负自己曾经的芳华岁月!"放眼未来,道阻且长。祝愿各位小伙伴儿时常如愿、万事随心。

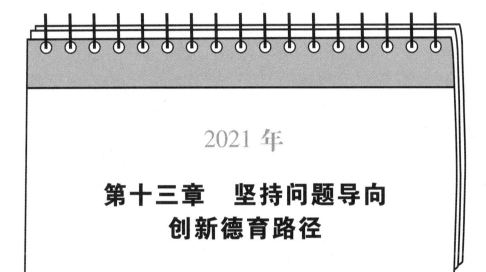

2021 年

第十三章　坚持问题导向
创新德育路径

一、阅览管理 德育工作

4月1日 星期四 晴,下午沙尘严重 二楼办

石岩公学领导来访并看望邱老师,李校监表示,此行对邱老师慰问,另外对深圳支教队老师表示敬意。

上午10点50分,移到二楼报告厅参加读书沙龙。高一(1)班热情洋溢的民族舞蹈暖场,在场的师生们热情被调动起来。

沙龙还设计了声援棉花的感人片段,并结合对比叙利亚外交状况和叙利亚盲女在废墟中演唱的片段,大合唱《我的中国心》,师生合影。在习近平总书记为核心的党中央领导下,实现全部脱贫,感谢党中央,感谢深圳支教。

活动最后双方领导互赠校旗。李校监和贺昉校长对活动进行点评指导。

下午班主任会议:除了常规工作以外,我重点强调环保作品和手抄报,往绿色生活主题上靠,字眼要写出响应习近平总书记"两山论"。这就是听党话、跟党走。辛苦曾老师再次把阅读文化专题教育班会的PPT放到班主任群。拜托各位班主任抽出专门时间教育孩子们:①心怀感恩、爱护图书;②阅览馆图书只能看不能拿走;③态度要和蔼;④图文中心三楼图书馆可以借书。

4月2日 星期五 雨后初晴 二楼办

零点半睡觉,三点半醒来。写了点德育培训的东西,五点半又睡去,大概8点醒来。勉强够六个小时吧。暑假回深圳继续调理并开始坚持慢跑。

"解放区的天,是晴朗的天"。昨夜下雨,雨过天晴,蓝天白云,连空气都变得异常清新。昨天不到零点上床,时梦时醒之间居然睡到了六点多! 人到中年,可能真的不能熬夜了,早睡反而可以睡得更好。

上午和贺校等领导敲定了特高高考60天行事历初稿。

下午6点,校级领导、中层干部、级部主任在图文中心二楼会议室开会。之所以如此大阵容,与其说是体现对高三工作的重视,更深层意义是对干部

进行教学管理和教学理念培训。贺校详解行事历。涉及作息时间调整,早晚读的调整,毕业照和毕业典礼,5 月 31 日考前心理疏导趣味活动,学弟学妹加油。

贺校最后强调,全校师生、干部都要营造一种为高三加油的气氛。希望各个部门细化行事历,为高三保驾护航。

4 月 4 日　星期日　晴　二楼办

早餐后大家临时决定到杏子巷走一走。我到门口联系值班老师,和贺校、金姐、包哥、张玲五人驱车到柏乡看杏花撅蒲公英。胡刚校长过特高汇报工作,从塔合曼小学下来,原本很棒的身体变得虚弱,高原上身体还是吃亏了。

二、图书上架　开馆仪式

4 月 6 日　星期二　晴　二楼办

一天都在忙碌特色阅览馆图书上架和协调开馆仪式。二三楼基本满格,明天看看录入情况,继续四五楼上架。

开馆仪式婉拒阿校和常书记邀请张玲照相的好意。做事不图名利。

4 月 7 日　星期三　晴,微霾　二楼办

上午和努校召集体育组老师探讨足球联赛的事情。确定几个原则:①男女同赛,分别上场。②比赛班级最后吃饭。③第九节课后执行裁判和老师绩效分要予以体现。④赛程表出台后,按照赛程调整课表,第九节开赛,并利用第九节课后比赛。⑤分项式课程改革请示书记和校长后再定,如果分项上课,利用上课时间比赛也是行得通的。⑥以后确立议事规则,重大项目在办公室集体讨论。及时发到艺体中心群,大家共享。

图书室空空的书架①

图书室空空的书架②

2021 年 4 月 6 日,深圳捐赠图书开始上架

晚上备课需要,在网上找到了几个视频,发给儿子帮忙下载。结果儿子秒回复,而且是下载好的 MP4 格式,可以 PPT 使用的,为儿子点赞! 感慨:领导普遍年龄大,对新生事物不如年轻老师。有的年轻老师会及时克服困难,不断学习新东西,如领导所愿完成工作,最后一旦有机会就会脱颖而出。而有的年轻人直接"不会",丧失了自我进取的机会,更严重的是丧失了领导再次指派你任务的机会,未来也会丧失掉上升通道。

三、南山聚会　感恩后方

4月8日　星期四　晴　二楼办

在图书管理群@高三(1)班曲丽帕尼姑丽·阿布都热依穆、高三(7)班热孜万姑丽·沙德克、高三(17)班麦尔耶姆古丽·图尔荪。辛苦三位班主任老师,安排一位班干部专职负责阅览馆管理,并责成每小组课间巡视维护。教育学生给母校留下美好回忆,维护好阅览馆,感恩深圳、感恩特高,把最美留给母校。

晚上和南山援友在和田玉南召县陈帅老乡那里聚会。

回到特高已经晚上十一点多了,不放心,爬到五楼 17 班,看到阅览馆还有点乱,开关也坏掉了,再次交代孩子们要有主人翁意识。看了看三楼,要求他们过来和老师一起整理,随后又走到 14 班再次强调要爱护自己的阅览馆。

4月9日　星期五　晴,微霾　二楼办

深圳特色阅览馆《阅读公约》已经就位,在班主任群里提醒:辛苦各位班主任以此为契机,教育本班学生爱护图书,就地读书,不要拿走。而后又专门叮嘱范寿山:①请迅速出台《深圳特色阅览馆流动红旗》管理规范。②纳入责任班级总评分。③阅览馆得到红旗,可以双倍加分给责任班级。④重视过程管理,制定评分过程要邀请相关班主任和班长一起参加一起打分,这个过程就是教育。同时钉钉通知三位级长,要求老师们也要利用课前三两分钟进行教育。德育教育从来不是班主任一个角色完成的。

立伟打来电话,兄弟彼此关心对方近况,互相慰问和勉励。

阅览馆文化建设①

阅览馆文化建设②

四、复习研讨　总结经验

4月10日　星期六　晴,微霾　二楼办

当当网又有三箱书到货,其中《核心素养的教学与评价》50本全齐,等工作室再举行活动,全部发下去。上午贺校出去开会,委托我参加高三研讨会。

第一部分如下。

一、范建刚主任就近期工作进行反馈

(一)学生课堂表现

1.深圳班持续向好

2.提升班不同表现,与班主任投入呈正相关

3.基础班两极分化严重

(二)早读自习情况

1.打扫卫生较多

2.未下课就不朗读,补觉

(三)晚自习情况

1.总体较好

2.有讨论现象

3.后十分钟焦躁不安

(四)周测情况

学生在测试中获得成长。宣布了周测流程,比如:周测各个环节级部调整课表,备课组精选试题,教务打印,级部安排监考,备课组及时批阅等。要求老师们要给学生讲周测意义,重视周测,按照高考养成规范和习惯。

(五)培优补差、跛脚科目提升活动

各个学科培优流程:备课组选人,制定计划,级部安排场地,备课组确定上课老师,准备学案授课。

(六)学科走廊超市:19:20-20:00,学生问题意识缺乏

(七)二次晚自习:23:30-00:30,到位慢,回寝慢

二、针对问题,范主任进一步解读级部对策

(一)加强早晚自习巡查

(二)班主任研判会

(三)营造班级积极备考氛围

(四)级部班长会议

(五)巡课常规化

(六)难管学生个别谈话

三、级部管理过程中疑惑困难

(一)晚自习看班老师能否护校老师参与

(二)宿管科能否公布名单通报

(三)培优补差教室场地

第二部分,没有展开,只是代表贺校对大家表示慰问并提出要求。

一、60 天行事历严格执行

这是校长办公会和行政会议通过的学校意志。

二、精心备考

各组细化备考方案,不玩虚的,要务实,强调面批面改。

学科走廊超市不折不扣,级部管理上争取量化分体现。这是特高最美的风景线,要拍照留存,将来的学生会感谢你。针对学生问题意识缺乏,班主任要告知并督导,任课老师具体抽查,学生自习课把问题在错题本上写下来,改正小声讨论的坏习惯。这就是精心和细化,只停留在理论上嘴皮上是不行的。

三、静心备考

现在头等大事就是备考,这是当前高三最大的政治任务。现在很多杂事贺校都亲自指示不让打扰高三,我会汇报解决刚才反映的问题。

四、爱心备考

多走进学生,弯下腰谈心,多观察,要有针对性的鼓励。十八班班主任及时谈心,重视思想工作,而且有谈话艺术。

五、团结备考

一个学科考的再好,学生整体成绩出不来也不行。如果总分考好了,每个老师脸上都光彩。大家要团结,要有分享意识和补台意识。

最后,祝愿大家越战越勇,争取取得好成绩。

4 月 11 日　星期日　晴　二楼办

上午近 11 点,和张玲与贺校两口一起到前指去。本来是他们去逛果园赏桃花我去游泳的,丽笙酒店游泳池下午三点半后才开,大家一起近距离看望"六一"母子。发视频给司令,结果司令看到笼门被打开怕"六一"母子跑丢了大发雷霆,我忍住笑,跑到三楼找人打了通知"为了六一和狗娃的安全,请勿打开笼门,感谢配合"的字样并贴到笼门上。给大家讲都笑得不行,司令个性使然,天不怕地不怕,脾气火爆倒是蛮可爱的。

4 月 12 日　星期一　晴　二楼办

大课间时间我到操场发现有班主任缺位,让王委员询问范寿山。范说在填表格忙得不得了,感觉还是不会做,没有行政思维。政教处主任是管理岗位,不是干事。学校新的项目出来,要思考本部门做什么,管理要及时到位。两件事需要注意:①上午大课间还算正常,因为部分班主任没到位,提醒国斌校长学校每次新的项目实施,要各个部门主动思考自己部门承担的任务,并积极拿出行动,比如大课间开始实施,班主任是否到位? 德育处督查缺位。②阅览馆图书缺失较为严重,责任在于班主任对学生教育严重缺位。以至于出现上课期间学生看课外书的现象。周四下午班主任会议,我再次强调,采取两项措施:一是抽查班主任是否会说出两项公约内容? 二是发现班级学生看课外书,说明部分班主任没能教育好学生,要约谈班主任!此外,图书凌乱,显示出部分责任班级不负责任。没有落实"指定班级"专门管理,管理班级责任没有压实到人。今天我约谈高三(7)班班主任热孜万古丽老师,要求她要落实到具体的人,并要认真选人,不仅要整理还要和陌生同学沟通,劝导不要带走图书。

4 月 13 日　星期二　晴　二楼办

第六节是高一(3)班的课,照例是提问时发现普通话水平不标准,矫正了半天。通过努力,如果将来孩子们普通话水平得到切实提升,善莫大焉。
晚上在三楼召开高三尖子生专项计划动员会,与统招不冲突。
交代努尔每天练习一个字,重点在于音调。

五、专家座谈　受益匪浅

4月14日　星期三　晴　二楼办

新疆师范大学历史学院漆志忠先生与全市历史教师座谈会下午在会议室召开。

漆教授治学很严,带徒弟首先要背会教材,然后考察教材中的历史概念是否理解。如果不理解,要查阅资料搞懂。这些都是备课的基本要求。如什么叫近代企业?大机器生产,雇佣关系。臣民到公民,吃透教材,把教材读厚,然后再出来,把教材读薄。

其次要研究学情,变教材为学材,通过问题导向进行学习推进。十个左右问题来贯穿课堂。提供新的材料帮助学生拓展思维,落实核心素养。

漆教授在大学执教,但是始终不忘高三教学。辅导学生两个小时,半小时做题,一个半小时讲解。

现在高考命题侧重于学术,所以一线老师一定要关注学术最新研究成果,课堂也要渗透新的学术研究成果,很受学生欢迎。要多读书。高考42题变化很大,学生对特征类问题回答缺乏技巧。特点是内部的逻辑的,特征是外部的显现的。

会后及时交代李志承老师写了简报并由茹孜老师审核后及时传到钉钉群里。

这两天沙尘天气很严重,请示了贺校,给本地几个校级领导分别送了一盒防雾霾口罩。

2021 年 4 月 14 日,漆志忠教授讲座

4 月 15 日　星期四　晴　二楼办

因为发烧怕感染别人，今天的班主任会议不能参加。委托张校代表我书面发言。

深圳特色阅览馆图书上架已经一段时间了，提出以下问题。

第一，班主任是否有阅览馆阅读公约专项工作布置？有几次？有没有指定班干部负责？

第二，是否有对课室和宿舍藏书的抽查？是否在班级公开场合教育学生养成爱书公德？是否督促学生还回图书？

第三，是否有在阅览馆读书的片刻？是否有喜欢和推荐书目？

第四，能否说出两条公约内容？自己不知道，如何去教育学生遵守？要发挥榜样的力量！言传不如身教。

第五，从今天开始，抽查各班级教室和宿舍是否有藏书？有藏书问责班主任！

第六，政教处跟踪阅览馆卫生、藏书量维护等情况，期末要设立管理奖，制定标准，而且是等额设置，符合标准的都要表彰！

第七，政教处、团委等部门在学校新的项目出台前就要思考本项目涉及我部门的事项是什么？预期会产生什么问题？准备采取什么办法解决问题？这些措施准备由哪些人进行实施？

4 月 16 日　星期五　晴　二楼办

跟进阅览馆深圳各区简介事宜，整理德育讲座如下。

一是某班级班主任处理学生冒用签名私自出校事件。说明班主任每天面对的问题，其实是很宝贵的课题研究素材资源，是大学教授不具备的优势。化抱怨为喜悦。

二是小技巧网上铺天盖地，但是真正的技巧一定要来自于自己的实践。照抄是学不到真谛的。

三是保护和利用学生的好奇心。贺校照片，湖南师大的高材生，数学高级教师，名校长。正是由于好奇心，才能探究新事物。不要扼杀好奇心。

四是多元成才理念。学习力强的把他培养到重点大学；成绩一般、动手能力强的把他送到职业学校学一门手艺（我们对职业院校偏见一定要彻底改变，中国职教未来会加快与国际接轨，会越来越好）；有运动天赋的把他送进体育院校。有学生骑着高头大马接受欢呼，有学生就是在路边欢呼的群众，都挺好。

4 月 17 日　星期六　晴　二楼办

深圳特色阅览馆准备贴上各区简介,搜集到老师们修改建议如下:

①各区四字抬头要统一位置,只写两个字。②盐田区最后少一个句号。③光明区最后加句号。④各区要把标志性地标文字放最前面。⑤第二段推后两个空格。⑥光明区段落也是这样。⑦大的底图用各区标志性图片。⑧坪山等区介绍少了标志性文字。

4 月 18 日　星期日　晴　二楼办

张玉波老师请教我推荐朝鲜战争的有关书籍,我简单思考了一下,推荐如下。

①《割裂世纪的战争:1950—1953》,王湘穗、乔良著,国防大学出版社;

②《毛泽东、斯大林与朝鲜战争》,沈志华著,广东人民出版社;

③《冷战五书》,沈志华著,九州出版社;

④《我在朝鲜战场》,张大华著,新华出版社;

⑤《李奇微回忆录——北纬 38 度线》,李奇微著,新华出版社;

⑥《毛泽东与莫斯科的恩恩怨怨》,杨奎松著,江西人民出版社。

今天到草湖一日游,摘摘草莓,逛逛兵团 41 团的花园。中午在路旁的桃花园吃了农家乐,18 个人围成两桌吃,很实惠,总共 1000 元。

阅览馆简介稿件如下。

昨日邻家乞新火,晓窗分与读书灯。

2021 年 4 月 6 日 18:30,特高喜迎建党 100 周年普通话节开幕式暨深圳特色阅览馆揭幕仪式在图文中心一楼顺利举行。

特高深圳特色阅览馆是第十批深圳支教队利用支教资金筹建的开放式深圳特色阅读空间。一共由十个分馆组成,现有藏书 2 万册,价值约 50 万元。分别以深圳十个行政区命名,如"福田文苑、南山莘园"等。馆藏图书包含了文学、历史、地理、科普、生活等各种形式内容,均符合国家有关高中生阅读书目标准。

第十批深圳支教队进驻特高之前,学校建有一间简易阅览室,面积大约 400 平方米,大书架 9 个,藏书仅有 1 万余册,而且均来自于海洋基金会捐赠,副本量大,书目相对单调。第十批支教队进驻尤其是贺昉校长到来后心急如焚,千方百计从后方学校以及爱心企业、单位募集了四万余册约 100 万元的国家正版图书,一方面大量扩充了图书室藏书,另一方面利用学校空间,在前指领导支持下建设了十个开放阅读空间。为民族地区孩子们补充了精神食粮,受到师生的热烈欢迎。

位卑未敢忘忧国。深圳支教队老师们纷纷表示:为特高孩子们捐赠图书,就是在帮助孩子们的家庭走上幸福道路助力,就是为实现习近平总书记和党中央提出的"文化润疆"治疆方略做一份贡献。

4月19日　星期一　晴,微霾　二楼办

升旗仪式后10点25分,在图文中心召开党政联席会。

贺校主要讲高考备考。听课过程中还是发现个别老师备课不充分,讲到一半讲不下去了。千万不要变成现实版的龟兔赛跑中那只可悲的兔子。还有班级有严重迟到情况,迟到达20分钟之久。还有因为迟到而在课堂时间被罚劳动教育的现象。课堂不能随意被占用,这要成为铁律。学生课堂受教育权利神圣不可侵犯。大家如果对这个观点有异议,会议上提出来共同讨论,会议定下来后就是集体决议,必须无条件执行。建议非课堂时间进行处罚,而且处罚学生要把握好度。学生严重的违纪行为上升到政教处处理,要有层级管理意识。

贺校建议写出一个《特高教师行为指南》,作为一个总的章程、作为特高老师的"宪法",必须遵守。并以红岭中学高中部团委架构和运作来举例,说明学生怎么被动员起来,学校怎么办成"以学生为中心"的成长园地。为学生成长提供各种支持。

六、吉安同仁　莅临特高

4月20日　星期二　晴,微霾　二楼办

阿克陶县红柳中学、雪松中学和江西吉安支陶队领导一行考察特高。

贺校、努校和我等一起陪客人参观了图书馆和阅览馆,双方在图文中心二楼会议室举行座谈。江西对口支教阿克陶一个县。其他县由江苏省对口援建。

红柳中学李书记讲话,对特高文化产品如校徽大加赞赏。认为教育学生爱特高就是爱支教队,爱党中央的政策。

客人请教深圳班情况,贺校一一进行解答。2015年建成特高,深圳支教队第一批24人进驻特高。组建教育集团,联盟式集团校。除了人财两项外,

统一考试统一命题,最后在特高统一审题,深圳支教组老师全程参与。名校长工作室领衔,以集团校管理为核心任务,打造东城民族高中教育高地。目前和农三师、二中、六中差距正在逐步缩小。生源质量正在逐年提升。高一两个,高二三个,高三四个深圳班,主要是为了分层教学,资源没有特别倾斜,以期最大程度达到公平。关于评优评先,贺校介绍了三个倾斜:踏实做事的老师、高三老师、班主任老师。

双方还就其他问题互相交流和分享经验。

简短晤谈后,双方领导在一楼大厅合影留念。阿克陶客人表示,回去认真学习特高管理经验,为党的教育事业和民族团结工作争取作出更大贡献。

和儿子聊天,在蔚来实习很开心。感慨很多,如果不来可能一辈子都不会接触。我说,所以人要多走出自己的熟悉的圈子,去开眼界。留学英国,就是走出去开眼界的重要途径。并鼓励他将来有条件还要去美国、日本、澳洲。而且我拿纪科举例,小小年纪游学很多国家,见识过很多顶尖学校,所以王铮校长很欣赏他。儿子很谦虚,只是说自己现在过去读的是预科,还要努力云云。

4月21日 星期三 晴 二楼办

上午十点半,2号楼三楼物理电学实验室,集团校命题工作审核会议。

国家和百姓哪个应该先富? 其实3000年前就有答案了。

周文王问姜子牙如何治世?

子牙曰:王者之国,使民富。霸者之国,使士富。仅存之国,使大夫富。无道之国,使国富。

2021年4月21日,参加审题联席会议

七、进班观课 常规管理

4月22日 星期四 晴 二楼办

今天的大课间观摩民族舞基本动作,我们都感觉运动量不够。贺校推荐了红岭中学的搏击操,张校通知体育组老师学习并在学生中推广,全部学会后在大课间进行。

上午第三节,塔吉古丽在二号楼二楼西侧高一(20)班上的历史课,课题2007年1月版必修三第一单元《中国传统文化主流思想的演变》第2课《罢黜百家 独尊儒术》。

塔吉老师从汉初无为而治导入新课。从无为到有为。"罢黜百家,独尊儒术"的提出,董仲舒提出新儒学与旧儒学的不同。大一统思想,君权神授,天人合一。儒学成为正统。

按照号码提问不要提倡,建议多班的任课老师采用花名册提问,花名册可以全名,提问时可以个性化名字,如开头第一个字重复采用"大、中、小"的称呼,亲切又尊重。老师不要在讲台上晃来晃去,没有板书的背后逻辑就是没有深入钻研、备课。备课时多翻一翻课程标准,吃透教材。多思考教学目标到底是什么?重点是什么?难点又是什么?重点怎么突出?难点如何突破?通过什么活动把学生放在主体地位?设计怎样的问题引导学生深度思考?通过什么路径提升学生的思维品质?

第四节课是二号楼一楼西侧高一(10)班思政课,老师采用竞赛的形式进行。分为四个大组,挑选两个学生到黑板记分,每位同学负责两个班级。

作业本拿出来,做必答题一道题五分。单选题题型。第一题由第一组回答。形势很好,但是没有体现出竞赛的紧张刺激和热烈场面,更没有体现出复习课该有的整理学习逻辑、理顺知识点关系的目的。

这个地方,不能刮风,稍微刮点儿风,沙尘马上扬起,"下土开始"。

4月23日 星期五 晴 二楼办

各级部以后处理空堂问题流程清单:①发现空堂;②马上安排老师先进

班顶岗;③电话询问有关老师情况;④根据实际情况和学校规定进行后续纪律处理。

4月24日 星期六 晴 二楼办

上午,天朗风清。远望雪山,清晰可见。跟随党员到红色教育基地参观当地变迁历史。马路错对面就是深圳援建的馕产业园,大家参观后纷纷买了各种馕带回去。

耽误了午休,回到宿舍睬了一觉。起来在家煲了苹果水喝了一会儿,到办公室着手修改培训课件。晚上继续修改,并到报告厅指导学生修改了班会课的板书。回到家冲凉上床休息时已经凌晨一点多了。想做好一件事,真的很辛苦。

2021年4月24日,参观红色基地并慰问访惠聚教师

八、建党百年　主题班会

4月25日　星期日　晴　二楼办

按照计划,全市教育系统德育培训暨贺昉名校长工作室活动10点50分在二楼报告厅准时开始。我陪贺校到门口迎接莫仔健局长到达会场。

首先是张玲主任《读好书 感党恩 跟党走》庆祝中国共产党建党100周年主题班会课,班会课从配乐诗朗诵《我骄傲,我是中国人》开始。

紧接着同学们进行了《红星照耀中国》等四本好书分享,通过分享真诚表达了感恩党中央的支教好政策和深圳支教老师的奉献。通过图片展示,列举不文明读书现象。并且列出榜样整齐的现象。倡议遵守公约。

最后张玲主任总结,气定神闲,气质很好,气场很足。言简意赅,很好!100分! 点赞!

我做了整整一个小时关于"立德树人,走向专业的德育管理"的培训。培训从习近平总书记教育工作"立德树人"的总要求入手,共分为德育工作的重要性、德育指导理论、走向专业的德育管理、走向专业的班级管理、班级管理问题诊断和对策、做有魅力的班主任等六个部分展开分享。

贺昉校长最后对活动作了总结点评。认为这节班会课是积极响应国家层面思想引领、结合学校新生事物出现、抓住很好的教育契机进行班会推进。认为培训讲座贴地气、有问题有现象、有分析有改进抓手,很好。

贺校还无私分享了红岭中学高中部的一些先进做法。红岭中学高中部400多名学生干部,大小活动基本上由学生组织推进。深圳特色阅览馆阅读公约是学生出台的,但是是在完全按照学校确定的理念指导下进行的,老师发挥的是教练作用,主体是学生。让学生走出校园是德育的很好抓手。关在学校、关在教室不是办法。贺校还建议改变学生评价方式,关注学生全面发展。德育管理工作要敢于创新。

贺校还和大家分享了"深圳特色阅览馆"建成后特高毕业学子的留言:祝福母校越来越好,表示还想再回去读书。

市教育工委委员、市教育局莫仔健副局长最后对活动进行点评。他认为班会课理念新、形式活、效果好。德育培训讲座不仅有理论还有实操经验分享。贺校长把红岭经验无私分享给特高，为特高教育教学做出扎扎实实的贡献。每次来特高都有新的可喜的变化，希望各方继续支持特高发展，支持贺校工作。

培训活动由市教育局思政办负责人潘魏校长主持。持续将近三个小时。与会各位领导纷纷表示，收获满满，回去好好整理笔记进行消化吸收。做好德育工作，献礼党的100周年。

我提醒贺校明天去慰问参加专业考试的体育特长生，需要今天去超市买些饮料。晚饭后四个人一起乘校车逛了一下华润万家，买了脉动和红牛。

2021年4月25日，张玲主任上课中

4月26日　星期一　晴　二楼办

升旗仪式，我发表了《诚信做人，从诚信考试开始》的演讲。

党政联席会议扩大会议照常在二楼会议室召开。

贺校表示尽量不开扩大会议，开高效会议，减轻大家负担。询问学期初校长布置的要求各部门有没有分解落实？落实得怎么样？很多老师根本不知道这学期学校总体目标是什么。证明各部门传达不到位。新事物出现，其实是一个很好的教育契机，各部门要思考自己部门可以做什么，出现哪些现象是本部门的失职。特色阅览馆正式建成，党政办要作为学校亮点做好宣传。团委能否组织读书会、征文等系列活动。张玲主任上了一节班会课，就是围绕这个项目进行的。教研室怎么引导老师们用好这些书，做好教师发展工作。

要把卫生班级升级为文明班级评选。全面评价班主任工作和班级工作。以后会议要侧重于加强班主任培训，昨天德育工作会议，我们东道主学校班主任没有参加。再次讲解"基因压制"小故事，我们学校一定要建成优质学校，防止别的学校对我们形成"基因压制"。

建起阅览馆是一个节点，下一步争取更多图书上架以及组织好对学生的各种教育活动是又一个重要节点。

在讲到执行力时，贺校送大家几个词：敏感、敏锐、敏捷。敏感是迅速感知事件本质，捕捉到关键信息背后的内涵。敏锐指的是迅速作出反映。敏捷是迅速分解任务，拿出行动力。在执行上级指示时，结合学校具体情况，坚持"课堂至上"的理念，拿出精准而高效的行动方案。

今天是特高体育特长生专项测试最后一天，下午搭乘大祖老师车过去，买买提伊明、邢老师和孩子们围上来，很开心看到校长慰问看望。一起走进胡同，站在凳子上往院子里眺望。远处可看见考生在操场跑步，今天是800米测试。询问考情后出去路边给大家分发红牛和脉动。起床后没喝水口渴，也给贺校和自己拿了一瓶，给大家加油鼓劲。最后在路边合影留念，我给大家解释学校还有现场会，贺校还要赶回去，大家辛苦了，回去时注意安全。

4月27日　星期二　晴，沙尘　二楼办

今天又是沙尘天气。

早餐是凉牛奶，家里有核桃、大枣等干果，还有馕，凑合着吃一顿。

国斌校长过来和我商量现场会的事情，征求我的建议。我提了几条：①电影社团汇报包括电影海报制作粘贴和现场电影配音表演，这是符合高中生教育特点的亮点；②橱窗、展板统一主题"学党史，感党恩，跟党走"，建党100周年系列展示，比如"四史教育"、"五个认同"、各学科课堂文化；③深圳特色阅览馆参观介绍；④"读好书，感党恩，跟党走"主题班会展示。

这几天估计是东城市政管道出了问题，整个东城自来水都没了，生活出现暂时困难。

把德育灯片和讲稿都发给努尔，由他发给12小周文帆书记，只要是能促进当地教育进步的事情，大力支持，不会计较什么版权，这就是支教初心。

4 月 28 日　　星期三　　晴，沙尘　　二楼办

今天期中考试第一天,其他较为正常。但是作为德育主管校长,还侧重检查了班主任管理方面的工作落实。高一五个班未按照要求书写"诚信考试"宣传标语,这背后反映出班主任的失职。首先是对贺校"要抓住教育契机及时对学生进行德育教育和引领"的讲话精神没有认真学习和吃透并落实。表面上是书写诚信标语,实际是对学生进行诚信教育的良好契机,结合国旗下的宣讲,形成教育合力和持续性,学生就是在这样的浸润下逐步发生正向的德育生长。很可惜错过了!其次是中层干部并没有对贺校的"敏感、敏锐、敏捷"的讲话精神及时学习、分解并传达到位!这个问题要从行政结构上改革,否则工作永远是两张皮,即领导层一个意思,中层和教师的执行层是另一个意思。

这个问题涉及教育管理的一个深层课题,那就是教师有没有对得起自己的职业操守!要求大家要认真钻研学生成长规律,学生成长规律就是我们的教育规律。比如:高中学生处于心理成长的高原期,一方面自主意识强,另一方面明辨是非的能力尚不固定,具有一定的可塑性。这就要求我们教育工作者读懂规律,按照规律去指导自己的教育教学行为。比如,诚信教育,学生懂得诚信是对的,但是面对不同层面的诱惑,却又不能坚决的拒绝。这时候如果教育及时并持续发力,学生就会向正向发展。

4 月 29 日　　星期四　　晴,沙尘　　二楼办

周翔主任计划在五一之后举办特高第一届班主任技能大赛,把活动方案发我审阅并准备在五一放假前通知班主任,让班主任提前准备。

我立刻表态很好!并提出建议:①调研参赛班主任人数、年龄结构、性别结构、民族结构、毕业院校和专业,做到心中有数。②比赛科目和题目要论证,能否提前公布,给班主任学习过程和时间(是否提前给你们论证),原则:能反映出班主任的水准。③明确高三班主任不参加。

并建议能否加一个班会设计环节,可以给三个主题,利用五一期间老师们可以上网学习,以学习代替培训。但是赛事不能用这三套题目,另选题目当场说课。

4 月 30 日　　星期五　　晴　　二楼办

连续三天沙尘天。

如果能继续执教,新学期计划在市里承担继续教育。设计《做一名专业

的教育人——教育专业素养系列培训》。除了已经进行的《走向专业的教学目标设计》《走向专业的德育管理》和即将举行的《走向专业的观评课》,还要涵盖:《走向专业的校本课程设计》《走向专业的课题研究》《走向专业的班会设计》等系列研究和总结。

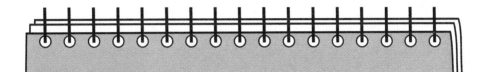

2021 年

第十四章　远赴深圳学习充电

一、课题调研　田野考察

5 月 1 日　星期六　晴　库市智慧家苑

作为历史老师,尤其是承担了地方史教学工作后,早就想完成对克孜尔石窟的田野考察,昨天晚上火车出发,在九点左右,提前到达库市。在旁边拉面馆吃饭,碰到宁总一行,他们比我们先出发,却比我们晚到。从库市车站接到小哥送的车,简单检查车况后出发。出西尼尔进入尉犁县境内,继续沿着 G218 公路南行,过尉犁右转到罗布人村寨,拜访两位百岁罗布老人。这边医疗、经济等各方面条件不如大城市,但是却有百岁长寿老人,除了"幸存者偏差"的因素外,恐怕要归功于这边的人们与世无争、生活简单乐观的朴素生活。住在塔里木河旁边,种一点小麦,饿了打两条鱼烤一烤,吃点馕。吃饱为止,不去追求多打鱼拿到巴扎上换更多钱,过更美好生活,简单就是最好。

在这里我们之所以能到"百果园"采摘桑葚,就和当地人这种朴素的生活理念有关。我们觉得不思进取,为什么不去采摘拿到巴扎上卖钱改善生活? 但是人家本地人笑我们为什么这么辛苦? 有吃有喝简单生活不好吗? 到底是他们错了被我们取笑还是我们错了被他们取笑,围城而已。

从罗布人村寨出来,朝尉犁县道路前行不远,右转到尉犁县地下大峡谷。这是第一次见到地下大裂谷,全长应该有 4.9 千米。大自然的鬼斧神工给了我们视觉盛宴,非常明显的暴雨山洪冲刷沙砾地面形成的巨大鸿沟。

游玩不忘主旨,罗布人村寨,沙漠,神女湖边,尉犁县地下峡谷,我们引吭高歌,拍摄《唱支山歌给党听》,庆祝党的生日。

晚上住智慧嘉苑,晚饭吃的是喜莱顺,酸辣土豆丝 8 元,炝莲白(手撕包菜)10 块钱。库市城市建设很好。没有那么多土,海拔高度 900 米,含氧量也要更高一些,所以花草灌木生长的也好,整个城市看着干净,舒适。

库市是个新兴的石油天然气资源型城市。由于新兴并且资源丰富,所以规划和绿化各方面做的很好,GDP 和影响力比较靠前。城市建设明显和内地城市相比也毫不逊色。同样紧邻沙漠,估计和东风多一些,所以库市影响较小。

5月2日　　星期日　晴,微沙尘　巴音布鲁克酒店

跑了一天很累。长途乘车中间还要翻越达坂,着实辛苦。达坂下车拍照上洗手间短暂停留后,一口气到巴音布鲁克景区。买门票后换乘景区大巴,走了一个小时左右到达天鹅湖景区。虽然天气转暖天鹅北飞,但是居然可以看到几只,贺校戏称这是签约驻场演出的天鹅。很讨厌湖里的水老鼠,虽然我属鼠,但是看着它们游来游去很恶心,应该自然界出现一种叫作水猫的生物来做它们的天敌才好。

下一个景点是一个藏传佛教寺庙,地处偏远,香火很一般,没什么游客。我作为游客,不参与,不说话,不反对。

很快就出来直奔最后最期待的"九曲十八弯"经典景区,想看九个太阳,实际上是太阳落在九个弯曲的河流中的倒影。强忍住寒冷等到傍晚八九点钟,太阳变为夕阳,不那么刺眼,开始温和起来。色彩也绚丽多彩,此时的九曲十八弯是最美的,拍了很多照片。看景不如听景,而且我们的拍摄技术远不如专业人员,所以没有感觉到震撼。倒是冷空气让我很震颤!没穿棉衣,冻得瑟瑟发抖,甚至和热心帮忙的民族司机老兄共穿军大衣御寒。赶紧从高台上乘电车下来,坐到班车里取暖。冷不冷捎衣裳,饥不饥捎干粮,这是老祖宗的金玉良言,不听老人言,吃亏在眼前。幸亏时间短,否则身体失温会出大事的。

乘班车回到酒店,已经十点多了。

晚饭时喝了一杯三十多度的巴州当地烧酒,26元一斤装一瓶酒,度数低口感很一般。四个人喝了四杯,剩下的早上给了酒店保安。但是晚上睡眠感觉心跳还是有点快,并不是2400米海拔的原因。看来以后真的要严格控酒了,非不得已坚决不喝。应酬也少参加,这个年龄要做减法。

5月3日　　星期一　晴,微沙尘　库市龙腾居

出酒店左拐,一路向南走了约75公里,才勉强走出巴音布鲁克草原,到达天山脚下。可惜正如预料,路面因为安全问题尚未解封没能再走一段独库公路。不过彻底往北走了草原全程,游览领略了巴音布鲁克草原的博大壮美。

拐回头直接越过巴音布鲁克镇,沿着国道218向东,翻越查汗努尔达坂。一路下坡到巴伦台镇大拇哥伴面馆回族餐厅吃中餐。

行经和静县和焉耆县,往博湖县博斯腾湖方向,途径乌兰再格森乡,最后到达博斯腾湖。时间较紧,不能再进景区了。回程路上从湖边经过车揽赏景,沿途欣赏了美丽的博湖,感叹这个面积第一大的中国内陆湖泊,烟波

浩渺一眼望不到边,当地人称作"西海"是有道理的。

让我们意想不到的是,出了博湖,还穿越一段沙漠公路,意外惊喜。路上车很少,所以速度还是很快,出沙漠公路,进入喀斯特地貌的经典山地,美不胜收,贺校和金老师感慨这里的山和湖南的完全不一样,大饱眼福。

一路上贺校手机音乐播放流行歌曲,有几首新歌特别好听,也许是老歌,当然对我来说是新歌。《一生回味一面》《你不来我不老》《梦里水乡》《原来你只是一个过客》《请先说你好》。

晚上入住另一个社区民宿"龙腾居",这个条件明显好于前天。照例下去买了鸡蛋、面条、黄瓜、醪糟等食材。回去后我做了个醪糟鸡蛋汤,打开一包咸菜下饭吃的很开心。不过鸡蛋块有点大,下次做的时候要把鸡蛋打得更碎一些口感更好。

5月4日 星期二 晴,微沙尘 库车鑫玉酒店

上午起得稍晚一会儿,步行到对面中心公园转了一圈,参观一个小清真寺但没有开门,只好在外面欣赏了一下别有特色的建筑。随即打车到库市博物馆参观,没有太多文物,更多的是展示龟兹古国文明成果,比如沙漠中楼兰古城出土的干尸。

博物馆出来吃饭,到民宿暂时休息一下。下午4点左右乘火车硬座,双升了三个小时一直到库车下车。库车是个县级市,没有合适的民宿。入住美食街鑫玉酒店,住不惯酒店软床和类似化纤被子,一夜休息的不太好。

5月5日 星期三 晴,微沙尘 二楼办

今天从库车租车连带司机一起去参观位于拜城县著名的克孜尔石窟,石窟前面是鸠摩罗什的坐像,石窟依山而建,绵延很长,只可惜只对外开放其中六个洞窟,其他的处于保护状态,有待进一步开发。讲解员介绍洞窟壁画上出现的世界唯一的当时五弦琵琶,实物现藏于日本奈良东大寺。

由于清末外国人攫取壁画,导致现在我们看到的只能是残存的壁画。甚至有的是复制品,而真正的原始文物被盗掘后运到国外,德国柏林民俗博物馆馆藏很多。

五种破坏形式:农民图财凿取菩萨金粉袈裟,元朝改宗伊斯兰教强行毁掉偶像崇拜,外国学者盗凿,自然地震破坏。还有的洞窟烟熏得黑黢黢的,据说是当地农民放羊时挡风避雨临时休息在洞中烧火,烟熏黑的。

从拜城县克孜尔石窟千佛洞出来回库车,依然是感觉这个地方太大了,也太过于荒凉,满眼望去都是戈壁滩。

鸠摩罗什,先小成佛教,后大成佛教,据说火化后形成很多舍利子,其中

舌根舍利子最大,所以被称为"三寸不烂之舌"。舌根舍利子现在藏在甘肃武威罗什塔。

到库车王府参观,第十二代库车王爷是民国黎元洪时代册封的亲王,除了第十一代王爷跟着叛乱势力反叛国家以外,其他的历代王爷都是爱国和维护国家统一的正面形象。末代王爷去世有四五年了,现在末代王妃居住在修缮后的王府。还在王府景区所在的公司领取一份薪水,国家也有补贴等。时不时还可以和游客合影赚取每位 30 元的费用,吃的很简单,就在员工餐厅。现在不到 60 岁,颐养天年,生活无忧无虑很幸福。

晚上 9 点 40 分左右的火车打道回府。

5 月 6 日　星期四　晴,微沙尘　二楼办

回来上班第一天,立刻投入工作状态,到心理组看望老师,并对心理剧进行工作指导。阿娜尔古丽和赵友谊还是愿意做事的,初步设定特等奖 1 名,一等奖 2 名,二等奖 3 名,三等奖 4 名,再设置一些个人特色奖项,交代他们把策划案流程考虑细致,包括合影、颁奖的礼宾次序,特意交代颁奖要配欢快音乐。

贺校介绍了 15 号赴深圳学习的初步日程。17、18 号(周一周二)全天候在红岭高中部跟岗学习。19 号周三上午参观教科院,下午参观《大潮起珠江》改革开放展。20 号周四上午人大附中,下午海滩团建。21 号周五上午列席红岭行政会,下午参观有鹏教育。

5 月 7 日　星期五　晴,微沙尘　二楼办

今天早上的早读整体都很好,高三考试,高二各班级班委组织的很到位。高一的个别班级班委组织的不太理想,请班主任、任课老师(语文、英语)有意识地培养早读领读的班委,强调内容(预习、复习)和形式。重点是培训领读人或负责人(普通话不标准一律使用音频范读)。英语语文两位组长负责收齐各个班级领读负责人名单(每个学科设置领读小组 2～3 人,其中一人明确为组长)交给教学处,截止时间:下周一下午七点。注意:负责人必须挑选有责任心的学生,请教学处安排时间集中起来亲自进行培训。

下午 5 点左右,高一个别班级纪律不理想,原因是现场会的社团学生跑来跑去。而哪些学生是参加现场会、哪些学生留在班级,任课老师不知情。和国斌校长沟通,建议政教处从社团老师处统计一下,打印出三份名单,名单要包含姓名、所在班级和班主任姓名、所参加的社团和指导老师姓名。一份政教处给社团老师,一份贴到班级供任课老师点名,一份给班主任协调。

连续几天都是沙尘天气。

二、特色阅览 德育创新

5月8日 星期六 晴,微沙尘 二楼办

10点30分,二楼会议室,高一分班改革工作会议召开。努尔校长汇报工作进度。贺校进一步解释此项工作,涉及未来学生报志愿和职业生涯规划,所以文理选科我们要提供正确的导向。

高三根据新的作息时间,走廊超市、培优补差时间统一调整为晚上7点10分至7点50分,然后8点准时开始上自习。

11点30分,深圳特色阅览馆班主任现场会在图文中心二楼召开。主题是专题参观和研讨深圳特色阅览馆管理问题。贺校带领大家参观阅览馆,肯定大家前期用心的工作,同时指出管理中存在的问题。这次会议同时也是对大家的一个微培训。比如:防止劣币驱逐良币现象。要对学生的管理和习惯强制入轨。工作要有提前量,刚开始累,越往后越轻松。否则如果开头管不好,以后会越来越累。要人人有事做,事事有人做。要积极创设优秀的学习环境,坚持环境育人。高二(7)班、(14)班和高三(17)班做得相对较好,17班学生写了一些个性化的温馨标语贴在书架上,非常感人。14班班主任每天早读带领学生整理图书,7班摆放了一些班级学生的一些手工作品。这是班主任主动作为的表现,要为她们点赞!同时也暴露出一些问题,比如:还有一部分学生看完图书乱放甚至拿书带出图书馆等。

下一步15号之前要召开阅览馆班主任专题会议,要上交专题视频。在海洋基金会图书馆先进理念的引领下,如何把善举发扬光大,题目《我们特高的海洋图书馆》。不超过十分钟。学生导游,原来的困境,海洋图书馆,十个深圳特色阅览馆的建设,采访学生有书可读的喜悦镜头,最后再拍问题,图书还有很大缺口,距离教育部人均40本目标还有差距。还要有学生采访镜头,希望看看大海,希望报考海洋大学。再拍一个贺校采访视频,未来设想和规划,比如图书走廊和校园图书角的建设,图书场馆的美化和饮水系统的建设和完善,阅读课程的建设。

深圳特色阅览馆之福田文斋

深圳特色阅览馆之宝安鹏苑

深圳特色阅览馆之罗湖静轩

深圳特色阅览馆之南山莘园

5月9日　星期日　晴,微沙尘　二楼办

心理科组努尔地亚老师过来找努校,努校不在。给我汇报心理剧排练进展情况。心理剧前期准备工作已基本完成,心理组老师拟用第12周周二、周四下午各两节课时间进行初赛。考虑到市里比赛可能在25号(我爱我心理健康日)进行,贺校、努校和我三个出差,23号才能回学校做评委,所以决赛只能安排在24号下午。选出特等奖第二天参加市里比赛。老师安排比较赶,贺校同意这样的安排。

画出了详细的深圳特色阅览馆示意图,发到阅览馆钉钉群。

5月10日　星期一　晴　二楼办

晚上七点,外派深圳学习行前会议在教育局三楼会议室召开。教研室张国芬主任主持会议,莫仔健副局长讲话,何学晖书记、闫委员、李娜副主任以及各工作室外派成员出席会议。

会议第一项,莫局讲话要求:①认清活动意义。②强化领导。成立临时党支部,要定期向教研室汇报。马银花同志任书记。不要私下单独行动,要给组织汇报。③5月15号为报到时间。17—21号为学习时间。22—23号为返程时间。④希望学有所思,学有所成。

第二项:学员代表发言。名园长、小学语文工作室主持人分别表态,感恩组织和深圳教育的支持,遵守纪律、认真学习。回来做好工作。

何书记热情洋溢地为大家送行,希望大家放松。可以外出,但是要结伴,开心学习,安全返回。

5月11日　星期二　晴　二楼办

上午11点30分,教育局二楼第四会议室开会。

莫局讲话,本次第十批支教队第一次培训后,校长们开过一次会。其他的就没有再集中开会。市教工委很关心大家,也很重视大家的工作。

莫局代表主要领导强调三点:①站在这里懂这里。作为校级领导,对本地教育的理解和开展工作要站在一定的高度。②跳出这里帮这里。把好的适合这里生态的做法和理念带过来。③离开这里爱这里。一年半的支教是不平凡的一个周期,回到深圳后多关心这里的教育发展。

5月12日　星期三　晴　二楼办

付会财主任在历史名师工作群发布"市高中历史大教研暨名师工作室

活动"预告。

今晚开始录课,由于要保证安静,该教室隔音效果不理想,所以只能是在晚上十一点半学生晚修结束都离开后开始进行,的确很辛苦。

三、课题培训　钉钉会议

5月13日　星期四　晴　二楼办

晚上如约8点开始工作室课题组培训会议。等申报通过后,正式分工。会议记录如下。

大家好!工作室课题组正式成立,前期大家做了大量工作,形成了省级课题初稿。希望大家再接再厉。严格按照广东省课题申报要求,认真修改,争取申报成功!

为工作方便,成立前方和后方各两个工作小组。

简介课题组成员:东高教研室付会财主任、市教研员陈有春老师、特高历史组组长茹孜·宛古丽老师;深圳市赛课第一名获得者李娜老师、深圳市重点课题成员宋学斌老师、南山区一等奖获得者肖宇婷老师。

拟做以下工作:教学设计、灯片、田野考察调研报告和最后的结题报告。

第一,设计与PPT制作。地方史一共八个单元19课时。两个学期讲完。按9位成员,每人两节课的教学设计和PPT制作。我是主持人,我承担三个课时。

第二,田野考察报告。我们先从写游记的简单形式入手,等有了足够的文字、图片积累,然后再规范化。

第三,结题报告。我来主持,到时候再进行分工。

三项主要工作,现在前两项即可开展。申报成功,按部就班,如果申报不成功,那我们工作不会白做,利用积累的素材,作为各自申报区级或市级课题的资料。

晚上继续录课,一直整到将近凌晨两点。筋疲力尽,脑子昏昏的。

四、历史教研 主持引领

5月14日 星期五 晴 二楼办

市名师工作室教研活动上午在特高举行。付主任主持。茹孜老师主讲。以后类似活动必需写出简要的流程清单,包括时间、责任人。几个必要环节:活动 LED 屏对接;摄影与文字稿件责任人;负责与级部调课和带学生入场的老师名单;主持人和主持词;简报负责人;是否要合影,合影地点和礼宾次序要安排好。

茹孜老师先上课,以《全国卷开放性试题分析与应用技巧》为题上了一节高三复习课。茹孜老师课堂思路清晰,逻辑合理。带领同学们认真梳理了近五年来高考第 42 题(12 分)的命题范围、命题内容、命题特征和规律。教学是有规律可循的。所以认真研究规律、顺应规律就是上好课、出成绩成为一名好老师的必由之路。茹孜老师还以本次四模考试的 42 题为例,列举了同学们答题实践过程中出现的问题。并结合具体实例题目和同学们分享了解题步骤。交代大家千万不要跑题,跑题容易得零分。史实错误也会得零分。

随后主持评课活动。付主任在评课后为大家作了一场题为《课程思政》的培训讲座。

我最后做了简单点评。付主任培训着眼于当前文理学科各自的思政课堂实际情况,对大家进行历史学科以及地方史的思政课程素养培训,培训内容非常具体,有理论高度、有思想深度、有实践广度。

活动期间专门定了闹钟,到广场上看了一下 11:30—11:55 课间操期间进行的国旗护卫队交接仪式。高一年级全体师生、高二高三没有课的老师、深圳支教组部分老师参加。体育组按照课间操队形组织高一年级学生站队。对小邢工作表示支持,昨天已经在深圳支教小分队群里进行了通知,请大家捧场。

五、协助贺校　带队赴深

5月15日　星期六　晴　南航CZ8891

到北京的南航CZ8891航班上,经济舱座位并不舒服,小电视里播放的电影不喜欢,干脆写点东西吧,弥补和思考最近的工作。

不到6点就被闹钟叫醒,收拾行李下楼。富磊送我并接上努尔,他拖了一个大箱子,非常重,肯定需要托运。

南航有自己单独的Wi-Fi方式,可以手机连接后,欣赏他们公司内部的电影,名字还是很唬人的"南航天空影院",也是不错的,虽然不能手机全屏横着看。

总结欧美电影主题:一是向往自由,二是崇尚自然,三是讴歌亲情,四是探索未知。好莱坞大片基本是最后一种多一些。西班牙片《牧羊人》讲述了牧羊人安塞尔莫在西班牙平原的偏远地区过着简单而快乐的生活。当他拒绝了一个建筑商在他的土地上建公寓的提议后,他的生活发生了天翻地覆的变化。

看电影就是了解电影背后的各国文化。所以我是喜欢看欧洲、印度、非洲等各国优秀电影,不喜欢好莱坞大片,打打杀杀,炫炫特技,虽然勇哥说既然到影院,就是要享受硬件设施,只有大片才能体现出影院硬件的优势。但是我还是喜欢故事片,了解异国文化更贴地气。探索未来是科学家的事,未来距离我太远,不想操那份心。

下午1点降落北京大兴机场,大兴不愧是枢纽,太大了,在地面滑行了近十分钟。

飞深圳的南航CZ3158航班由于天气的原因延误,第一次因为航班延误感到开心,本来50分钟的中转时间就不必紧张奔波了。

飞深圳的航班广播通知延误到30分登机。登机后集体等待,一直等到四点半。

红岭中学袁志杰主任带校车过来接机,将一行15人送到酒店。我从行李箱刨出行李匆匆下车,结果到房间发现背包落在车上,被美女园长谢书记帮忙收起来了。

住在亿民平安酒店，就在侨香村隔壁，晚上和伟哥联系，伟哥吃过晚饭过来陪着我们吃小龙虾，算是我给努尔和热校长接风。

5月16日　星期日　晴　亿民平安酒店

昨天旅途奔波，睡的又太晚，质量又一般。所以早上九点多才起来下楼吃早餐。和努尔商量了一下，决定还是喊上东高热校长到珠海一趟。出来打车到京明酒店，取了包包然后打车到景田地铁站。再乘坐地铁到蛇口码头，乘坐轮渡到达珠海，时近中午，在海鲜餐厅点六个菜，最后才花了不到三百八。和深圳比起来，还是挺有性价比的。深圳吃一次小龙虾四个人花了五百多。

沿着海边散步，到灯塔和渔女，再打车到珠海歌剧院，拍摄一通，打车回轮渡码头。等回到酒店，思炀派的公司的司机已经到路边等待。和努尔一起过去与深圳湾同事们见面吃饭。最后思炀又派车送我们回酒店。

5月17日　星期一　晴　亿民平安酒店

今天早上6点准时起床，匆忙一楼就餐，人家服务生解释7点开餐，最早六点半。我们胡乱吃了点就出发，半路看见贺校回信息，要求带着校旗，马上返回取了校旗打车过去红岭，距离很近，一个起步价10元。郭树英部长等领导在校门口执勤，互相寒暄，看着老师们开车鱼贯而入。然后观摩升旗仪式。

深圳的太阳热情似火，大家汗流浃背，张书记有点虚脱，中暑的症状。

没有准确理解贺校的提示，大家起的太早，应该在红岭品尝早餐文化的。只好在升旗后拿着手机到餐厅乱拍一气。红岭高一高二高三年级分别招标三个食堂，中间的门开着互相连通允许学生互相串门打饭，形成良性竞争，大家都不敢怠慢，做的很用心。所以红岭领导笑着介绍说学生吃的比老师好。

早会八点半开始，临时安排我们六位客人到教室书吧乘凉喝茶小憩。拿出笔记本赶紧补记日记，把这两天手机的记录倒腾过来。坚持每天日记，及时对工作进行备忘，也是对自己支教的记录，坚持下来，很好。

移步到会议室，张健校长亲自出席交流会。

郭树英部长主持。介绍彭部长（历史学科），历史双学峰组长，生物正高级许老师，集团郭可人主任。

客人依次自我介绍。张剑校长讲话。欢迎大家来到深圳，来到福田。代表红岭教育集团一万多名师生欢迎大家。大家有什么建议，可以通过领导进行调整。希望大家提出宝贵意见。红岭坚持开门办学,经常与全国同行交流。

张校介绍红岭集团学校建设情况。红岭学校成立于1981年,与特区同成长。是特区建设的第一所学校,原名第三中学。福田区政府成立后改名为红岭中学。四十年来,尤其近十年来,管理、高考成绩等各方面成绩卓著。同时在各方面也不断改革创新。获得各种奖项。2013年获得"市长质量奖",这是高质量奖项,华为、中兴、招商银行等单位先后获奖,教育单位不多。

目前一校六部,包括在建的事实上的"一校九部"。全链条的集团化学校。高中部每年招生人数连年增长。一个年级1250人。目前全寄宿的学生人数在3700人。绝对人数全市第一。

高考成绩很好,但是红岭人并不仅仅满足于高考。而是为孩子的全面成长负责,教育的导向和理念高于高考。更多的关注孩子的立德树人,学校对课程设置、社团选择非常重视。每周学生有两个下午的课程可以自主选择。比如合唱团有几百人选择,是我们的品牌社团。每年在大剧院进行商演,对社会开放并用来补充经费。话剧团也是品牌之一,参与度很广。每个角色都有四五个同学参演,在排练中互相提高,演出时轮流出演。有利于促进学生交往、阅读、理解等各方面能力的提升。助力学生跨界的、项目式能力提升。每个学生都有自己的社团,很多社团是由学生自己带头创设的。包括滑板车等项目,在玩中学习提升。

红岭集团率先探索公办学校集团化体制改革,引入社会资金参与,实行公立学校委托管理。

成立理事会,多元的组合,政府人员、学校管理、社会贤达、教育专家、企业家,理事长是退休的深圳大学校长。政府按照1:1注资支持,成立红岭教育基金,现在达到2亿多元。财政与社会资金形成互补。创新的事情,可以由基金会商讨决定出资支持。

张校还介绍了教代会的民主管理制度;校务委员会的行政管理制度;学术委员会的专业管理制度;家长理事会的参与管理制度。

9点40分,参加红岭高中德育工作会议。学生处主持此类会议。每周一上午一小时德育协调会,隔周班主任会议。学生处、学生支持中心、安全处、团委、三个年级主任,每个年级两个主任,分管德育和教学。副部长到级部管理,扁平化。

大家都很负责任,争论很激烈。

观摩会议后,移步高一会议室,继续观摩级部班主任会议。

会议讲的都是具体务实的事情。比如总结上周工作。家长会开得很成功,受到学校表扬。大家要学会说不。班会课也受到学校肯定。班会课大家先不着急讲,要先检查学生精神风貌,要整理好卫生仪容等,最主要是德育管理和教育引导。要学会下讲台去温馨提示走神的学生。

看得出来美女级长班主任经验非常丰富。

下午3点5分,第四报告厅,首先是暖场视频,介绍深圳特区成立后建设的第一所公办学校的奋斗经历。不仅是又大又漂亮,而且发展质量之高、为深圳教育做出贡献之大、受到家长之欢迎令人钦佩。红岭不仅有傲居全市前五的教学成绩,更有丰富多彩的学生社团活动和多元发展的高质量,这一切的背后是一大批红岭名师。一所学校要想持续发展,必然有一批爱岗敬业、心系学生的名师团队和专业上进、甘于奉献的管理团队。

管理的最高境界是"无为而治",哪怕选择儒家"以德化民"的怀柔理论,也是以人为本的。管理本身是无情的,但是管理者和被管理者却是有爱的有血有肉的新鲜的生命个体。所以才会有了"人性化管理"、"柔性管理"的提法,这才是管理的至高境界,才是王道。

会议结束后,参观红岭校园,怪不得学校团委公众号名字叫"我爱红岭又大又漂亮"。校园真的"又大又漂亮",我们不是规划专家,但是我们能够感受到这所优秀学校设计的用心、规划的细心、建设的美心。尽管学校艺体中心改造工程还在如火如荼的建设过程中,但是已经处处体现了以人为本、尊重师生的学习共同体的精妙之处。如餐厅分隔而又互联,方便学生出入和选择;教室门口放着专用的适合深圳夏季多雨暴晒的雨伞架;校级领导团队在校门口恭迎师生入校的温馨场面;建筑拾级而上的步步高寓意;高三年级单独的学习生活空间;教师阅读品茶小憩的休闲书吧……

红岭是美的,红岭也是牛的。放眼望去很多"牛叉老师",正高级、特级教师、劳动模范、优秀教师,名师如云。红岭是牛的,体现在红岭学生之牛,全市绝对重点人数第一、重本率与四大市属名校比肩。奥赛金牌、北清学生、合唱团、话剧社群星璀璨。

红岭是美的,红岭也是善的。学生见客人问好,行政团队安排热情有序、理性而温馨,老师敬业而务实。集团党委书记张剑校长亲临讲话和培训分享。

红玲是美的,红岭也是实的。这里看到的都是基于问题解决的速成会议、站立会议,没有冗长的发言,没有多余的客套。

5月18日　星期二　晴　亿民平安酒店

上午,成长支持中心杨晓燕主任和姜部长共同主持中心处室会议,地点在心理活动室。

杨妮主任向大家介绍处室基本情况和运作模式。中心主要负责生涯规划与心理咨询两大工作,还有生活能力提升模块。尤其是心理咨询与干预。每周一学生成长支持中心处室会。总结上周工作经验并布置新的工作。

大家布置具体工作中谈到了一个心理危机干预机制的生动案例。大家就此话题展开研讨,达成一致意见。即加大班主任培训力度,及时与家长保持沟通并争取配合,筛查问题学生并后续讨论调整住宿政策。中心领导和老师们非常敬业,认真对待和记录学生各种问题。而且很专业,比如学生心理问题的测试不仅分级,而且测具体分数。

大家讨论了清华大学深圳研究院社会实践支持生涯规划的项目事宜,商讨先开放光学和信息学项目,还谈了柳州螺蛳粉生涯规划项目落地事宜。利用家长资源推动生涯规划模块,游学和社会实践是红岭最开始的经验积累。社会实践一般由家长负责、学生推动。每年推出一千多个岗位进行生涯实践适应。

计划六月份请红岭学生成长中心到特高这边指导工作,重点在生涯规划、正念课堂、朋辈教育、家长亲子沟通沙龙等,促进本地教育生态的蜕变。

大家还一起探讨支教新平台的搭建问题。交流活动友好而热烈。宾主都感到收获满满。

交流活动后,姜部长带领大家到高三大楼参观学习。下午3点,在三楼教师发展中心,红岭学校历史学科正高级教师、特级教师、中心主任吴磊老师给大家介绍了教师发展中心成立以及学校的整体情况,田局在红岭做校长时改革成立教师发展中心和学生成长支持中心。

随后吴磊主任做《课程赋能,激活生长》培训讲座。吴老师指出:教师成长的最佳年龄区36～50岁,与其他行业相比,相对年龄偏大,区间较宽。教师的成长是慢成长。吴老师针对青年教师存在忙、茫、盲三种情况具体指导。

2021 年 5 月 18 日,红岭中学参观学习

5 月 19 日　星期三　晴　亿民平安酒店

早上 7 点 35 分闹铃,洗漱后下楼过早。八点半出来,侨香站搭乘 2 号线景田转 9 号线到教科院,路过一个孖(妈)岭的地方,这个字有意思。知会宁总明天(周四)上午八点半左右贺昉校长到访罗高。

教科院负责人、副院长李桂娟女士对客人表示欢迎,介绍教科院基本情况和今天主要活动流程。希望大家学有所获。马银花书记致答谢词,表示感恩。

黄爱华老师带领第三组初中到五楼,第四组高中在六楼继续。李有阶博士在北方大学带本科生,后来到深圳三高做老师,他为大家做了关于新高考的培训讲座。新课程新教材体现:①新理念新要求,立德树人。②培养目标立足提升国民素质,面向大众的基础定位,关注个性化教育。③重视社会实践,体育必须开设开足开好。英语以外,小语种开设走在全国前列。课程设置改革为必修课程和选择性必修课程。④着眼于学生核心素养价值观和关键能力。⑤新教材与高考以及学生发展无缝衔接。不赞成过早在高一分班,不利于个性和全面发展。江苏全省内强行规定高一年级一律不允许分层走班,就是为了避免过早分文理班。广东省不强制,因为全省教育发展不均衡,不能一刀切。防止学生知识结构不全面,也防止对高考的影响,比如英语和语文,阅读不广泛,对高考成绩就会影响。

李博士有理论高度、有实践广度。强调学生个性化发展、分层目标和分层作业。博士还为客人介绍了深圳教育的高速发展概况如优质师资的引入和学校的快速增加。

博士中气十足,热情很高,讲座热烈而高效。

5 月 20 日　星期四　晴　亿民平安酒店

上午贺校到酒店接我和努尔,如约访问罗高。李校等领导在门口迎接,足见对支教工作的重视和对特高领导的尊重。大家在广场举行简短校旗赠送仪式后上楼座谈。李校长是罗湖从大连百万年薪挖来的名校长,名不虚传,抓有效课堂课程改革,推动罗高华丽转型,提出"很好的罗高,最好的自己"的务实目标,罗高在低起点开始艰难提升,获得高考超越奖,不容易。见面会不久,张校长正好过来有事,一起与会,大家都很开心。罗高简要介绍了学校重建和课堂文化建设状况。由于杨平书记要接见,所以大家没能走进罗高课堂观摩,有些遗憾。罗高"行者常至,为者常成"的校训引发我的共鸣,这是晏子说的,也是我的座右铭。

告别罗高,直奔市民中心西边的二楼教育局杨平书记办公室,给书记汇报工作。书记平易近人，很关心大家。指示如果上级有要求按照上级的办，如果没有具体要求，要做方案精心挑选必要时提供体检和心理测试，以此严格选拔"乡村振兴"教师。同时杨书记还指出在待遇方面要考虑到，以此提振支教积极性。贺校的意思是明确奖惩机制和必要时的退出机制。表示老师方面主要诉求就是职称评聘，建议领导在制定政策时考虑这方面。同时贺校还建议如果上级没有具体要求，侧重派遣文科老师更务实。杨书记要求贺校作为专家在前方，做好学科均衡工作，梳理清晰选派思路，为领导决策提供建议。不等上级方案，把工作做到前面，方案下来后根据前方具体情况进行调整。

将近中午，马不停蹄赶到光高。宋绍鹏校长去广州答辩了，他和贺校是校长班同学，委托匡校接待我们。大家一起在会议室简短见面，举行仪式。光高的楼宇命名方式引起我的注意，全是民国大师的名字，迎面行政楼是企孙楼，还有启超楼、阳初楼、从文楼等，很有致敬先贤的意思。

由于还有马银花书记下午和我们一起到盐高参观，于是我们分头行动，努尔和我去接马书记，贺校先行一步到达盐高。罗校很给力，和大家合影后，亲自带领大家参观校园。

盐高出来，贺校率领大家夜游大梅沙。大家开始比较拘谨，放不下校长书记的架子，看到努尔穿着裤子跳进海里狂奔，逐步放开，基本上都不同程度"湿身"了。最后尽兴而归。

回到亿民平安酒店，放下大部队，贺校回红岭还车，我开车和努尔送马书记回家，然后再到红岭接贺校。贺校最后一个回家，最辛苦的是贺校，最敬佩的也是贺校，主动做好各项准备工作，用深圳干部主动作为和担当赢得了当地干部的信赖和拥护。这就是校长气质！格局大、胸怀广阔，着眼于先把事情做好。要向贺校学习的地方太多，我虽愚钝，但"日拱一卒无有尽，功不唐捐终入海"，每天也会进步的。

5 月 21 日　星期五　晴　亿民平安酒店

昨晚近两点才休息，睡得很不好，也没时间去药店买药。五点、六点、七点分别醒来开机后觉得太早，又逼着自己躺一会儿。八点多醒来，看到姚总信息想提前过来接我们。干脆起床。

上午会展中心 2 号馆参观无人机博览会，有无人机以及机场平台。展会后姚总特意领着大家体验深圳的广东早茶，品尝的是早茶，品味的是岭南独特的文化。感谢有心的姚总，安排活动总是有文化品位。

下午 3 点乘车到宝安航城街道黄麻布学校，东道主李校、马书记、姚总分别致辞。

　　贺校致辞时表示，上午看了展会，品种丰富，表示大开眼界。校长们很有教育情怀，下午我们要看无人机在校园里如何落地和展开的，预祝活动成功。

　　加了很多微信，可能也不再联系。感慨人生不过如此，加减微信，聚聚散散，如此而已。

2021 年 5 月 21 日，宝安黄麻布学校学习调研无人机教育

5 月 22 日　星期六　晴　亿民平安酒店

　　上午贺校过来把人大附中深圳学校的捐赠牌子取走，顺便把努尔所剩的两箱干果拿走送朋友，邀请努尔过去他家做客。然后把我们送到侨城北地铁站，努尔到华强北去买 PS 游戏机，我觉得不懂就没陪他。到前海看看自己的房子，拆掉沙发罩扔进洗衣机，又下去买洗衣粉和药，很沮丧的是到小区门口想起来忘记带手机没办法买单。折返回去取手机，这已经不是第一次忘记事情，除了利用清单思维，要想办法避免遗忘。

　　将沙发罩投进洗衣机，时间已经不早了。乘地铁到景田赶赴福外高沈校长聚会。

　　饭后喊了努尔一起到前海把洗的沙发罩拿出来晾晒好，陪他一起打车到东滨路荔秀服装城给热伊拉买衣服。

六、红岭学习 满载而归

5月23日 星期日 晴 南航C23159航班上

昨天贺校、姜部送我先回酒店,收拾行李冲凉刷牙一番忙碌,躺床上翻了几下手机,酒店的床有些软,几天晚上都睡不好。中午在外面不能午休,感觉很困。刚要眯着,努尔推门而入。交代他抓紧时间办理退房,我太困先休息。第二天他说我应该睡得很踏实,因为他接了几个电话,要是我没睡着肯定会骂他要关机,结果并没有。能睡着,不容易。

南航CZ3159上午十点半起飞,到大概下午1点降落北京大兴机场,一路上歪着昏昏沉沉的睡觉。

南航VIP小坐,稍微吃了点东西,拖延到4点左右才起飞。漫长的飞行很无聊,登录天空影院,看了俄罗斯影片《猎杀T34》,电量不足,只看了一部分。

晚上7点01分,飞过一座大面积风电站上空,旁边有高速公路和铁路经过,周边是茫茫戈壁滩。向西北望去,是朵朵白云下面的大片雪山。7点06分,飞机正下方有规整的太阳能发电场。飞机大致方向向西飞行,然后不断地向西偏南调整。09分,再次经过一片疑似太阳能发电场和一条比较直的接近南北走向的公路。此时飞行平稳,应该在一万米高空,看不到公路上是否有车辆。

14分,沿着向西方向飞行,航线北边是一个条状的雪山,再往北望,却没有雪山,而是光秃秃的山和戈壁。

17分,北边雪山消失,光秃秃的山脊西北面出现一片类似水库的大面积水面。山脊南面越来越明显的雪水流下时冲击的痕迹。高速公路贴着山脚下蜿蜒向西,应该就是进出南疆的道路。我们曾经走过库市和库车之间的一段。

7点39分,路过一个小城市,奇怪的是城市的西北是沙漠或戈壁,周边几乎是平整的,没有什么山。坐在机舱右窗旁,飞行方向应该是西偏南,太阳在飞机正前方。48分,飞经一个很大的湖面。太阳在右前方,飞机向上陡然爬升了一会儿。右前方阳光照耀下的地面,居然有很多水田和湖泊,片片绿色田地,一派江南景象,令人不可思议和惊喜。52分,经过一个小城市,此时天空影院显示还有1个小时22分。推测是沿着沙漠边缘向西南飞行。59分,飞机下面出现雪山,方向依然是向西。估计刚才是沿着南北天山中间的谷地上空飞行。

9点15分,距离喀什国际机场还有约五分钟。依然是严重的沙尘天气,能见度很低。很多长方形的带田垄的应该是农民辛勤开荒准备种地用的。

9点22分降落。前指派文婷带车过来接机,顺利到达特高。

5月24日　星期一　晴　特高公寓S2-302室

给南山教育局人事科主管支教的刘弈宏老师备案:新的"乡村振兴计划"——广东省"组团式支教"工作即将启动,替代原有的教育部万人计划。我和张玲老师申请参加"乡村振兴组团式支教",特此报备。等正式通知下达,再向组织提交申请。

5月25日　星期二　晴　特高公寓S2-302室

晚上和儿子微信,决定买个新的手机,而且直接上256GB的,对自己狠一点儿,转变消费观念。儿子一听,很开心,说比自己买新手机都开心。手机壳和贴膜都可以周末到市里解决。加9块钱再买个原装充电头。

八天在深圳出差真的好累,中午几乎都不能休息。所以这两天很困,备课的同时顺便补补觉。

最后敲定自治区初中比赛课例,上传到网站。

5月26日　星期三　晴　二楼办

昨晚睡到3点醒来,有点睡不着。可能做了和姥姥、爹娘有关的一个梦。给儿子发了一段话。什么是孝顺? 细心观察、耐心倾听、真心回应父母所需。这一点,你比老爸做得好! 看到按摩器,就想到奶奶总是拿按摩器自己按摩,奶奶自己按摩力量太小,我就没想到主动拿着按摩器帮帮奶奶,或者帮奶奶捶捶背揉揉肩;想到奶奶洗澡时,从来都是帮她放好水,然后就不管了,任由她自己搓洗,最多就是帮她搓一搓背部,从来没思考为什么奶奶总说洗澡太累,为什么就没想起帮奶奶搓搓胳膊腿,减轻她的负担。奶奶总是体谅我的辛苦,我却没有观察和思考奶奶的需要。子欲孝而亲不待,对不住奶奶,心有愧疚。早上儿子回信息:老爸做得也很不错啦,奶奶很满意的。我说这是有感而发,你观察到也想到了老爸该换手机了,很温暖地提示老爸,爸爸很感动。由此才想到了没有替奶奶做按摩,回老家只想着和朋友聚会,而没有多挤出时间陪陪奶奶。因为愧疚,所以总也断不了对奶奶的思念。

儿子一个劲儿地劝解我,说奶奶很心疼自己儿子,不会不开心的。

贺校给我很多参考资料,要我写特高总结。真的是勉为其难,我感觉自己真的不是做领导的料,评了职称,隐居在某一所学校教好自己的历史课就是最好的安排。目前在支教期间,先尽力做好管理工作。回去就不搞这些了。

七、班主任赛 比拼技能

5月27日 星期四 晴 二楼办

中午12点,高三毕业工作会议在二楼会议室举行。贺校、常书记、张国斌校长、努校、都委员和我等校级领导以及教务处、政教处、团委、高三级部参加会议。

按照原计划,高三课表进行改动,答疑课所有老师进班。最后的冲刺,老师负责,坚定的和学生在一起,更多的是给学生心理支持。

5月31号高三开始调整时间,不再集中讲课,给学生面批面改。英语8号考完,民语9号上午考完。6月9号下午4点返校,4至6点收拾行李,宿管老师开房间收拾合格条。10号上午照毕业照、举行毕业典礼,中午不吃饭,不进教室和宿舍,下午收拾行李离校。现在班会就要进行毕业离校教育。每个班十位优秀学生,发奖状。每个班一个功勋毕业生,毕业典礼校长颁发徽章。

30号周日晚上班会课要进行毕业教育,并进行评选。

高三级部起草告家长书,5号学生离校时发给学生。提醒家长防溺水、防触电以及未经家长同意不得结伴外出等安全教育,并提醒所有老师不允许参加任何形式的谢师宴。常书记进行师德师风教育,交代要有文字提醒。高三最后一节课,校级领导到包联班级进行加油鼓劲。

5月31日高三升旗仪式,高三自己的升旗手,高一高二学生为学长加油送祝福,高三老师、深圳老师兼校长讲话。

6月10日毕业典礼:国旗班正常升旗仪式;舞狮、威风锣鼓;校长讲话;宣读决定;颁奖优秀学生和功勋学生;功勋学生代表感恩发言;高三特长生两个节目;高三老师表演节目。合影留念,服装每个班自主决定。

"感党恩,知奋进"特高首届班主任技能大赛,下午5点在报告厅举行。

几位校领导一看,评委人数和参赛老师人数相差不多,觉得不合适。大家都觉得应该是通知没课的老师都过来参加观摩,这不仅是比赛,也是学习提升的机会。

大赛分主题班会课设计和情景答辩两个环节。

第一个:姑扎尔老师。班会主题:消防安全。

第二个:布威海丽其姆老师。班会主题:珍惜粮食,拒绝浪费。

第三个:热艳尼萨姑老师。班会主题:环境保护。

第四个:伊米妮古丽老师。班会主题:感恩教育。

第五个:常潇老师。班会主题:崇尚英雄。

第六个:谷荪罕老师。班会主题:榜样的力量。讲诺贝尔奖获得者古德拉夫先生的事迹。如果能更进一步,学生根据故事排练出一幕短剧,教育意义会更深。

大家都认真去做了设计,而且都知道班会课应该是什么样的,有一个明晰的目标,突出学生的主体地位,是学生在做什么,不是老师在做什么。都充满了自信,不怯场。对于我们来说,这是一次成功的比赛,因为这是第一次,没有先例可循。对于参赛老师和组织方来说,都是一次很好的锻炼。要感谢组织活动的政教处团委的领导和老师们,感谢各位评委老师。大家辛苦了。

第一,有没有上过这样的班会课?有些老师还是有随意的成分。学生小组分别发言后,老师需要的是提醒其他同学查漏补缺,再进行小结,不是再讲一遍。甚至讲得过多。

第二,班会课,从设计本质上是说课,重点在于把整节课设计理念告诉受众,让受众很清晰地知道,这节课你想做什么? 怎么做的? 效果怎么样? 不是就某个方面详细讲解。

第三,既然是说课,建议下次做PPT,更有利于课堂设计思路的展示。

第四,说课的流程、环节和注意事项。基于班级德育教育出现什么样的问题。这个问题要鲜活,不是编出来的设计。

第五,要注意语速,说课比赛和普通的比赛是一样的,有时间规定。在规定时间内让受众非常清晰地了解自己的观点,是技巧也是经验。过短过长都不好,都要扣分的。

第六,有的老师准备明显不充分,发言语无伦次。这对自己、对评委和对前来观摩的同行都是不负责任的。以后要杜绝这种现象。

第七,作为校级领导,我们要反思。今天的活动非常重要,是和教学活动同等重要的德育工作,是学校两大支柱之一。但第一个环节结束,很多老师退场,到最后,一个观众老师都没有,这是什么样的教育生态?!是不可思议的。平时活动太多,大家疲于应付,对于所有活动都麻木了,当然有这方面的原因。但是我的组织还有待改进。比如:①老师们的上进心如何激发?这样的学习观摩机会为什么不珍惜?②观众老师的组织和考勤,级部领导吆喝一声,来的就来了,不来的也就不来了。③关于组织,活动流程中是否可以考虑记分员和计时员的明确分工。活动必须设计复盘会议,通过复盘才能迭代,才能在下次做得更好。

5月28日 星期五 晴 二楼办

晚饭后和张玲到"百果园"摘桑葚,满载而归。回来给金老师送去白黑各一盒品尝。

5月29日 星期六 晴 二楼办

今天高一高二休息,高三坚持再上一天课,然后周日周一休息两天,周一晚上报到。高三的休息也是如此,学区这样安排我们只能执行。

晚饭后和张玲继续到"百果园"摘桑葚,给包哥送白黑各一盒品尝。又给孙师傅两口一盒,分享总是开心的。

八、德育创新 在线交流

5月30日 星期日 晴 二楼办

周翔主任做事很上心,也有主动做事的意愿。设计建党100周年"感党恩、知奋进"深喀两地德育工作经验交流会方案。

为这种创新意识和做法点赞!要想做成任何事情,都需要付出辛勤劳动,辛苦了。同时做事的过程也是自己锻炼提升的机会,干部都是在做事的磨炼中成长的。加油!

5 月 31 日　星期一　晴　二楼办

今天没课,和张玲一起探讨我的公开课。她建议排演一个情景剧。然后设置有思维深度的问题引领小组合作讨论。最后一致觉得把"如何跟党走"这个问题设置为小组讨论,教师巡视指导,最后选择一个优秀的做汇报。情景剧再思考一下,看能否找到一个民族家庭的巨变这样的题材,或者直接以"库尔班家族的幸福生活"为题进行排练。一个课本剧、一个小组讨论,两个学生活动就足够了。

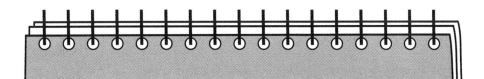

2021 年

第十五章　天下没有不散的宴席

一、高三会议　决定授勋

6月1日　星期二　晴　二楼办

今天在图文中心二楼会议室开高三送考流程会。计划总共十辆车送考。

原定深喀一、二考点400多考生，8点出发，贺校提醒人多，要求适当提前到7点早餐，7点20分上车，7点40分出发。8点发准考证。12点改为11点50分收准考证。

农三师、十二小方向有78名考生。

28中考点7点35分出发的时间要提前至7点20分，7点开始上车。

带队领导名字、联系号码写上去，就餐地方定下上报给食药监局，6月4日即派员进驻监督。

应贺校要求，深圳支教队8名教师参加高三毕业典礼，与高三毕业生同时受勋，致以特高最高礼赞。这个事情贺校要求我盯一下，马上落实，制作了请柬分别微信给8位老师，同时在"我爱我家"群发邀请：尊敬的高三任教的各位老师：大家辛苦了！按照贺校指示，诚意邀请大家出席2021年6月10日11时的高三毕业典礼，地点：特高操场。届时贺防校长会亲自为大家颁授特高荣誉勋章！特高感谢您！邀请其他兄弟姐妹一起见证老师们的高光时刻。还特意在请柬上以高三毕业生的口吻赋诗一首：三年师恩永留恋，特高就是我故园。依依不舍今去矣，他日建功捷报传。

晚上前指领导邀请毕业班8位老师到前指餐叙。高三老师辛苦了。前指领导出于安全考虑，把大家送回深圳。

6月2日　星期三　晴　二楼办

听餐叙老师回来转述，有些老师想尽快返回深圳，有些老师舍不得喀什，想再停留几天。各有各的诉求吧，

贺校过来办公室找都委员，都委员不在，贺校交代我：拟拍摄本期支教队老师十分钟左右小视频，留作纪念。我马上进行安排。制定了初步拍摄

计划并发给贺校请示他的意见。①时间:今天下午5点30分至6点10分;②拍摄清单:深圳支教组八位老师进班辅导,校园电视台布阿伊谢姆老师负责分别进入高三(1)(2)(5)(6)(16)班跟踪拍摄。③拍摄时间:每位老师五分钟左右。④总策划:贺校;执行:杨斌。⑤画外音台词起草:都玉凤委员。⑥后期剪辑配乐:校园电视台布老师。下午这个时间辅导答疑,所以不用调课,不必打扰本地老师。顺利的话,今天就结束。我安排布老师兼职导演,要求老师既有讲课的又有下去辅导的镜头,每位老师大概不到五分钟的素材,最后剪辑合成。贺校同意这个方案并指示可以明天继续跟拍,同意发通知给大家。

　　7点左右,到410室拍摄了贺校给培优班上课的画面。

二、纪念视频　紧张拍摄

6月3日　星期四　晴　二楼办

　　上午贺校过来,在办公室召开信息中心、教研室、党政办、政教处等部门主要负责人参与的"第十批支教老师特高纪念视频拍摄项目"协调会。罗校、努校、都委员和我参加。

　　会议决定:信息组布老师负责拍摄本期支教老师工作、学习点滴,每位老师都要有镜头。这几天首先对高三八位老师进行拍摄。面向支教队老师征集平时的工作学习以及与学生在一起的视频。包括捐书、徒弟采访、学生采访等视频和照片,以及集体照等各种丰富多彩、多个维度的视频和照片。都委员和布老师结合,进行文字脚本创作,周翔主任负责征集视频和个人简介。

　　会议还讨论了毕业典礼和毕业照问题,为了顺利进行,贺校领着大家到操场实地体验了上午11点左右的阳光照射。此时的太阳很大,晒上一个小时,担心学生受不了,所以决定放在体育馆进行,升旗仪式采用在屏幕上播放国旗镜头。

　　会前贺校还提到新学期如果我还过来的话,要着力做好制度建设。他特别提到钉钉工作日记制度,除此以外,我觉得还要进行系列制度建设。

如:餐厅就餐制度、安全接龙制度、外出请假制度、工作考勤制度、工作拍照留存制度(上课,辅导,会议,活动)、单车管理制度等。

下午6点,深喀两地"感党恩,知奋进"庆祝建党100周年德育交流会在二楼报告厅召开。周翔主任主持,常江副书记代表李浩然书记致辞,平湖中学毛展玉校长致辞。随后举行了网上捐赠仪式,支教队队长贺昉校长讲话简要介绍特高德育工作。

6月4日 星期五 晴 二楼办

都委员话不多,但是行动很快。出台了《万里支教 情暖特高》视频文字脚本并迅速根据我的意见做了调整。做到三个突出:突出贺校和高三老师为特高所做的贡献;突出特色阅览馆建设;突出细节描写。比如:贺校在办公室用白板给老师们讲题;走廊里学生围着老师答疑解惑;早读场景和早读指南……修改稿出来后我建议都委员发给布老师并碰一下头,让她抓紧落实拍摄。让周翔主任通知高三八位老师,这两天把他们镜头补齐,希望配合。

做行政真的是要耐得住烦琐,忙碌了一天累的只想"葛优躺",但是往往不知道忙的什么,某位校长的话:鸡零狗碎的杂七杂八的工作,但是这些工作还必须要做。

晚饭后我们两人到百果园采摘桑葚,边吃边采摘,很开心这种田园生活,空气清新,心情愉悦,还锻炼了身体。金老师膝盖不好,他们两人就不愿意过来百果园,这里还是有些远,走一趟的确很累。我们采摘了拿过去给贺校两个人品尝,他笑着感慨我们对此这么感兴趣。

6月5日 星期六 晴 二楼办

下午四点多出去,大门口正好碰到高一语文组阿丽米热老师准备坐老公的车回市区,我和张玲搭乘顺风车到丽笙酒店游泳,我前后游了将近一个小时,有点累,出来后到花园走了一下,打车到市里买了手机套并让店员帮助开机。回到前指吃晚餐,然后和司令到花园逗逗六一,摘了两根黄瓜,采摘了一些马齿苋野菜,打车回到特高。

6月6日 星期日 晴 二楼办

在办公室忙碌,下载问卷星电脑版,并成功上传问卷题目获得了二维码,在为自己讲座准备又充实了一步。下午和张玲一起把上课和讲座灯片、通知过一遍,发给付主任和热夏提校长,让他们联系思政办,准备上课。

6月7日　星期一　晴　二楼办

贺校安排我在毕业典礼上介绍特高支教组:人数、学科,高三老师情况,连续两届几人,授予勋章。

高考考点:农三师,十二小,六中,28中,深喀一、二。陪同贺校到考点看望慰问大家。六中赛主任带队,81名,实际78名考生,三个单招的,考场是单招出结果前公布的。老师们中午在珠拉餐馆就餐、休息。住校生25名学生中餐后休息的地点都提前安排好了。

十二小考点和农三师考点共200多名特高考生,其中74名在附近统一就餐。

6月8日　星期二　晴,晚有沙尘　二楼办

今天是高考第二天,又是六点半起床,回去也睡不着了,头晕晕的很难受。钉钉通知大家参加9日下午典礼彩排。按照贺校的总体部署,毕业典礼是一项重要的教育项目。如何对项目进行策划、管理、协作、运营和复盘,是学习项目制管理的一次很好的实践练兵机会,请大家珍惜。

和张玲上街买药,8点前指吃晚饭,又到花园散步,9点20分打车回,沙尘暴开始,碰到司令寒暄几句。

6月9日　星期三　晴　二楼办

今天特高在距离火电厂很近的一个团建活动场所,为即将离开的支教队老师送行。大家参观鱼塘、果园,然后喝酒、唱歌跳舞,拍大合影,尽欢而散。

三、毕业典礼 深情发言

6月10日 星期四 晴,晚上七点风沙起 二楼办

上午毕业典礼,按照贺校的指示,我发言如下。

深喀携手、筑梦特高,在深圳支教教师的大力援助下,在广大师生的共同努力下,我校各项教育教学工作取得了较大的进步。支教教师扎根基层、矢志不渝地献身教育事业,勇于探索、锐意改革、精心管理、任劳任怨,努力提高教育教学质量。

经学校研究决定:授予高三罗剑老师、邓拥军老师、宁勉成老师、包振华老师、詹军老师、李琛老师、林妍坤老师、邢利红老师"功勋支教教师"荣誉称号。

希望受到表彰的功勋支教教师,再接再厉,继续发挥引领示范作用,回深之后再立新功,再创辉煌。

我的17班学生早就预约和我合影,但是17班是第一个拍毕业照的班级,拍完后孩子们到操场各种拍照留念,我因为要继续参加其他班级的集体拍照离不开,很遗憾错过了。

四、前指安排 高三撤离

6月11日 星期五 晴 二楼办

一夜没睡好,早上6点15分起床,下楼送别五位老师。詹军老师和朋友昨天已住到酒店,今天直接走。邓老师两口6点就走了,剩下李琛、包振华、邢利红、宁勉成老师,贺校两口、我们两口、体育组哥们儿都过来送别。我劝贺校留在学校,我代表他和努尔到机场送别。在机场合影留念,匆忙惜别。

6月12日　星期六　晴　二楼办

付会财主任联系了教研室陈丽萍老师,涉及荣誉证书发放,陈老师要请示张爱芬主任。暂时还没回话。给贺校汇报了,如果周二还没有回话,直接把活动交给国斌校长联系思政办,地点也改在特高。

五、考察西极　祖国边陲

6月13日　星期日　晴　西极途中

早上出发前到党政办打印一张送教下乡的介绍信,稍微耽误了一点时间。一路向北沿着城东大道过机场然后上高速一路向西。到乌恰县城后,西极网红打卡点打卡。在玛纳斯40英雄雕像前合影。然后继续西行到康苏镇。康苏镇曾经是矿区,资源枯竭,现在人口比较少,正在规划旅游小镇建设,对于资源枯竭同时有地理区位优势的地方,这个方向是对的,中午在康苏镇饭馆吃拉面。途中经过常剑他们调侃的"马兰花基地"短暂停留,可惜如果早来一个月可以看到盛开的马兰花,错过了最美季节。

出了康苏,一路向西,大约在下午五点半到达卡伦遗址。这是清代设置的著名关隘,通常大家所认为的东有山海关,西有嘉峪关的说法不对,这个卡伦关隘才是最西的关隘。

上去一通拍照后继续西行。晚上7点40分,到达西陲第一乡——吉根乡打卡点菜。

先让师傅做饭,常剑介绍这边做菜速度慢,所以先点菜。然后继续西行,到达西极第一村斯姆哈纳村。回程路上打卡西极纪念塔。途中的好多景点都在建设中,配套设施在完善,同时也没有管理人员,更不用门票。我汲取了巴音布鲁克草原观看日落受冻的教训,这次我提前穿上秋裤,而且准备了冲锋衣,虽然也受到了大风的光顾,但是没有感觉多么冷。在西极塔下拍完照就下来到车旁,其他小伙伴儿都在叫着冷死了。

据常剑介绍,每年 3 月 20 号到 4 月 10 号左右,看杏花的季节,从塔县进入塔莎古道,到昆仑山腹地大同乡看杏花。

6 月 14 日　星期一　晴　S2-302 房间

又是一年端午。今天是端午节,朋友圈照例是各种安康。有圈内历史老师朋友较真端午不能说快乐的说法,例举了古代各种欢乐,意思是端午节其实要比屈原早很多年,本来就是个快乐的节日,屈原在世时也过快乐的端午节的,所以端午是可以说快乐的。不得不佩服历史同行的史料考证意识和能力。

昨晚睡吉根乡另一个村子的柯尔克孜族牧民帐篷民宿,条件简陋。一堆人挤在一个帐篷,生了一个火炉进行驱寒。九个人呼噜声此起彼伏,和预期的一样悲观,睡得不是很好。晚上起夜发现星空很亮、很美,勾起儿时才有的星空记忆,令人感慨和感动。早上起床在帐篷外欣赏牧场美景,晒太阳各种拍照。回程路上打卡所谓的花海,高原上的花很小,数量也不是很多。但是周边小河流清澈见底,蓝天白云,绿草如茵,照片拍出来很多赏心悦目。

早餐本来计划在上午十点半,结果罗校他们拍摄意犹未尽。我们两辆车只好提前过去饭馆吃早餐。早餐后大家一路向东,我困意袭来,在车上打盹儿。他们到了距离昆仑山和天山交汇处还有一段距离的一处湿地旁边,下去照相。我和张玲都不想下去,询问徐美英老师,她说随意。于是我们继续前行,到达两山交汇打卡处。下去各种拍照看了简介,纳闷到底哪是天山?哪是昆仑山?什么是驼色?什么是黛色?正好一个考斯特车队在旁边停留,很大方地迎上去攀谈,虚心请教两山的界限和区别。结合纪念碑的简介,终于搞清楚了。

中午抵达乌恰吃中餐,由于之前大家没有报吃汉餐还是民餐。所以常剑决定就在一家"拉面王"小餐馆吃民餐,人太多,小餐馆挤不下,邱老师、蓉蓉和罗校到另一家餐馆去吃了。我们毫不犹豫点了拉面和烤肉,迅速吃完并在旁边买了几个馕,大家集合到外贸一个市场去逛一下。大老远来一次,买了两瓶产自格鲁吉亚的斯大林红酒,2019 年份的,五十元一瓶,不贵。又买了一袋据说是俄罗斯产的巧克力,到门口又买了六小袋套娃头像的据说是俄罗斯最好的巧克力。这些食品保质期到九月份左右,不敢多买,给岳母买了两瓶蜂蜜。

回来途中经过阿图什天门大峡谷,张玲去过了,大概介绍感觉不好玩我也不再去了。正好此时乌云密布,峡谷如果下雨那是很危险的,所以放弃。经过一个叫作"三仙洞"的地方,车子开下去,远处眺望了一下。

6月15日　星期二　晴　二楼办

今天升旗仪式,按照国斌校长安排,我来宣读班主任技能大赛颁奖。升旗仪式后在图文中心二楼会议室开期末工作安排会议。

一、贺校主持毕业典礼复盘会议

1. 正面反响强烈,付出是值得的

突出了老师和学生,把他们推到前台,享受荣誉高光时刻。未来大型活动要思考,初心是什么? 重视仪式感,必要时学习外国,邀请家长一起见证孩子的成长。

2. 不足之处

①准备过程中要亲自体验一下场景的适用性,不能凭借想象。

②时间意识有待提高。

③班主任等岗位组织意识、前排意识不够。

④老师节目不够充分。这样随意跳个舞是不够的。

3. 活动方案要留存备份,以备下一届所需

二、期末工作

①市学业水平考试是七月2—4号,期末考试时间未定。

②管理岗位和老师的安排方案意见稿都要尽快谋划出来,过会讨论。

③新高二分科方案要尽快出台。模拟选科已经做了两次,意味着后悔期。正式分科后不得反悔,个别的现象要增加换科的难度,比如家长都要过来学校签承诺书。文科班五个班(一个深圳班),理科班15个班(三个深圳班),特长班文理都有,每班三十人左右。实际上文科班5.5个班,理科班14.5个班。贺校建议7月2号左右宣布分班方案。

④深圳支教组离疆返深方案要拿出意见。坚持安全第一。没有工作就安排回去。

⑤伍颖老师捐赠一批图书,要和特高离喀老师一起授勋。

⑥经费原因,捐赠后方单位牌匾改为证书,尽快落实。

⑦特高支教点目前19名深圳教师。下一学期包括中组部在内共有十名支教老师,人数减少,所以要考虑上级再从特高抽掉老师的时候关键岗位还是要把控,不能随意被抽调走。

⑧期末考试高一高二命题工作。

⑨文明班级要在下学期正式推进。可以发动利用级部主任、政教处干事等智慧和力量出台方案。贺校的意见是卫生班级可以并入文明班级管理。

宋校来电,请我在线为中科附高的准高一新生做一次中考考前培训。

结合深圳各区的适应性考试试题,再加一些应试技巧,基本就成型了。

下午到博物馆参观,这是深圳支教项目,做得很好。但是由于跟着团队一起参观,好多细节没来得及看,有时间要再过来参观学习。

六、学校赛课 各展风采

6月16日 星期三 中雨 二楼办

上午第三节课,一楼报告厅。特高优质课大赛决赛举行,通用技术古丽皮耶老师带领同学们做了自动供水器,在家里没人的时候自动给花盆浇水。

老师导入新课后,播放视频,然后开始试验。流程基本合格,学生兴趣也很高。问题:①注意事项要事先交代清楚;尤其是涉及热熔枪的使用事项,实验中有的同学将热熔枪放在桌上,有的放在地上,还有的不知道如何安全放置,常书记作为评委善意提醒。②类似实验课要向学校建议改到实验室进行,在报告厅举行是不合适的,没有相应的插座和排风装置。学生使用的是排插,这是不安全的。③实验后由学生来总结得失,及时复盘要肯定。但是没有让学生讲解这个实验的基本原理,作为高中课堂缺乏一定的思维深度。

紧接着又上一节《控制》课,从两名同学投掷飞镖导入新课,学生观看兴趣很高。而且努尔比亚老师也很幽默地例举自己骄傲的锁骨令学生羡慕,这得益于自己对体重的控制,自然而然聊到课题。这个老师还有一个亮点就是对课堂节奏的把控,能够做到学生举手单独回答问题。

播放《摩登时代》里卓别林自动喂饭器失灵导致的笑话视频片段。学生讨论自动喂食器控制对象、目的、手段。

贺校召集期末考试工作会议,计划月底或下月初进行期末考试。贺校很有经验,建议不要写具体日期。学考与期末考试指向不同,不认定学分。考试范围和题型、难度由学科组来定。贺校建议难度0.5,各科组想办法降低难度,争取实现。命题组现在改变为三人组成,两个人各自命制一套题目组成AB卷,审题人建议采用某套试卷,最后审题会议决定修改的时候,从另一套备选试题中抽调题目。我建议命题老师和审题老师保留做题痕迹拍照上传。

6月17日 星期四 小雨 二楼办

莫局回了两次电话,过问示范课和讲座活动的事情。最后和思政办田静校长基本定下来活动要搞,人员范围控制在东城区。现场不超过50人,其余在线观看。证书自己打印好,到教育局用印。

一楼报告厅,青年教师优质课大赛决赛继续举行。王兴天主任上物理课《反冲运动》。

由火箭发射导入新课。结合演示实验,课上得不错。运用材料鲜活,如果能再结合我国航天新闻进行爱国主义和民族自豪感教育,就更完美了。

同课异构,美和日尼萨老师《反冲运动》导入是采用吹气球的方式,使学生获得反冲力的基本认知。如果课前把教具放手给学生,分组进行游戏式体验,老师录一些小视频,上课的时候播放,效果应该更好。没有想办法给学生动手参与的机会,课堂气氛不如王兴天。

特高教育集团2020—2021学年第二学期期末考试命题培训会议下午六点半在二楼报告厅举行。四所成员校主管副校长、教研室主任到会。贺校亲自出席会议。

赛来江主任对上一次考试进行复盘报告,我的发言如下。

第一,赛主任的复盘报告很清晰。规定试卷格式包括字体、字号、行间距等,大家严格按照规范操作,养成严谨的工作习惯后,将来发表论文就不会陌生。

第二,勘误的时候,建议采用清单思维管理。先按照逻辑顺序排列,细目表、试卷、答题卡、评分标准分别标以序号。然后分别生成PDF版本放在一个文件夹里,命名为"第一稿、日期"。如果勘误,先复制文件夹,再依次分别对四项文件进行勘误,然后再次命名文件夹为"第二稿、日期"。每次勘误必须对四个文件分别过一遍,不能只改其中一项。最终稿上交,如果改动,马上命名改为"第几稿、日期"。

第三,命题人、审题人做题试卷要截屏上交,不看大家的字体多么好,就看是否认真做了一遍,并分别标出不同颜色的修改痕迹和意见。

贺校讲话时再次强调期末考试命题不一定是高考题型,要拿出足够的勇气降低难度!范围就按照期中考试前和后4:6比例命制。

6月18日 星期五 晴 二楼办

零点半左右睡觉,大约4点醒来,翻来覆去睡不着。越睡不着越想事情,越想事情越睡不着。恶性循环,周而复始。迷迷糊糊中又睡了一觉,醒来后6点20分,慨叹睡眠不易。心里不能有事,最适合找个地方隐居,与世隔绝。

学会拒绝各种无效活动,保养好身体,这才是真幸福。孩子人品贵重,自有他的福分。我修身积德,多做善事,为自己和家人积累福报才是正道。

早餐后和张玲探讨了示范课的改动设计,决定加每个环节的纲要和小组排顺序进行课堂小结两个环节。

喀大外语学院陈国静美女书记一行来特高出席实践基地挂牌仪式。双方领导在图文中心二楼会议室举行短暂工作座谈。然后下楼签约并合影留念。

送走客人后在会议室,贺校随即主持召开深圳支教队考核工作会议。文件规定请假超过15天不得评选优秀,市优秀原则上没有指标限制。地区优秀30%名额,特高支教点万人计划共15名,加上怀礼校长共16人,指标共5人,贺校估计手里会有机动指标。

晚上七点半在宿舍如约对中科附高的准高一学生进行中考考前辅导。进行了两个小时的培训讲座。感谢宋校的信任,对自己也是又一次锻炼。

6 月 19 日 星期六 晴 二楼办

今天学校对支教老师进行考核。贺校非常慎重地研读了上级文件,最后决定下午两点半开始进行,整个流程都是严格按照文件精神进行的,最主要是确保公平公正,不能出现因为有老师质疑过程不公平的投诉。

要为贺校的勤奋、智慧和公正点赞。

6 月 20 日 星期日 晴 二楼办

儿子还是很有心的,昨天祝福我节日快乐。我要向努尔学习,他三十岁的年龄,父母都去世了,但是他能够面对现实,领着热伊拉和妹妹,坚强、乐观的面对生活,现在有了小努尔,日子一天比一天红火。我也要坚强起来,做勇敢的父亲,领着张玲和儿子,过美好生活,这样才对得起逝去的父亲。

6 月 21 日 星期一 晴 二楼办

明天要做培训,提醒了贺校 PPT 改为 4:3 的比例。

深圳支教队特高生活点会议晚上九点半在特高图文中心二楼会议室举行。

贺校带领大家先后举行假期安全、党史学习会。要求大家认真学习,深刻领会。26 号统一离开特高,个别老师需要直接回老家的需要提交申请和安全承诺书。周五下午 4 点开欢送会。要求:①本次会议要求每人 80—100字的学习心得。②每位老师必须提交工作总结,如果图文并茂,可考虑发表或出版。

晚上接到田静校长发的召开喀什市教育系统庆祝建党100周年专题教研活动的培训通知。再次审核迭代培训课件，慎之又慎。

为进一步坚定广大师生"跟党走"的理想信念，更新德育理念，坚持"为党育人"的德育初心，开拓课程视野，提升学科核心素养和课程资源整合设计能力，现将召开市教育系统庆祝建党100周年专题教研活动。

七、德育培训 示范讲座

6月22日 星期二 晴 二楼办

历经多日的筹划准备，今天上午建党100周年专题课和培训活动终于顺利举行。喀什市主管德育的干部过来参加活动，深喀一常校长主持。我先上一节《学党史，感党恩，跟党走》的专题课，然后做了《培养什么样的人——指向核心素养的观评课探索》讲座，稍事休息，贺校做了《为党育人——创新德育的红岭探索》讲座。整个培训活动干货满满，结束后好几位校领导找我要资料，全部倾囊相赠，尽全力支持大家促进喀什教育发展。

6月23日 星期三 晴 二楼办

贺校在骨干群布置要求大家写好总结，最好是图文并茂，写出感情，前指可能会选择优秀的支教故事在报纸发表。但是大家交过来的大都是总结式的，没有太多感人故事，也可能是我看的多了，主要就是三类：如何指导徒弟出成绩；如何访贫问苦捐钱捐物；如何克服家庭困难舍小家为大家。感觉这次给上级领导汇报的时候缺少干货，为了弥补，给贺校汇报了我坚持书写的支教日记，里面如实记录了特高支教组老师们的教育教学和生活日常，作为历史老师，感觉这份日记对于将来研究支教还是有一些作用的。整篇日记每个月在三万字左右，一年半以来记录了约45万字。如果正式出版，在行文等方面进行精简，至少也要30万字。贺校的意见是我把提纲列出来整理好，到时候请示一下市局领导，看看能否支持出版。

2021 年 6 月 22 日,建党 100 周年示范课

6月24日　星期四　晴　二楼办

今天完成了特高支教组的工作总结交给怀礼校长。

下午贺校过来办公室询问总结的事,要求发给他看看,才意识到这个总结的重要性,应该先给贺校审核后才能发出来。自己原来以为和往常一样,套话一说,反正也没有人看交上去就算完事了。贺校现在提到了,搞得我顿时很囧,马上道歉并表示重新修改再传给他。自己对这件事情复盘,得出结论:一件事情想做好,首先是态度端正和认真,这样事情才会做好。认识不到位,就会导致后面的事情做得马马虎虎。其次,领导交代的任务都要严肃认真对待,不能存在对付的心理。谨记。

和张玲到华润万家购买饼干、糖果等,答应了上公开课的时候对表现好的小组予以巧克力奖励,要兑现承诺。这边的孩子们对于零食不像深圳孩子那样很充足,特别希望老师们发一些零食。鼓励他们好好上课并予以奖励,这种形式充满正能量,从西极购买的产自于俄罗斯的巧克力数量有限,只能颁发给表现优秀的小组,也不能让其他孩子眼巴巴地看着,所以到超市再买一些零食给所有同学。

八、支教送别　特高牵挂

6月25日　星期五　晴　二楼办

中午12点,送别深圳支教组仪式在二楼报告厅举行。张玲代表大家发言。内容如下。

尊敬的各位领导、老师们:

大家上午好!

很荣幸,能作为支教组教师代表发言。

感谢市教工委、教育局领导以及深圳前指领导对我们特高的关怀;

感谢特高学校领导和老师们对深圳支教组老师的信任和支持;

感谢贺昉校长和支教组兄弟姐妹的理解和帮助;

茫茫人海,

能与各位领导和同事在一起,为特高的孩子们奋斗五百多天,在特高这片教育沃土洒下自己的汗水,见证孩子们的成长,感恩遇见!

一年半以来,我们支教组兄弟姐妹,满怀初心,服从大局,无私奉献。

从"一周一课一研"到"青蓝工程"师徒结对;从"五个一"工程到审题联席会议制度;从"备课空间优化"到"白板清单管理";从"早读学科指南"到"高三走廊超市";从"培优课堂"到"分层辅导";从捐赠图书和物资到暗中资助家庭困难孩子;从走进民族家庭访贫问苦到消费扶贫。我们已经深度融入特高大家庭中,血浓于水,结成工作中的伙伴关系、兄弟关系。

贺昉校长在处理支教队繁忙事物的同时,着力特高教育管理创新,还多次承担高三数学培优工作;罗剑副校长课题研究带动;杨斌副校长公开课示范;林妍坤主任、周翔主任、许峻杰主任、曾蓉蓉书记在管理岗位尽职尽责;吴源老师、包振华老师、邓拥军老师、詹军老师、宁勉成老师课余时间在操场上、餐厅边或简陋的宿舍为孩子们答疑解惑;金银华老师和本地老师抢着上课;曾勇老夫子审阅试卷一丝不苟;钱石老师忙着给英语组各种培训;邢利红老师业余时间训练国旗班;邱峻荣老师和李琛老师为孩子们普通话水平的提升设计了各种活动。还有把自己十几箱私家精美藏书无偿捐赠给特高的伍颖老师!

感谢你们为特高的奉献!特高爱你们!

特高的领导和老师们更是对我们情同手足,工作中理解和支持我们;生活中帮助我们。私家车随叫随到,从不计较利益得失。回首这一年多,忘不了李书记的关怀指导和常书记的嘘寒问暖;忘不了阿校长的尽职尽责和张校长的默默支持;忘不了努尔校长的马上就办和都委员的温暖笑容;忘不了王委员的忙前忙后和李鑫主任为代表的各位行政干部的配合和给力。

更忘不了的是,特高兄弟姐妹对深圳支教队的深情厚谊!

临别之际,一幕幕、一帧帧感人画面在我脑海里浮现,仿佛就在昨天。

然而,天下没有不散的筵席!

平时没感觉到,今天我们就要分开了,舍不得特高!

我们回到深圳,会继续关心特高的发展,牵挂特高的兄弟姐妹。

一次支教,一生特高牵挂!

祝福特高明天更美好!

谢谢大家!

张玲在家里几次演练。读着读着自己就哭了。在今天正式发言时,也是忍不住抽泣。特高这所学校的领导、同事们和支教队相处的真的很融洽,所以大家产生了感情,才会这样落泪。

早上请示贺校同意,决定晚餐吃一顿散伙饭。特意发了段邀请函在我爱我家群：

相见时难别亦难，一起支教都是缘。

亲爱的兄弟姐妹：

为期一年半的支教即将结束，明天我们就要踏上返乡的路途。贺校特别安排今天晚上19点在一楼小餐厅为大家践行。感谢大家为特高所做的一切，感动大家舍小家为大家、无私奉献的支教情怀，感恩万里之外的南疆遇见！

一次支教，一生队友情谊。

山高水远，深圳再见。

贺校亲自为大家调配送机车辆等事宜，特意交代做好服务。

我马上叫了烤肉和啤酒，从家里拿了一瓶白酒和新买的斯大林红酒。品种丰富，按照贺校的要求，营造热闹的家庭般的气氛，但是严格遵照前指要求不酗酒，不影响第二天大家顺利出行。

大家一起推杯换盏，虽然酒喝的不多，但是气氛非常热闹。

6月26日　星期六　晴　二楼办

今天是大部队离喀回深的日子，贺校、金姐、张玲一大早六点多就起床送别大家。特高李书记亲自到现场，带领王委员、孟主任等领导和老师组成车队来送深圳同事，很感动。

一阵忙乱后，车队出发，贺校亲自坐车到机场，要求大家到机场后合影再出发。到机场后吴晓波校长、李丹老师、教研室一些同事陆续赶到，但是大家行李有点多，只能抓紧进机场，没有拍大合影。

稍微一有事，头一天晚上必定睡不好，蚊子捣乱，早早醒来。勉强送完大家，从机场回来头昏昏沉沉而且想吐。因为要收钥匙，所以又忍住不舒服爬到五楼，收501罗校房间钥匙和202余校房间钥匙，下楼给了金老师。大家这才回房间继续休息。

稍微眯了一觉起床吃点早点，到办公室审阅地方史试卷。

6月27日　星期日　晴　二楼办

因为这次期末考试涉及高二文理分班，所以从贺校到普通的管理干部对本次考试都非常重视。高一级部这次设计了25个考场，监考任务比较重，包括孕期老师都要参加监考。学生考勤由班主任负责，学生按考场进行晚自习。

级部对考场布置也做了明确要求，对班级地图、黑板报进行蓝布遮盖都做了详细安排。

九、坚守岗位　有始有终

6 月 28 日　星期一　晴　二楼办

上午 9 点 30 分在二楼报告厅考务会议,我作为主管副校长,必须坚守最后一班岗,25 分时就进入报告厅。考务工作井然有序,不过如果下学期能延续支教的话,一定要督促教务处在清单思维指导下,把考务指南做出来,这样以后考务会议就可以在指南基础上迭代即可,管理更加规范有序。

教研部门很给力,也很辛苦,上午考试的语文科目,到下午放学前已经切割扫描上传,老师们可以正常阅卷。

上午 12 点 40 分,图文中心二楼会议室,校长办公会商讨新学期人事安排问题。新的高三八月份要上课,所以现在要定下来新的级部主任人选。努校推荐热合曼主任,黄振军主任搭档。范建刚和阿伊娜扎尔到新高一。艾斯卡尔主任到高二。经过本地校领导充分酝酿,确定了三位备选,阿校和三位备选老师依次谈话。决定陈欣蕊老师或者张萍老师到高二和艾主任搭档。

下一步要找高三新任主任谈话,要求抓紧出工作计划。

6 月 29 日　星期二　晴　二楼办

期末考试第二天,我依然是上午巡考。所有老师都没有带手机,这是进步要点赞。监考老师到岗情况不好,有三个监考老师没按时领取试卷。要求第二场后两名监考老师都要回到考务室进行工作复盘。巡考过程中发现有三个试室只有一个监考老师,后来问了艾斯卡尔·伊力木主任,原来是其他工作临时抽走了。后来书记过来要求两位监考老师一前一后,必须站着监考,不允许靠墙,按照高考监考标准进行。

后方南山教育局人事科许老师转发深圳市对口办文件,要求下午 5 点前填写一下支教事迹表格,上面不限名额表彰。

支教期间,担任特高副校长和喀什市名师工作室主持人,做了十件实事:

第一,2020年6月17日、9月13日、9月23日,三次到民族孤寡老人吾舒尔大叔家慰问。

第二,2020年6月9日,做公开课《从分餐到合餐——中国饮食文化形式的演变》。

第三,制定特高《学科早读指南》,实现教务清单管理和每日复盘操作。

第四,2020年5月7日,为贫困学生捐赠U盘和收音机47个(台)。

第五,2021年5月16日,申报广东省《支教背景下的地方史课程教学策略与实践研究——以特高为例》课题。

第六,2021年3月26日做市级讲座《走向专业的教学设计》和示范课《近代中国落后的原因初探》。

第七,2021年4月25日,为全市德育干部做《立德树人,走向专业的德育管理》讲座。

第八,2021年6月22日,市示范课《学党史感党恩跟党走》和《指向核心素养的观评课探索》讲座。

第九,募集八万余册约100万元的图书,建成特高"深圳特色阅览馆"。

第十,2020年11月26日担任高中历史名师工作室主持人以来,组织七次工作室活动,进行引领示范。

6月30日　星期三　晴　二楼办

上午上三节(5,6,7节)课,第八节班主任、包联老师进班进行20分钟复盘期末考试情况,并安排学业水平考试相关工作。然后安排学生进行一次全面的卫生打扫。贺校持续巡视各试室。

晚自习进行简明地方史测试。考试时间一节课,考试形式为半开卷,即与试卷同时下发《地方史应知应会》,学生可翻阅答题,但不允许交头接耳。考后通知各班班长到二楼教务室领取教师满意度测评表。

越是到期末,德育工作越不能放松。要求各级部从严抓卫生和纪律。今天高一艾主任晚自习巡查没收学生一部手机,并且通报一些卫生不达标的地方,要求抓紧整改。

李师傅今天离开,贺校早上送林主任,起的太早,担心中午起不来,特意交代我要下来送一送孙师傅。特意请王委员开校车去送孙师傅,并帮助孙师傅把随身物品搬上车,感谢孙师傅这一年半来为支教队起早贪黑所做的贡献。

7月1日　星期四　晴　二楼办

今天是建党节,早上8点开始直播庆祝大会盛况。天安门广场彩旗招展,人山人海而且井然有序,非常壮阔。人民解放军各式战机在空中按照"7·1"、"100"字样的编队低空飞过天安门广场上空接受习主席和人民的检阅。

虽然我不是党员,但是我为党喝彩和点赞!党的百年光辉历程举世瞩目,令人热血沸腾,一百年来党所做的一切都雄辩地证明我们党是伟大的党,是带领中国人民向着幸福道路奋进的党!

教育局领导要求贺校和我要留下来坚守到学考结束,确保稳定。尽管贺校要着急赶回去把牙齿手术做完,我也要赶紧回深圳处理租房事宜,毕竟租不出去分分钟损失的是钱!但是作为校级干部,要理解领导并服从工作大局。坚守工作岗位到最后。没有孙师傅,我们只好自力更生,烧饭、洗碗、拖地、倒垃圾全部自己动手解决,倒是有一些艰苦奋斗的意味。

7月2日 星期五 晴 二楼办

吃完早餐,扫了一眼电视,央视一套正在回放昨天的庆祝盛况,看了依然让人激动不已,心潮澎湃。

我在本学期上了一节市级示范课《天翻地覆慨而慷》,通过学党史,教育引导广大民族学生感党恩、跟党走。这节课同时也是对《天朝的崩溃——晚清中国落后原因探究》的姊妹篇回应,因为那节课讲的主要是中华民族受欺凌的历史。而《天翻地覆慨而慷》则更多地展现近代以来仁人志士抗击侵略探索救国救民道路的历史,展现的是中国人民在党的正确领导下从站起来到富起来并向强起来大踏步前进的历史。通过两节课的对比,更能够教育学生热爱党和拥护党,自信而坚定地走中国特色社会主义道路。这不是应景的课,而是作为历史老师应有的使命和担当,是我们应负的责任。

今天学考正式开始。贺校参加"深化新时代教育评价改革总体方案"工作会议,我到教学楼巡视了各试室,一切正常。要感谢本地干部做了大量的基础工作,确保学考的正常进行。我们也要坚守最后一班岗,为本期支教画上圆满句号。

后 记

一次支教路 一生援疆情

相信一切都是最好的安排。

35 岁时，告别家乡父老辞去稳定的工作到深圳去，是试图开启另一种人生行走方式。在禹明校长等领导带领下，和我的同事们勠力同心，为南二外初中部的建设开疆拓土。南二外初中部建校十年一共有八届毕业班，我送了其中的六届，为南二外做出了自己应有的贡献。同时通过自己扎实努力的工作，顺利调入深圳。实现了由公办到民办，再到公办的职业转变。

十年后，告别已经是响当当的南山教育品牌学校的南二外，告别自己的职业舒适区，来到南山教育改革新的沃土——深圳湾学校。在教育严重内卷的今天，试图通过新学校的运作，探索出一条素质教育的康庄大道。与此同时，不断思考和迭代自己的职业规划。通过精英教师到北部片区的中科先进院实验学校支教，再次大开眼界，看到教育的"科学+"全新基因。

通过名师工作室团队的切磋学习，进一步明晰了不仅要"为南山而教"、"为深圳而教"，更要追逐"为中国而教"的伟大教育梦想。自己的职业道路必须要进一步拓宽，要有一个全新的行走方式，跳出既定的圈子才能更好地去认识自己、认识教育，从而义无反顾地申请了援疆支教。

进疆以后，每天都有太多事情要做，每天有太多感人、喜人的事情发生，心里腾生出一种写作的冲动，要对自己这一段宝贵的支教生涯做一个记录。进疆之前姜东瑞老师曾交代如果能抽出时间就做一下记录，这是对自己负责。幸好当年读书时有写日记的习惯，在初中阶段还曾因为坚持写日记并且写的还算通顺几乎每周都被当时的语文老师杨法中、杨法聚两位先生表扬。现在拿起笔来进行记录应该不是什么难事，于是有了《行走 记录 改变》这本支教工作实录的诞生。

我们支教点在喀什市特区高级中学，一年半以来，从"一周一课一研"到"青蓝工程"师徒结对；从"五个一工程"到审题联席会议制度；从"备课空间优化"到"白板清单管理"；从"早读学科指南"到"高三走廊超市"；从"培优课堂"到"分层辅导"；从捐赠图书和物资到暗中资助家庭困难孩子；从走进民族家庭访贫问苦到消费扶贫，我们已经深度融入特高大家庭中，血浓于水，结成工作中的伙伴关系、兄弟关系，像石榴籽一样紧紧团结在一起，谱写了一曲民族团结进步的新时代华美乐章。

我们会继续关心特高和喀什的发展，牵挂特高和喀什的兄弟姐妹，身在喀什为喀什，离开喀什爱喀什！

真心感谢一路走来遇到的禹明校长、贺昉校长、姜东瑞老师等许许多多优秀的领导、同事和朋友。大家的善良、正直和勤奋进取引领我"吾日三省吾身"，不断检视自我、见贤思齐，做无愧于这个时代的合格的教师。

同时特别感谢同乡前辈贤达原郑州市市委副书记、郑州市人大常委会主任岳修武先生对后辈的关爱提携并给予亲笔题写书名，感谢郑州大学出版社的编辑及各位同仁对本书的辛勤付出。

感恩生活的馈赠。

杨斌
2021 年 3 月 22 日